Bernhard Blöchl
Im Regen erwartet niemand, dass dir die Sonne
aus dem Hintern scheint

bernhard blöchl

IM REGEN ERWARTET NIEMAND, DASS DIR DIE SONNE AUS DEM HINTERN SCHEINT

ROMAN

PIPER

München Berlin Zürich

Mehr über unsere Autoren und Bücher:
www.piper.de
Aktuelle Neuigkeiten finden Sie auch auf Facebook, Twitter und YouTube.

MIX
Papier aus ver-
antwortungsvollen
Quellen
FSC® C083411

ISBN 978-3-492-06075-2
© Piper Verlag GmbH, München/Berlin 2017
Satz: psb, Berlin
Gesetzt aus der Swift
Druck und Bindung: CPI books GmbH, Leck
Printed in Germany

»There is a crack in everything.
That's how the light gets in.«

(Leonard Cohen)

Für piz,
kleine Münchner
Highlanderin aus Wuppertal

Für Bär und Cooper,
unvergessene Superkatzen

ROUTENPLAN

9 Zu einem späteren Zeitpunkt der Geschichte

12 Das Glück der anderen ist ein Arschloch

28 Zum Glück gibt es die andere

175 Glück kann, muss aber nicht

240 Woanders sind die Menschen auch nicht glücklicher

265 Zu einem noch späteren Zeitpunkt der Geschichte

ZU EINEM SPÄTEREN ZEITPUNKT DER GESCHICHTE

Am Ende des Regenbogens beginnen die Probleme. Das fängt schon mit der zermürbenden und erst recht nicht mit einem GPS zu bewältigenden Suche nach dem Ende an und hört mit der Enttäuschung darüber noch lange nicht auf, dass es einen Goldtopf in aller Regel nicht gibt, zumindest nicht in der Nähe eines Naturspektakels, da ist sich das Schauspiel selbst Gold genug.

Aber so etwas hatte Knoppke ohnehin nicht im Sinn, also einen Goldtopf, der hätte ihm keine seiner Sorgen genommen, im Gegenteil. Reichtum macht ja alles nur noch schlimmer, davon war er überzeugt, seit er Grätschi beim Großkotzwerden zugeschaut und beschlossen hatte, arm zu bleiben. Knoppke stieg aus einem anderen Grund seit fünf Stunden den Ben Nevis hinauf, den Kopf in den Wolken, die Nase im Eiswind. Er war auf dem Weg zum höchsten Punkt, den die Insel zu bieten hatte, und keine Regentropfen dieser Welt würden ihn davon abhalten. Schon eher sein linkes Knie, das solche Strapazen nicht mehr gewohnt war und dem er in den vergangenen Wochen ohnehin mehr zugemutet hatte, als die Krankenkasse empfehlen würde. Aber Knoppke biss die Zähne zusammen, er war bereits nah dran, fast oben, und es müsste ihn schon der Teufel holen, um ihn jetzt noch zu stoppen.

Dummerweise kann auch ein Regenbogen teuflisch sein, weil man die Sache mit dem Glück gelegentlich überspannt. Knoppke war gerade in so einer überspannten Phase, also berauscht von der wiedererlangten Abenteuerlust, überrascht vom Leben, dem er keine Überraschungen mehr zugetraut hatte. Aber dann war da dieser Regenbogen, er hatte den Eindruck, er wandere direkt hinein, und als dieser sich mitsamt dem Nebel in Luft auflöste, war da zwar kein Eimer Gold, aber ein Klavier. Knoppke wollte es zunächst auch nicht glauben, aber mitten am Berghang, knapp unterhalb des Gipfels, in 1300 Meter Höhe, wuchs die Ruine eines Klaviers aus dem nasskalten Boden. Abseits der Touristenpfade, womöglich wirklich am Ende des Regenbogens, wer wusste das schon? Und damit fingen sie an, die Probleme, das kann man sich denken.

Eine mächtige Kraft zog Knoppke zu dem Fundstück, einige Tasten fehlten, das sah er sofort. Das Klavier muss schon länger hier herumstehen, dachte er und staunte. Das Holz war verwaschen und erdig, der Korpus hatte sich ein Stück in den Boden gedrückt. Knoppke musste in die Hocke gehen, aber das war es ihm wert. Mit zittrigen Beinen stand er da und erinnerte sich an die Lieder, die ihm sein Großvater in Vohwinkel beigebracht hatte. Ohne lästige Gedanken, im Zustand des reinen Bewusstseins, legte Knoppke seine klammen Finger auf das schwarz-weiße Ensemble, und dann spielte er »Stairway to Heaven«. Der Klang war eine Katastrophe, Led Zeppelin würden ihn dafür in die Hölle prügeln, aber Knoppke war selig wie lange nicht. Auf dem Barometer der Gefühle ganz weit oben, Emo-Stand 10, das war Rekord! Wie in Trance bediente er das Instrument, dem das hohe C und mehrere Fis fehlten. Doch er bestieg die Treppe zum Himmel, immer weiter, immer lauter. Und merkte nicht, dass ihm der Boden unter den Füßen entglitt. Aus dem Gleiten wurde Rutschen, aus dem Rutschen wurde Schlittern, das Klavier verstummte, Gestrüpp und Felsen schossen an ihm vorbei, und seine Hände griffen ins Nichts.

Knoppke fiel, er fiel viel zu lang, schließlich ein Schlag, dann kamen die Bilder. Bilder, die ihm durch den Schädel flimmerten wie Kopfkino mit analoger Projektion. Es lief eine Dokumentation, rückwärts erzählt wie von einem überambitionierten Filmhochschüler, und Knoppke dachte, das bin ja ich, bevor er Bilder eines himmelblauen Bullis sah, der in einer Horde Kühe feststeckte, die lustige Frisuren trugen. Er erblickte Landschaften mit magischem Licht, Umrisse einer fluchenden Frau, der er eine Blutwurst unter die Nase hielt, dann senkte sich ein Vorhang aus gold gelocktem Haar, und Knoppke sah jubelnde Menschen in der Münchner Arena, blaue Fans, die völlig aus dem Häuschen waren, die sich umarmten, auszogen, niederknutschten, alles.

Das Glück der anderen war das Letzte, das er sah, bevor es um ihn herum schwarz wurde, und fast kam es Knoppke so vor, als würde am Rande seines Blickfeldes noch einmal ein Regenbogen aufblitzen, der schönste, den er je gesehen hatte, in den Farben seines Lieblingsvereins.

DAS GLÜCK DER ANDEREN IST EIN ARSCHLOCH

1) Das Glück der anderen traf ihn mit voller Wucht. Knoppke zupfte gerade seine orange Weste zurecht, die neuerdings in der Hüftgegend bedenklich spannte, als das Tor fiel, welches das Schauspiel vor seiner Nase eröffnete. Er hob den Kopf und schaute auf Hunderte entrückter Gesichter, genauer gesagt schaute er in Hunderte Kehlen, so weit standen ihre Münder offen. Knoppke sah Fäuste, überall Fäuste, wie sie durch die flirrende Luft tanzten, Kerle, die zu Kindern wurden und flennten, wahlweise ihre Freundinnen knutschten oder die Freundinnen der Nachbarn oder völlig fremde Frauen. Er entdeckte grau-bärtige Matrosen in diesem hochhaushohen Wimmelbild, Tätowierte, die ihre Fish-&-Chips-Plauzen enthüllten und ihren Nebenmännern Bierküsse auf die Glatzen drückten. Ein blaues Meer des Überschwangs schwappte durch das rote Stadion, als Knoppke sich am Bauch kratzte.

Diese Halunken, dachte er voller Respekt für die Gäste aus London, denen er den Triumph zu keiner Zeit der Partie zugetraut hätte. Knoppke konnte den entscheidenden Elfmeter zwar nicht sehen, sondern nur hören, ein dumpfes, weit entferntes Flappen, dafür erlebte er hautnah, was dieser eine Schuss mit den Menschen machte, die ihn live und ganz genau verfolgten. Der Schuss zum High-Sein. Die Überdosis Gefühl.

Knoppke stand ein paar Meter vor dem Block der Auswärtsmannschaft in der Münchner Arena und sah den Fans der Sieger dabei zu, wie sie sich gegenseitig in die Arme fielen und rangelten. Einer zog sogar seinen Schwanz aus dem Hosenschlitz, einen gar nicht mal so mickrigen, wie Knoppke befand, so einen konnte man schon herzeigen. Später würden alle das Teil auf YouTube begutachten können, in dem verwackelten Video eines dieser Hobby-Filmer. Ein Glück, dachte Knoppke, dass es diese Dinger zu seiner Zeit noch nicht gegeben hatte, also diese Handykameras. Große Schwänze hatte es immer gegeben, kleine übrigens auch, weiß Gott. Aber wenn das Penisfechten in der Kabine des WSV im Netz gelandet wäre, damals in der A-Jugend, dann hätten sich ja doch nur wieder alle aufgeregt.

Drei Jahrzehnte später waren noch viel mehr Erwachsene aus dem Häuschen, es roch nach Silvester und Testosteron, nach feuchtem Gras und dem Schweiß der Massen. So sieht also Ekstase aus, dachte Knoppke und versuchte sich daran zu erinnern, wann er zuletzt so erregt war wie diese Meute. Wann er zuletzt geweint hatte. Oder sich entblößt hatte. Oder geschrien, getanzt, irgendwas. Musste lange her sein. Ihm kam nichts in den Sinn.

Gar nichts.

Einem Impuls folgend trat Knoppke ein paar Schritte zurück, so wild rüttelten die Fans an der Absperrung mit den mitgebrachten Union-Jack- und Vereins-Flaggen, so dröhnend und schrill war das Gebrüll auf den Rängen. Er konnte schon jetzt den Pfeifton hören, der ihn morgen begleiten würde, einen Ton, der sich anfühlen würde wie ein Ohrwurm, der seine Melodie vergessen hatte.

Morgen. Für die Fans des FC Chelsea existierte morgen nicht, für sie gab es nur den Moment. Diesen Moment für die Ewigkeit, von dem sie noch ihren Enkeln erzählen würden. Diesen Moment, den Knoppke nur indirekt erlebte, weil er ihm den Rücken zukehrte. Aber er hatte sich daran gewöhnt. Als Security Steward bestand sein Los darin, mittendrin zu sein und nicht dabei. Mitten im Stadion, in das die halbe Welt wollte, nur nicht als Spieler oder Trainer, noch nicht einmal als rechte Hand des Aufwärmprogrammkoordinators oder als Maskottchen im bärigen Plüschanzug. Und eben auch nicht als Zuschauer. Knoppke war der Zuschauerzuschauer, das Neutrum in Orange, dessen Fluch es war, nicht hinsehen zu dürfen auf die Ballstafetten und Laufwege, die Volleyschüsse und Blutgrätschen. Auf das Glück des kleinen Mannes, wie ihn Silvi gerne aufzog.

Silvi war seine Lebensabschnittsgefährtin, wie sie ihren gemeinsamen Status kategorisierte, und als solche hatte sie für Fußball weniger übrig als Knoppke für diese Wellnesshotels, in die sich Silvi regelmäßig hineinbuchte, und wenn es schlecht lief für Knoppke, dann buchte sie nicht nur sich, sondern auch ihn ein. Dabei wusste er noch nicht einmal, worauf es beim Wellness eigentlich ankam, und noch viel weniger glaubte er daran, dieses postmoderne Utopia in einem Hotel zu finden, in dem sich viel zu viele Menschen gegenseitig auf den Sack gingen, im wahrsten Sinne des Wortes, da brauchte man sich nur eine überfüllte Sauna vorzustellen.

Je länger er den hüpfenden Engländern beim Feiern zusah, immer auf der Hut, ob nicht der eine oder andere Rabauke auf dumme Gedanken kam, Grenzen überschritt und zurechtgewiesen werden musste, desto mehr reifte seine Erkenntnis: Die Blauen, denen er seit mehreren Stunden in die Gesichter sah, waren die unverdienten Gewinner dieses Matches. Darüber würde Knoppke nicht mit sich diskutieren lassen, wahre Sieger sahen anders aus, und er wusste, wie man ein Fußballspiel zu lesen hatte. Die Wahrheit, davon war Knoppke überzeugt, lag nicht *auf* dem Platz, sondern *neben* dem Platz, in den Gesichtern des Publikums. Man brauchte lediglich die Fans zu studieren, wie sich deren Lippen von einem Moment auf den anderen auseinanderbewegten, wie klare Blicke in Schockstarren verfielen und noch interessanter: Wie lange diese anhielten; wie heftig Tränen geschminkte Wangen übermalten und wie schnell Frust in Freude umkippte, das alles brauchte man nur zu studieren, und schon wusste man Bescheid. Die Tribüne wurde zum Barometer der Gefühle, der Jubel der anderen war seine Vorstellung des Glücks.

Knoppke wechselte das Standbein, weil sein linkes Knie wieder schmerzte, und kam zu dem Schluss, dass es ein gutes Spiel gewesen sein musste, ein intensives, ein dramatisches. Und einen kurzen Moment lang fuchste es ihn dann doch, dass er es verpasst hatte. Die Bayern, die vor zehn Minuten das Endspiel der Champions League im eigenen Stadion vergeigt hatten, das legendäre »Finale dahoam«, wie es von allen Zeitungsständern der Stadt brüllte, waren ihm so wurscht wie der Currywurst das Zwölf-Uhr-Läuten. Als Zugezogener und treuer Anhänger des Wuppertaler SV war es ihm bislang nicht gelungen, sich für den Stern des Südens zu begeistern. Er hatte es noch nicht einmal probiert, wozu auch? Man konnte sich schließlich nicht aussuchen, für wen sein Fanherz schlug. Fan war man von Geburt an, alte

Knoppke-Regel. Knoppke war Fan seines Großvaters mütterlicherseits und Fan vom WSV, daran gab es nie etwas zu deuteln. Die Gäste aus London waren ihm ebenfalls egal. Wenn es um die Insel ging, dann mochte er die Schotten lieber als die Engländer, die waren ihm stets zu vornehm und nippten eindeutig zu viel milchigen Tee. Guten Whisky hatten sie auch nicht zu bieten, wozu also noch überlegen? Aber gesehen hätte er die Partie trotzdem gerne, dafür war er viel zu sehr Sportsmann.

Warum musste er ausgerechnet im Finale hier stehen, fragte sich Knoppke in dem Moment, als ihn ein geworfener Chelsea-Schal nur knapp verfehlte. Er hob ihn auf und schleuderte ihn zurück, was aber niemanden interessierte, nicht einmal den Werfer selbst, der, eben noch kurz vor der Absperrung herumhüpfend, mittlerweile auf den Schultern eines Mannes mit Drogba-Maske saß und Tränen schluchzte.

Meist nahmen ihn die Zuschauer überhaupt nicht wahr, Knoppke kam es so vor, als würden sie durch ihn hindurchstarren, dabei war er von jener bulligen Statur, breites Kreuz, breite Knie, breite Stirn, wie sie jeder Coach gern in seinem Team sah. Nur halt nicht mit Bauch, damit wäre kein Spiel zu gewinnen gewesen, weder in den Achtzigern noch heute. Komfortranzen, hatte Silvi vorgestern gefrotzelt, ihre Stimme war überzogen gewesen mit dem Frust einer hungrigen Biomarktkundin. Einer hungrigen Biomarktkundin, die im Regal das gepoppte Amaranth nicht finden konnte, weil es ihr ein hibbeliger Grünschnabel weggeschnappt hatte. Hunger den freiwilligen Hungrigen, hatte Knoppke gedacht. Erwidert hatte er nichts.

Jedenfalls war es eines dieser Spiele, dämmerte es

ihm, von denen sich die Leute hinterher gegenseitig berichten würden, wo sie damals gewesen waren, was sie damals angehabt, mit wem sie hinterher geschlafen und welchen Song sie zu welcher Stellung gehört hatten. »Wir wuppen das«, hatte Knoppke gesagt, als er den Anruf von der Sicherheitsfirma bekam und seinen Dienst bestätigte. Mehr als an die Bedeutung dieses Fußballspiels hatte er an seinen Seelenfrieden gedacht.

Übermorgen würden Silvi und er nach Gran Canaria fliegen, und als wären drei Wochen zu zweit in der viel zu heißen Sonne nicht schon unerträglich genug, würde er seiner Lebensabschnittsgefährtin bei einer besonders heiklen Sache zur Seite stehen müssen. Vor Kurzem war Silvis größte Liebe unter die Räder gekommen, also ihr Hund, und weil sie den Straßenköter seinerzeit von den Kanaren nach München gerettet hatte, bestand sie nun darauf, Diegos Asche zurück nach Gran Canaria zu bringen. Knoppke hielt das für übertrieben, der Ostpark hätte es auch getan, aber solche Gedanken behielt er lieber für sich, sonst wären die Wortfluten bereits vor dem Abflug über ihn hereingebrochen.

Insgeheim war er also froh gewesen, vor dieser Reise noch eine Weile allein sein zu können und nicht so viel reden zu müssen. Allein war er im Stadion immer gewesen. Allein unter 66.000, doch, das ging gut.

2) Nun war es vielleicht nicht die beste Idee seines Lebens gewesen, mitten in der Nacht noch zu Silvi zu fahren. Aber das konnte Knoppke natürlich nicht wissen, als er sich Stunden nach dem Spielende die orange Weste abgestreift, sich in seinen Ford Transit gesetzt und festgestellt hatte, dass er den Bund mit seinen Wohnungsschlüsseln bei seiner Freundin vergessen haben musste. Wenn er es gewusst hätte, dann hätte er vorher bei ihr angerufen und sich somit einen Anblick erspart, den er so schnell nicht vergessen würde. Andererseits wäre Knoppke dann nicht in Versuchung gekommen, sich aus dem Staub zu machen, und sein Leben wäre womöglich nie in neue Bahnen gelenkt worden. Bahnen, von denen er keine Ahnung hatte, dass sie für ihn noch zugänglich waren.

Knoppke wälzte Frauengedanken, als er die grün und blau leuchtende Arena in Fröttmaning hinter sich ließ und seinen Kleinbus in Richtung Stadtmitte lenkte. Seine Augenlider waren schwer wie Bleiklumpen, sein Körper sackte ab, und wie gerne wäre er jetzt schnurstracks in sein Bett gefallen, aber er hatte noch ein gewichtiges Problem zu lösen. Also zündete er sich eine Fluppe an, die erste seit Stunden, dementsprechend hastig zog er daran und dachte nach. Was schockte eine Silvi mehr, grübelte Knoppke um zwei Uhr früh, welche seiner Handlungsoptionen würde ihr nicht den ersten Herzinfarkt ihrer jugendlichen 40-Jährigkeit bescheren? War es der überraschende Anruf des Freundes, mit dem sie des Nachts nicht mehr rechnete? Oder war es das Klingeln an der Wohnungstür, das bei Silvi weiß Gott welche Horrorszenarien auslösen würde, weil sie niemanden erwartete? Wie denkt eine Frau, quälte sich Knoppke, obwohl die Antwort tief in ihm verankert war: keine Ahnung. Als konsequenter Frauennichtversteher kam er doch immer ganz passabel über die Runden, redete er sich ein. Er blies den Rauch aus dem linken Mundwinkel zum Fensterspalt und entschied sich für den direkten Weg. Beim Läuten des Telefons, legte sich Knoppke zurecht, malen sich um diese Zeit alle sofort einen Unfall aus, ein Gewaltverbrechen oder irgendetwas mit den Eltern. Er würde sich Silvis Vorwurf, was er doch für ein Gefühlstrampel sei, noch den ganzen Urlaub anhören müssen, davon war er fest überzeugt. Und eine SMS würde Silvi um diese Zeit sowieso nicht mehr mitkriegen, in der Regel ging sie lange vor dem Schlusspfiff eines Champions-League-Spiels schlafen, das sie selbstverständlich nicht guckte, niemals. Also fuhr Knoppke in die Reihenhaussiedlung in Bogenhausen, parkte nahezu vollständig auf dem Gehsteig und schleppte sich zur Eingangstür, als er im Erdgeschoss noch Licht entdeckte. Die schwache Erhellung kam von der rechten Seite, wohin sich der Weg zum Garten zickzackte.

Knoppke wusste, dass es sich um Silvis Schlafzimmer handelte, die beiden verbrachten mehr Zeit bei ihr als bei ihm, weil Silvi seine Wohnung im Hasenbergl nicht leiden konnte. Schlechtes Karma, schlechte Erdstrahlen, schlechte Idee, sie dorthin zu bringen. Knoppkes Rauchersalon, spottete Silvi immer, und bevor er sich auf eine Diskussion darüber einließ, wie er seine Möbel zu verrücken und wann er wie stark wie lange zu lüften hatte, eine Diskussion, die er nicht zu seinen Gunsten entscheiden konnte, weil es keine Diskussion war, sondern ein astreiner Monolog, aus genau diesen Gründen übernachtete er lieber gleich bei ihr.

Das Silvilicht irritierte Knoppke, also schritt er über die Granitplatten zur Terrasse, von wo er, geschützt durch einen moosbewachsenen Mauervorsprung, in die Wohnung linsen konnte. Die Vorhänge, selbst genäht und für seinen Geschmack viel zu blumig geraten, waren nur lässig zugezogen, weshalb er sehen konnte, was er sah. Der Anblick, der sich Knoppke durch den Stoffschlitz bot, hatte erneut etwas Surreales. Man mag es Ironie des Schicksals nennen oder schlicht eine riesengroße Sauerei, aber schon wieder traf ihn das Glück der anderen mit voller Wucht. Das Glück *der* anderen. Das Glück seiner Silvi.

Das Glück der anderen ist ein Arschloch, hätte Knoppke denken und den Lump auf der Stelle aus dem Haus befördern können, dass dieser glaubte, Bogenhausen müsse ein Franchise des Fegefeuers sein. Knoppke war noch immer stark genug für diese dahergelaufenen jungen Hemden, denen Silvi immer schöne Augen machte – und nicht nur schöne Augen, wie sich nun herausstellte. Er hätte seiner Freundin eine Standpauke halten können, sie maßregeln, ihr Handeln hinterfragen, links- und rechtsherum analysieren und über Vor- und Nachteile ihrer Beziehung streiten können. Er hätte ihr auch einfach eine schallern können.

Hat er aber nicht. Knoppke stand da und staunte. Er hatte die Frau, in die er sich irgendwann verliebt hatte, noch nie so glücklich gesehen, und wahrscheinlich war sie das auch nicht, zumindest nicht mit ihm. Also blieb er unerkannt und sah ihr zu. Er fragte sich, wo denn plötzlich dieser Männerfuß herkam und wie die groben Zehen neben Silvis Kopf Halt finden konnten, der verkehrt herum vom Fußende des Bettes herunterhing. Ihr blond gelocktes Haar fiel wie eine Engelsgardine. *Das* wäre ein schöner Vorhang, schoss es ihm durch den Kopf, in dem sich noch mehr merkwürdige Dinge abspielten.

Das Glück, dachte Knoppke, ist eine Heuchlerin, ein Chamäleon, eine windige Type. Und während sich Silvis Mundwinkel nach oben zogen, offensichtlich hervorgerufen durch ein göttliches Halleluja, sah es für ihn so aus, als bögen sie sich steil nach unten. Auf die Perspektive kommt es an, analysierte er, es kommt immer auf die Perspektive an. Knoppke hörte seine Lebensabschnittsgefährtin gedämpft tschilpen, ein ihm völlig unbekanntes Silvigeräusch, wodurch seine linke Braue irr zuckte, sich aber augenblicklich wieder stabilisierte.

Ihre Arme reckte Silvi schräg in die Luft, als jubelte sie über ein spätes Tor, und Knoppke musste an die Fans im Stadion denken, nur dass es sich hierbei nicht um ein Wimmelbild handelte, schon eher um ein Fummelbild. Denn auf einmal kamen auch Hände ins Spiel. Große, zupackende Männerhände, die nach Silvi griffen, als wollten sie unhaltbare Bälle halten. Knoppke begriff auch etwas. Das Funkeln in Silvis Augen, deren Pupillen sich gelegentlich nach unten beziehungsweise nach oben schoben, erinnerte ihn an die Zuschauerblicke beim Elfmeterschießen.

Strafstoß, schoss es ihm durch den Kopf.

Strafstoß.

Wie konnte es nur dazu kommen, fragte sich Knoppke und vergrub seine Hände in den Taschen seiner Lederjacke. Glich seine Beziehung einem Unentschieden nach Verlängerung, oder bestrafte sie ihn für ein unsportliches Foul? Tat sie das öfter, oder war das eine Art Trauerbewältigung nach dem Tod ihres Hundes, und was zur Hölle machte der Typ da eigentlich genau mit ihr? Knoppke beschloss, den Antworten nicht nachzuhecheln. Ihm genügte, was er sah. Und während er beobachtete, wie der verkehrten Silvi eine Träne in die Stirn floss, eine Glücksträne, davon war er überzeugt, begannen betrunkene Fans ein paar Straßen weiter, den Chelsea-Song anzustimmen. Knoppke verstand nicht viel, aber eine Zeile reimte er sich zusammen. Eine Zeile wie ein Stinkefinger: »*Home or away, come and see us play, you're welcome any day.*«

Knoppke grinste irr, er wollte sich nicht dagegen wehren. Seine mittelmäßigen Englischkenntnisse reichten locker dafür aus, die Ironie der Strophe zu erfassen. Gleichzeitig sah er Silvi rhythmisch zucken, die den Eindringling mittlerweile umklammerte, als wollte sie nicht nur ihn, sondern vor allem den Moment für immer festhalten. Auf dem Barometer der Gefühle schienen alle ganz weit oben zu sein, dachte Knoppke und zog seinen Kopf ein Stück zurück, um nicht doch noch entdeckt zu werden. Die Wahrheit liegt auf dem Bett, spann er weiter und spürte das Bedürfnis, sich zu verziehen, doch dann fiel ihm ein, dass es keinen Ort gab, wohin er sich verziehen konnte. Auf eine Nacht in seinem Kleinbus hatte er überhaupt keine Lust, so viel stand fest, er war schließlich keine zwanzig mehr.

Knoppke knurrte, stützte sich mit der flachen Hand an der Mauer ab, grübelte ein wenig und erinnerte sich an den Zweitschlüssel, den Silvi unter der Skulptur beim Briefkasten deponiert hatte. Für Notfälle, hatte ihm Silvi in einer frühen Beziehungsphase erklärt, vor zwei Jahren muss das gewesen sein. Knoppke entschied, dass dies ja wohl ein arger Notfall war, sozusagen der Niagarafall der Notfälle, auch wenn die Auslegung eines Notfalls bei seiner Freundin anders geklungen hätte, hätte er sie je danach gefragt. Knoppke zog maimilde Nachtluft in seine Lungen und ging zur Vorderseite des Reihenhauses. Die Fangesänge hatten gerade aufgehört, als er den Hausschlüssel in der Erde fand. Er war tatsächlich unter dem Marmorschwan verbuddelt, der als Trinkstätte für Vögel konzipiert worden war und auf dem Weg zur Eingangstür die Augen der Besucher beleidigte.

»Bingo«, murmelte Knoppke, während er das seitlich gebeugte Tier zurechtrückte und sich an die Aufgabe machte, in der Wohnung seiner Freundin seine eigenen Schlüssel zu holen. Angst hatte er keine, er sah sich nicht einmal nach beiden Seiten um, wie das die Einbrecher im Fernsehen machen. Mit ruhiger Hand steckte er den Zweitschlüssel in das Schloss und drehte langsam herum, bis er ein Knacken hörte und die Tür sich öffnen ließ. Als er sich in den Flur schlich, drang sofort das Silvitschilpen in seine Ohren, diesmal ungedämpft. Wenn er es sich recht überlegte, war es eher ein Silviquieken, und, ob er es glauben wollte oder nicht, das Quieken beruhigte ihn. Womöglich lag es auch an dem zwielichtigen Duft nach Zimt und Nelke, der rücksichtslos in Knoppkes Nase drang und ihn an Silvis Vorliebe für Öle im Speziellen und Esoterik im Allgemeinen erinnerte. Kurz hielt er inne, um störende Gerüche und Gedanken abzuschütteln und sich auf das Wesentliche zu konzentrieren: Er würde unentdeckt zum Garderobenschrank gelangen, sich seine Schlüssel schnappen und abhauen. Er wusste, dass er freie Bahn hatte, solange die beiden im Bett lagen und Porno spielten.

Seine Hoffnung verflog, als er fiel. Genauer gesagt, stolperte er über ein Paar Schuhe, auf deren Absätze er getreten war. Silvi hatte es offenbar besonders eilig gehabt, ihre Pumps abzuschütteln. Flink wie ein Wiesel, dachte Knoppke, der seine Freundin eher als Faultier kennengelernt hatte, was ihm äußerst sympathisch gewesen war. Zunächst aber dachte er Folgendes: Verdammt, mein Knie!

Er hielt inne und kurz stockte ihm der Atem, als ihm bewusst wurde, dass das Silvigeräusch infolge seines Sturzes fehlte.

Stille schluckte Sexklänge.

Knoppke blieb regungslos auf den Kacheln liegen und verhielt sich ruhig, trotz des Stechens in Bein, Arm und Schulterblatt – in der Reihenfolge der Heftigkeit. Als Fußballer hatte er gelernt, Schmerzen zu schlucken, das war noch nie ein Problem für ihn gewesen. Er war ein Schmerzensbrecher, so nannte ihn sein Jugendtrainer.

Silvi dagegen schien sich auf den wohligsten Schmerz zu konzentrieren, den sich Menschen gegenseitig zufügen. Als ihr Quieken wieder einsetzte, leiser zwar, aber stetig, richtete sich Knoppke auf, rieb sich das linke Bein und schlich zur Garderobe. Zunächst wollte er sich nur seinen Schlüsselbund schnappen und abhauen, aber als er auf der Holzablage den Silberring und die Kette mit dem blauschwarzen Herzchen entdeckte, die er Silvi zum dritten Jahrestag geschenkt hatte, konnte er der Versuchung nicht widerstehen und griff zu. Du bist es nicht wert, dachte Knoppke, als er die Sachen zusammen mit zwei Jacken und einem Schal in den roten Rucksack stopfte, der vor seinen Füßen bei den Schuhen lag. Ohne weitere Gedanken packte er alles zusammen und verschwand.

Zuerst aus Silvis Wohnung.

Dann aus Silvis Leben.

Schließlich aus seinem eigenen Leben.

Seinem alten Leben.

Als Knoppke heimfuhr und sich eine Fluppe ansteckte, noch bevor er viel zu spät in den zweiten Gang schaltete, was sein alter Ford mit einem vorwurfsvollen Transitheulen kommentierte, tauchte aus dem Nichts ein dunkelgrauer Gedanke auf: Er würde sich fortan immer daran erinnern, dass das »Finale dahoam« der Tag war, als es sich seine Lebensabschnittsgefährtin zu Hause von einem anderen besorgen ließ. Und diese Demütigung war Champions League, doch, das war sie.

3) Knoppke schlief kurz, aber gar nicht mal so schlecht. An Träume erinnerte er sich schon lange nicht mehr, und unter Durchschlafstörungen litt er nur, wenn Silvi ihn wach rüttelte, um ihm mitzuteilen, dass er schnarche wie ein Büffel, was er ihr nicht abnahm. Also das Schnarchen schon, manchmal glaubte er sogar, sich selbst dabei belauschen zu können, jedoch mit dem Zeitpunkt des Weckens war Knoppke ganz und gar nicht einverstanden. Er warf Silvi vor, sie rüttle bereits an ihm, wenn er noch wach lag und allmählich zur Ruhe kam, sozusagen in den Schlaf glitt. Sie sagte, sie könne das Schnarchen dann bereits erahnen, und Knoppke dachte, Frauen!

Als Knoppke an diesem Sonntag aufwachte, spürte er weder Hass noch Frust oder einen depressiven Schub, ja nicht einmal einen Anflug von alledem, was nach den Ereignissen der Nacht nachvollziehbar, vielleicht sogar heilend gewesen wäre. Komischerweise gab es nichts zu heilen, und allein der Pfeifton in seinen Ohren, der in Dauerschleife seine monotone Show abzog und ihn an die Atmosphäre im Stadion erinnerte, hinderte ihn daran, Gefühle wie Erleichterung oder Vorfreude neu zu entdecken.

Nach der Schlüsselszene seiner Beziehung hatte er einen Entschluss gefasst, noch in der Nacht, beim Bier in der Küche, zu Hause im Hasenbergl: Die Menschen konnten ihm gestohlen bleiben, dachte Knoppke, Silvi sowieso, und statt mit ihr in den Süden zu fliegen, wo alle hinflogen, würde er dorthin fahren, wo es außer ihm nur wenigen Sommerurlaubern gefiel. In den Norden. Nach Schottland. Und da auch wieder ganz in den Norden. In die Highlands. Dort gibt es mehr Böcke und Kühe als Männer und Frauen, diese Vorstellung gefiel Knoppke. Als Teenager war er schon einmal durch Schottland getingelt, ein paar Tage nur und lediglich durch die Lowlands, aber an die bizarren Lichtkegel über Arthur's Seat in Edinburgh konnte er sich bis heute erinnern. Das Gefühl des Alleinreisens dagegen hatte er vergessen. Seit damals war er nie wieder ohne Begleitung weggefahren, weil er immer in einseitigen Freundschaften oder halbgaren Beziehungen steckte und faule Kompromisse machte. Weil er irgendwann aufgehört hatte, etwas zu wollen.

Wollen war früher.

Wollen war Wuppertal.

Knoppke wollte alles.

Jetzt wollte er nichts.

Doch, er wollte *ins* Nichts. Er wollte in die Highlands. Sollten die anderen ruhig woanders glücklich sein, im Süden, im Stadion, im Bett. Er würde ihnen nicht mehr dabei zusehen. Das Glück der anderen konnte ihn mal. Die anderen konnten ihn mal.

Knoppke verlor keine Zeit. Die Koffer waren gepackt, das hatte er bereits gestern Vormittag erledigt, als er noch davon ausgegangen war, er würde mit Silvi nach Gran Canaria fliegen. Drei Wochen Urlaub waren fest eingeplant, warum also warten? Silvi würde es schon merken, wenn er nicht, wie vereinbart, mit ihr zum Flughafen fuhr. Aber warum machte er sich überhaupt Gedanken um Silvi? Das Silvikapitel war seit gestern geschlossen. Silvi war einmal. Neue Knoppke-Regel.

Als er unter lautem Knarzen die Heckklappe des gelben Ford Transit öffnete, um sein Gepäck einzuladen, fiel ihm ein, dass er besser noch eine Regenjacke, ein paar Pullover und Wanderschuhe mitnehmen sollte. Inverness war nicht Maspalomas, da brauchte er sich nichts vorzumachen. Der Rest würde sich schon ergeben, dachte er und ging zurück in seine Wohnung im ersten Stock des flachen Mietshauses, um ebenjene Sachen zu holen.

Es war kurz nach elf, und der Himmel war unentschlossen, als Knoppke ins Nichts aufbrach. Ein paar Minuten zuvor hatte er den ersten Anruf von Chelsea ignoriert, ja genau, so wollte er Silvi von nun an nennen. Er hatte sogar den Eintrag in seinem Handy geändert, dabei hasste er die Tipperei.

Wer Knoppke kannte, hätte ein angetäuschtes Grinsen in sein kantiges Gesicht hineininterpretiert, wer nicht, hätte behauptet, der Mann verziehe keine Miene.

ZUM GLÜCK GIBT ES DIE ANDERE

4) Knoppkes Gesichtsausdruck änderte sich, als die junge Frau in sein Leben trat, oder besser, sich in sein Leben raschelte. Nach einer Stunde Fahrt, die er ohne Radio und nennenswerte Gedanken hinter sich gebracht hatte, eingelullt vom meditativen Rausch der vorbeiziehenden Ereignislosigkeit, hatte er das Bedürfnis, seine Beine auszustrecken. Das Herumstehen im Stadion steckte ihm noch in den Knochen. Ein paar Schritte an der Luft, vielleicht einen Espresso zur Fluppe und der Fremde Rauchkringel ins misstrauische Gesicht blasen. Das hatte Knoppke im Sinn, als er die nächstbeste Raststätte ansteuerte.

Es muss irgendwo bei Augsburg gewesen sein, so genau wusste Knoppke das nicht, es war ihm auch egal, Hauptsache fort von München, der Insel ein Stück näher, Hauptsache allein. Weil aber das Schicksal in aller Regel eigene Pläne schmiedet und immer wieder die verblüffendsten Überraschungen aus dem Ärmel schüttelt, vorzugsweise dann, wenn man überhaupt nicht damit rechnet, wurde nichts aus Knoppkes Vorstellung, wie der Zwischenstopp verlaufen sollte. Also irgendetwas wurde schon daraus, aber eben etwas anderes. Um sein Portemonnaie zu holen, das er im Außenfach seines Reiserucksacks deponiert hatte, öffnete Knoppke auf dem

Parkplatz neben der Tankstelle die Heckklappe. Dabei wunderte er sich über ein Geräusch, das aus dem Inneren des Kleinbusses in sein Ohr drang. Zunächst dachte er, das Knistern sei eine Begleiterscheinung des Pfeiftons, sozusagen ein letztes Zucken, doch sicher war er sich nicht, zu oft schon hatten ihm seine Sinne Streiche gespielt, seit er die vierzig überschritten hatte – davor auch schon, aber da war Gras im Spiel gewesen oder andere Drogen. Also ging er zur Seite und öffnete die Tür.

Das war der Moment, als er sie sah. Also die Silbertüte, die das Rascheln erzeugte. Einen Augenblick später sah er auch die Frau, die ihre rechte Hand darin vergrub und zusammengekauert auf der vorderen Rückbank saß beziehungsweise lag, wahrscheinlich, um im Fahrerspiegel nicht entdeckt zu werden. Die Mittagssonne, die sich kurz hinter Dasing der lästigen Wolken entledigt hatte und jetzt strahlte, als sei sie zur Schönheitskönigin von Bayerisch-Schwaben ernannt worden, ließ ihn blinzeln. Andere wären zur Seite gesprungen, hätten »Ah!« oder »Oh!« oder »Huch!« geschrien, vielleicht geschimpft, geflucht, gedroht, zumindest sich erschrocken. Knoppke kratzte sich am Bauch und dachte, verdarrich, was macht die denn hier?

Wie im Film, wenn der Regisseur von einer Detailaufnahme in die Halbtotale zoomen lässt, formte sich auch bei Knoppke das Gesamtbild erst allmählich. Sein Blick erfasste die brünetten Dreadlocks, die das blasse Gesicht noch kleiner erscheinen ließen, das schwarze Shirt, die braune Hose, die schweren Stiefel mit den Nieten. Ahnungslosigkeit durchflutete Knoppke. Noch bevor er dem Gedanken nachjagen konnte, wie denn diese Frau in seinen Wagen kam und vor allem, warum, starrte er in die Tüte, die ihm die Fremde entgegenstreckte wie ein Reporter im Stadion das Mikrofon dem Fußballer. Mit dem Unterschied, dass Journalisten noch nie eine Frage wie diese gestellt haben, darauf konnte man wetten.

»Käsebällchen?«

Der Klang ihrer Stimme verwirrte Knoppke mehr als das ungewöhnliche Angebot, denn sie war kräftig, als käme sie aus dem Radio, dunkel, aber keineswegs maskulin, stabil, als hätte sie jahrelange Übung im Dauerreden. Von Verunsicherung oder Schuldgefühlen keine Spur, das ließ sich bereits nach einem Wort sagen. Knoppke roch Salz und noch etwas anderes, etwas, das ihn an überreifen Gouda erinnerte oder an verbrannte Pizza, und falls er auf der Autobahn einen Anflug von Hunger verspürt hatte, dann jetzt nicht mehr.

»Na, Käsebällchen? Die sind gut«, versuchte es die Unbekannte noch einmal, und obwohl es gerade wichtigere Dinge zu klären gab, musste Knoppke an den Film »Der Volltreffer« denken, in dem John Cusack ebenfalls mit frittierten Knabberkugeln versucht, seine Mitfahrer bei Laune zu halten. Und scheitert. Knoppke fragte sich, ob die junge Frau möglicherweise auf die amerikanische Komödie anspielte, entschied sich dann aber dagegen, weil sie – soweit flüchtige Knoppke-Blicke das in dem Überraschungsmoment recherchieren konnten – in den Achtzigerjahren noch nicht einmal geplant gewesen sein konnte. Er schätzte sie auf Anfang zwanzig, dafür sprach auch ihre Frisur, denn welcher Teenager von heute trug noch Dreadlocks? Knoppke vermutete dahinter ein Kind der Neunziger, auch wenn ihn Mode und Frisuren nicht die Bohne interessierten.

»Ich dachte schon, du musst nie«, setzte sie neu an, legte die Tüte beiseite und kletterte aus dem Bus.

Knoppke bemerkte, wie sie ihn musterte, wie ihre nutellabraunen Augen seine haselnussbraunen Pendants abzufilmen versuchten, die sich vor den Sonnenstrahlen zum Teil hinter den Lidern versteckten. Während sich die Frau streckte und sich ihre Käsebällchenfinger an ihrer Hose abwischte, legte sich Knoppke eine Antwort zurecht.

»Ich muss gar nichts mehr.«

Das war alles, was er herausbrachte.

Ich. Muss. Gar. Nichts. Mehr.

Es waren die brüchigen Worte eines Mannes, der vor vierundzwanzig Stunden zuletzt etwas von sich gegeben hatte, außer ein paar Höflichkeitsfloskeln hier und da, um die kommt man nicht herum. »Einen schönen Tag« hat er Silvi-die-nun-Chelsea-hieß zum Abschied gewünscht, bevor diese sich zum Zumba mit Ivanca und er sich allein zur Arena aufmachte. Der »schöne Tag« kam ihm vor wie ein schlechtes Jahr.

»Natürlich musst du! Sonst wärst du ja wohl weitergefahren«, sagte die Kleine, die im Übrigen gar nicht so klein war, eher groß, also klein lediglich im Sinne von jung. »Hältst eh lang durch für dein Alter«, fuhr sie fort, »alte Menschen müssen ständig, frag mich nicht, warum. Besser man wird nie alt, aber dieser Zug ist für dich ja bereits abgefahren.«

»Ich muss, wann ich will«, spuckte Knoppke aus. Von Frauen wollte er sich überhaupt nichts mehr sagen lassen. Von jungen Frauen schon gar nicht. Von jungen fremden Frauen erst recht nicht. Von jungen fremden Frauen, die sich heimlich in sein Auto stahlen und sich über sein Alter lustig machten, ganz zu schweigen.

»Sorry, aber das ist Quatsch.«

»Überhaupt kein Quatsch!«, sagte Knoppke reflexartig. »Nur dreimal aufs Klo bis zur Küste.« Er verlagerte sein Gewicht auf das andere Standbein und stemmte seine Hände in die Hüften.

»Und warum nicht hier, wo sind wir überhaupt?« Die Streunerin sah sich verloren um.

Knoppke fühlte sich herausgefordert. »Irgendwo bei Augsburg, und das ist viel zu nah. Niemals im selben Bundesland, also frühestens bei Stuttgart«, grummelte er vor sich hin, doch sein Gegenüber redete bereits weiter. »Augsburg! Ich kannte mal einen Typen, der war aus Friedberg, und sein derbes Schwäbisch war noch das Normalste an ihm. Ist dir Pedal Pumping ein Begriff?«

Knoppkes Kiefer sackte ab, je mehr Wörter aus ihrem Mund purzelten.

Die Frau grinste irr und reichte ihm die Hand. »Wie auch immer, ich bin jedenfalls Sam. Nur meine Mutter und andere Feinde nennen mich Samantha, wobei mir auch die meisten meiner sogenannten Freunde gestohlen bleiben können. Und wenn *du* nicht aufs Klo musst, ich muss wohl. Ich muss nämlich nicht, wann ich *will*, sondern wenn ich *muss*.« Sie entzog sich dem Händedruck, den sie ihm aufgezwungen hatte, um in Richtung der Toiletten zu schlurfen. Bevor Knoppke irgendetwas erwidern konnte, zum Beispiel, dass er ihre Blinder-Passagier-Nummer ziemlich dreist fand und jetzt liebend gerne weiterfahren würde, drehte sich Sam zu ihm um. Ihre Dreadlocks tanzten wie die Fransen eines Wischmopps. Mit lauter Stimme rief sie ihm zu: »Und wer dieser Pröpper ist, kannst du mir ja gleich erzählen.«

Knoppke ähnelte einem Fragezeichen. Äußerlich und

innerlich, das hatte es lange nicht gegeben. In letzter Zeit glich er einem Strichpunkt, der linken Hälfte einer Klammer, ab und an auch einem Komma, irgendetwas Unvollständigem. Aber nichts, das staunte oder sich wunderte, und wenn Emoticons die Vollpfosten unter den Symbolen waren, dann waren Fragezeichen die Philosophen. Wer war die Tramperin, die nicht um Erlaubnis bat, fragte sich Knoppke in diesem Augenblick, und woher, zum Teufel, kannte sie Pröpper, den Helden seiner Jugend? Niemand kannte Pröpper, jedenfalls keiner außerhalb von Wuppertal.

Zuletzt war Knoppke vor ein paar Jahren etwas ähnlich Skurriles passiert. Da flatterten ihm anonyme Postkarten ins Haus, mehrere Monate lang, insgesamt vier Stück. Die Karten zeigten ungewöhnliche Details seiner Heimat, konsequent in Schwarz und Weiß. Weder ein Absender noch andere Worte hatten darauf gestanden, und seine Anschrift war mit Computerschrift auf Etiketten gedruckt worden. Damals hatte Knoppke ebenfalls wie ein Fragezeichen ausgeschaut. Jedoch schenkte er der Aktion keine weitere Beachtung, vor allem deshalb, weil bereits der Anflug des Gefühls, das die Erinnerungen in ihm auslösten, wie Gewitterwolken über seiner Seele hing. Und auf ein emotionsgeladenes Wetterleuchten hatte er keine Lust, weshalb er die Stimmungen im Keim erstickte und die Karten entsorgte. Lieber wollte er taub und stumm bleiben als aufgewühlt.

Als er sich gesammelt hatte – ein komischer Ausdruck, wenn man bedenkt, dass es bei Knoppke nicht viel zu sammeln gab, der Mann war so gut wie nie zerstreut –, als er wieder im Hier und Jetzt der Raststätte angekommen war, überlegte er kurz, ob er auf diese Sam warten sollte, entschied sich dann aber dagegen. Er wusste nichts über diese Frau, zugleich konnte er Menschen nicht verstehen, die süchtig waren nach neuen Bekanntschaften.

Waren die meisten nicht sowieso Pfeifen, Nervensägen oder psychische Wracks? Langweiler, Geldgeile oder Egomanen? Knoppke kannte die Antwort seit etlichen Jahren, und daran würde keine Vagabundin dieser Welt etwas ändern, so forsch und rätselhaft sie auch sein mochte. Also pfiff er auf seine Kaffeepause, schloss die Türen mit starker Hand, stieg ein und fuhr los. Nicht mit gutem Gewissen, mit schlechtem aber auch nicht.

Mit der Mittellage konnte er leben.

Aber nicht sehr lange. Als der Klingelton seines Handys die Stille zerpflückte, eine Stille, die nur durch das dumpfe Brummen des Motors belästigt wurde, waren gerade einmal zehn Minuten vergangen. Knoppke dachte sofort an Chelsea, und mit Sicherheit wäre es ihm eine Freude gewesen, ihren Anruf erneut zu ignorieren. Weil aber nicht »Chelsea«, sondern »Anonym« auf seinem Display erschien, war er zunächst ein bisschen enttäuscht. Auf den Entschluss seines Handelns hatte das jedoch keinen Einfluss. Er fuhr einfach weiter.

Bei Stuttgart musste Knoppke grinsen, wie gut er sich doch kannte. Tatsächlich wollte er auf die Toilette, kaum hatte er das Bundesland gewechselt. Bei der erstbesten Raststätte angekommen, parkte er beim Eingang und schloss seinen Bus ab.

Am liebsten hätte er auch mit seinem Leben abgeschlossen, denn was er hier entdecken sollte, ließ ihn am Restsinn seines Lebens zweifeln. Als er Sam im Schneidersitz auf dem Asphalt kauern sah, erstarrte er in null

Komma nichts. Zu seiner Überraschung quittierte die Kleine seine Geste mit dem Peace-Zeichen, einem makellosen »V«, das sie im Handumdrehen zum Stinkefinger verwandelte.

»Du bist also ein Anhänger des französischen Abgangs. Ziemlich unsportlich, Knoppke!«

Abgang. Unsportlich. Knoppke. Fast hätte er das Atmen vergessen, infolgedessen er alsbald kollabiert wäre. Dann hätte er verpasst, was den Begrüßungsworten folgte, denn während er einen ziemlich langen und außergewöhnlich intensiven und unglaublich nutzlosen Moment brauchte, um den Gedanken zu akzeptieren, dass er heute schon zwei Frauen ignoriert hatte, kam Sam gerade erst in Fahrt.

»Nicht nur, dass du mich in der Augsburger Pampa sitzen lässt wie einen ungeliebten Hundewelpen. Du hast dich nicht mal verabschiedet. Ist das deine Art, mit Frauen umzugehen? Lass mich raten: Du hast keinen Bock auf Labern, keinen Bock auf Diskussionen, alles, nur keinen Stress. Ich kenne Typen wie dich, ihr fühlt euch so mega unabhängig. Einen Scheißdreck seid ihr! Sag, bist du immer so drauf?«

Das Tempo ihrer Sätze passte perfekt zu den vorbeirauschenden Autos hinter den kargen Baumreihen. Wäre ich doch weitergefahren, schoss es Knoppke durch den Kopf, während er in Gedanken kräftig aufs Gas drückte. Verbal war es die Kleine, die hochtourig unterwegs war.

»Außerdem hast du was, das mir gehört.«

Knoppke bekam Kopfschmerzen.

»Es ist dir vielleicht nicht aufgefallen«, fuhr sie fort, »aber du hast noch meinen Rucksack, und den hätte ich gerne wieder. Es sei denn, du stehst auf Frauenkram.«

Knoppke glaubte ihr kein Wort, bis er durch das Seitenfenster seines gelben Busses blickte und das fremde Gepäckstück auf der hinteren Rückbank entdeckte. »Warst du es, die mich vorhin angerufen hat?«, brach er sein Schweigen und drehte sich wieder zu ihr. »Woher hast du meine Nummer?«

»Kinderspiel«, antwortete Sam, »steht im Telefonbuch. Aber da du ja offensichtlich kein großer Fan der verbalen Kommunikation bist, macht das ziemlich wenig Sinn.«

Knoppke sah das Grinsen, das die Raststätte augenblicklich ein Stückchen hübscher machte. Gleichzeitig erinnerte er sich daran, dass er seine Telefonbucheinträge längst hatte streichen lassen wollen, vor allem seine Handynummer ging niemanden etwas an. Er selbst ging niemanden etwas an, und das sollte auch so bleiben.

»Wie zum Teufel hast du mich gefunden?«, wollte Knoppke wissen.

»Das hatte ich im Urin«, sagte Sam, und noch während Knoppke den Kopf neigte und seine linke Augenbraue in die Höhe zuckte, plapperte sie weiter. »Auch ein Knoppke will mal müssen, frühestens bei Stuttgart. Deine Worte. Wenn ich eins kann, dann ist es zuzuhören, Mister. Ich bin ein Schwamm für den Schwall der anderen, ich sauge alles auf.« Sam sog Luft ein und artikulierte ein ausdauerndes »F«. »Und da es nicht besonders schwierig ist, eine schnellere Mitfahrgelegenheit als dich zu finden, war ich sogar noch vor dir da. Der Kaffee hier ist übrigens scheiße, den kannst du dir sparen.«

Knoppke rieb sich die Schläfen und dachte, es hämmert, es hämmert.

Die Gepäckübergabe war keine große Sache, und nach der Verabschiedung per Handschlag konnte er Sam zumindest noch die Antwort entlocken, wie und wann sie in München in seinen Bus geklettert war. Er hatte auch diesbezüglich keinerlei Schimmer, und kleine Gaunertricks interessierten Knoppke, seit er als Teenager die Krimiserie »Columbo« für sich entdeckte. Nach dem Training hatte er sich oft zu seinem Großvater nach Vohwinkel verdrückt, die beiden hatten über Fußball philosophiert und über das Leben, hatten ferngesehen, Klavier gespielt oder im Park mit der Steinschleuder auf Dosen geschossen, während zu Hause mal wieder die Fetzen flogen beziehungsweise die Bierflaschen.

»Du solltest absperren, wenn du kurz vor der Abfahrt zurück ins Haus gehst«, sagte Sam, während sie sich ihren Rucksack umschnallte. »Ein beliebter Anfängerfehler, mach dir nichts draus.«

Knoppke nickte und wollte mehr erfahren. Zum ersten Mal seit Langem wollte er mehr erfahren. Also machte er einen auf Columbo und konfrontierte sie mit der Frage, woher sie wusste, wie er hieß. Unter Verfolgungswahn litt Knoppke jetzt zwar nicht, und auch von der Bedeutung des Begriffs »Stalker« hatte er nur eine vage Vorstellung, dennoch hatte es ihn kurz geschüttelt, als er vorhin seinen Namen hörte.

Statt zu antworten, zog Sam eine Autogrammkarte aus ihrer Hosentasche, die Knoppke bereits wiedererkannte, als lediglich der Kopf der darauf abgebildeten Person herausragte.

»Pröpper!«, stieß Knoppke aus. Seine Augen funkelten.

»War der mal berühmt?«, fragte Sam und betrachtete das Foto, das eine seitengescheitelte Männerfrisur zeigte, natürlich auch den Kopf dazu, der aus einem blau-gelben Trikot mit karnevalsartigem Dreispitzkragen ragte, aber vorrangig den Seitenscheitel, der in einem Frisurenmuseum als besonders wertvolles Exponat in einem Schaukasten ganz am Ende des Rundgangs präsentiert werden würde.

»Ob Pröpper berühmt war?« Knoppke rieb sich mit der Hand über den Mund. Nach einer Weile fuhr er fort: »Du kennst doch sicherlich Jupp Heynckes.«

»Nö, wer soll das sein? Hatte der auch so eine Frise?«

»Heynckes? Jupp Heynckes? Ist das dein Ernst? Hast du gestern nicht das Spiel gesehen?«

»War er nun berühmt oder nicht, dieser Pröpper?«

»Aber Gerd Müller sagt dir was?«

Sam verdrehte die Augen.

»Lewandowski?«

Keine Reaktion.

»Ibrahimovic?«

Nichts.

»Drogba?«

»Hä?«

Knoppke gab auf. Er sah ein, dass er jeden Torjäger aus aller Welt und vielen Zeiten hätte aufzählen können, um dann doch nicht die Brücke zu Günter Pröpper bauen zu dürfen, den besten Bundesligaschützen, den der Wuppertaler SV je hatte. Als ihm klar wurde, dass ihm diese Freude verwehrt bleiben würde, verzog sich sein Anflug von Begeisterung.

Sam dagegen hakte euphorisch nach: »Warst du auch Fußballer?«

»Ach«, wiegelte Knoppke ab.

»Das klingt aber anders«, entgegnete die Kleine und

las die Signatur der Karte vor, die sie noch immer in der Hand hielt. »Bleib am Ball, Knoppke«, entzifferte sie, dazu die Unterschrift von Pröpper. Sam sah ihn an. »Er muss dir viel bedeutet haben. Warum gehst du so sorglos damit um? Ich habe die Karte in der Ritze der Rückbank gefunden.«

»Die Zeiten sind vorbei«, grantelte Knoppke, rupfte die Karte aus ihrer Hand und wünschte ihr eine erfolgreiche Weiterreise.

Er hatte genug von Sams Fragerei, genug Überraschungen für heute, für morgen, und wenn es nach ihm ginge, für die ganze Reise. Seine rechte Hand zitterte, als er Pröpper wegsteckte. Damit wollte er es endgültig gut sein lassen.

Doch es war nicht gut.

Dass etwas nicht stimmte, merkte Knoppke sofort, als er von den Toiletten zurückkam, die er nach einem doppelten Espresso und einem Schinken-Käse-Toast im Restaurant aufgesucht hatte, und eigentlich weiterfahren wollte. Allein. Doch dann war da eine ziemlich aufgebrachte Sam, die vor seinem Bus herumtippelte und permanent zu den etwas weiter entfernt geparkten Autos hinüberschielte. Soweit Knoppke das erkennen konnte, blutete sie an der rechten Hand.

»Beeil dich, Knoppke, ich glaub, es gibt Ärger«, rief sie ihm zu und ruderte mit den Armen, und Knoppke dachte, nee, oder?

»Hast du den Daumen zu weit rausgestreckt, Tramperin?«, raffte er sich zu einem Scherz auf, als er sich ihr näherte. »Ein beliebter Anfängerfehler, mach dir nichts draus!«

»Witzig, du Clown! Aber wenn du nicht willst, dass dir ein paar Spacken deine Rentnerschüssel auseinandernehmen, dann sperrst du jetzt besser auf und fährst los. Tempo, alter Mann, Tempo!«

Als Knoppke zögerte, weil er noch nie das Wort Rentnerschüssel in Zusammenhang mit einem Ford Transit gehört hatte, in Wahrheit hatte er das Wort Rentnerschüssel überhaupt noch nie gehört, machte Sam kurzen Prozess und schlug mehrmals mit ihrer heilen Hand auf die Beifahrertür. »Nun. Mach. Schon. Auf!«, schrie sie. »Diese Typen sind auf 180!«

Knoppke sah sich um und entdeckte ein paar Autoreihen weiter drei Gestalten um einen weißen BMW herumstehen. Die Frau im Rock hielt einen kleinen Hund auf dem Arm, der ziemlich bedröppelt wirkte, so schlaff hing er ihr an ihrer Bluse, der größere der beiden Männer gestikulierte wild mit den Anzugärmeln und deutete auf das linke Rückfenster, mit dem ebenfalls etwas nicht in Ordnung zu sein schien, und der dritte hielt nach irgendetwas Ausschau oder nach irgendwem, das erschloss sich Knoppke nicht.

»Ich versteh zwar gar nix«, murmelte er und entriegelte die Fahrertüren, zuerst die rechte, dann die linke, hetzen ließ er sich nicht. »Kann mir aber egal sein.«

»Nicht ganz, Amigo«, sagte Sam und sprang auf den Beifahrersitz. »Diese Lackaffen sind gerade total sauer, und zwar auf mich, das wissen sie nur noch nicht. Und wenn die jetzt meine Hand sehen, dann könnten sie Schlüsse ziehen und durchdrehen. Vor allem die Tussi im Sparkassenkostüm steht kurz vor Amok. Siehst du ihre hautfarbene Omastrumpfhose? Wie kann man sich nur so anziehen? Voll peinlich!«

»Und was hat das mit mir zu tun?«, fragte Knoppke, nachdem er sich ebenfalls in den Bus gedrückt hatte.

»Denk doch mal nach! Die könnten glauben, wir sind Komplizen. So Bonnie-und-Clyde-mäßig. Oder wären dir Melissa McCarthy und Sandra Bullock lieber?«

Knoppke hörte Komplizen, Knoppke erschauderte, Knoppke gab Gas.

Als sie auf der Autobahn waren und sich der dahinrauschenden Anonymität des Autostroms angepasst hatten, steckte sich Knoppke eine Fluppe an.

»Dich wird man wohl nie los«, sagte er nach dem ersten Lungenzug und wusste nicht, ob er das gut finden sollte oder schlecht, also nicht den Lungenzug, den fand er mehr als gut, sondern die Sache mit Sam, tendenziell natürlich eher schlecht. Auch in den nächsten Stunden würde er sich die Ruhe abschminken können, und Knoppke dachte, warum eigentlich?

»Nett von dir, dass du mich fragst, wie es meiner Hand geht«, gab sie schnippisch zurück.

»Ist doch nur ein Kratzer«, sagte Knoppke, der schon viele Wunden und Verletzungen gesehen hatte in seinen aktiven Jahren. Diese hier hatte er noch auf dem Parkplatz in die Kategorie »nur ein Kratzer« eingeordnet.

»Hallo?«, empörte sich Sam und zog das »O« erst in die Länge und dann in die Höhe, fast so, als würde sich das kleine »O« langsam in den Himmel der Buchstaben verziehen und alle anderen Buchstaben stünden staunend beisammen und machten »ah!«. »Woher willst du das wissen? Bist du ein verfluchter Arzt oder so was? Aber nein, vergiss es, ein Arzt hätte nicht so eine miese Karre!« Die Knatschkugel war gerade dabei, die Arme zu verschränken, das konnte Knoppke im Augenwinkel erkennen, rieb sich dann aber ihre Hand.

»Im Gegenteil, ich hab den Ärzten immer Arbeit gemacht«, erwiderte Knoppke und blies Rauch aus dem Fenster. »Im Handschuhfach liegen Pflaster.«

Noch während sich Sam den Verband um ihre Hand wickelte, den sie in dem Erste-Hilfe-Täschchen mit dem D-Mark-Etikett gefunden hatte, sprach sie Knoppke auf die Musikkassetten an, die im Handschuhfach vergilbten und jeden sofort irritieren mussten, der noch nie etwas von einem Bandsalat gehört hatte.

»Für LPs reicht der Platz wohl nicht, was?«

Schneller, als er ihren Kommentar ignorieren konnte, schob Sam eine der MCs in den Kassettenspieler, schaltete das Radio an und drehte die Lautstärke hoch. Rob Halford, der Sänger von Judas Priest, fing sofort an zu leiden, so jung und wild, als wäre die Zeit stehen geblieben: *»Breaking the law, breaking the law / Breaking the law, breaking the law.«*

Knoppke fühlte sich weder jung noch wild, und ausgerechnet jetzt die vergessenen Riffs der Achtziger zu hören, irritierte ihn. Als er das letzte Mal laut Musik gehört hatte, haben die Scorpions noch nicht jedes Jahr ihre letzte Tour angekündigt, und Helene Fischer ging lediglich ihren Kolleginnen in den Musicalkursen einer rheinland-pfälzischen Realschule auf die Nerven, nicht aber Zigtausenden Erwachsenen in viel zu vollen Hallen in ganz Deutschland.

»Na wenigstens hörst du keinen Blues«, kommentierte Sam, und ihre schlangenartigen Haarformationen nahmen den Tanz auf. »Blues wäre dann doch zu viel Klischee.«

»Ich höre kaum mehr Musik.«

Die Schlangen legten sich nieder.

»Du bist schräg, Knoppke, weißt du das? Wer hört denn keine Musik mehr? Musik ist ja wohl die derbste aller Drogen, mal abgesehen von Gras und Koks. Crystal geht auch ziemlich gut. Davon kommt man nicht so einfach los.«

Knoppke sah kurz zu ihr rüber, und Sam grinste wie ein Smiley auf Speed. Er selbst verzog keine Miene.

»Nur Spaß«, knickte Sam ein. »Würde ich nie tun, ich bin doch ein braves Mädchen.«

»So brav, dass du auf dem Parkplatz fremde Autos demolierst?«

»Breaking the law, breaking the law«, sang Sam mit und klopfte mit ihrer gesunden Hand auf ihr linkes Bein. »Und wenn schon, hast du gesehen, was die ihrem Beagle angetan haben?«

»Ihrem was?«

»Na, ihrem Hund! Beagle wie Bagel, nur noch süßer.« Sam sah ihn an, Knoppke verdrehte die Augen. Was die Leute nur immer mit diesen Haustieren haben, fragte er sich.

»Das Winseln war ja wohl nicht zu überhören«, redete sie weiter. »Der Kleine muss schon länger in der Kapitalistenschaukel eingesperrt gewesen sein. In der prallen Mittagssonne! Wie bescheuert kann man eigentlich sein? Manche Leute gehören echt verboten, ohne Witz.«

Jetzt wurde Knoppke neugierig. »Und dann hast du was getan?«

»Unterm Verband ist die Hölle los«, jammerte Sam, tippelte mit ihren Stiefeln, und Knoppke dachte: ach Gottchen! »Irgendwer musste es doch tun«, fuhr sie fort,

»eigentlich wollte ich den Spalt im Rückfenster nur etwas aufstemmen, damit der Kleine mehr Luft bekommt, verstehst du? Oder hast du gedacht, ich hätte mal eben die Scheibe eingeschlagen, so voll Ninja-mäßig?«

»Zuzutrauen wär's dir«, sagte Knoppke und überholte einen Käfer.

Sam lehnte sich zurück und hatte offenbar erneut vor, die Arme zu verschränken. Wieder zuckte sie zurück. Stattdessen bohrte sie ihren linken Daumen in den aufgerissenen Sitz, dort, wo der Schaumstoff herausquoll.

»Wie hast du's angestellt, sag schon«, wollte der Columbo in ihm wissen.

Sam schwieg, zum ersten Mal seit ewig, und Knoppke dachte, auch schön. Weil aber Schönheit vergänglich war, rückte die Kleine irgendwann raus mit der Sprache.

»Luftdruckmessgerät.«

»Danke, alles in bester Ordnung«, reagierte Knoppke.

»Du entwickelst dich mit großen Schritten zum Komiker. Mit dem Teil hab ich versucht, den Spalt aufzustemmen. Ging aber nicht, also hab ich ...«

»... die Scheibe eingeschlagen«, ergänzte Knoppke ihren Satz. Nach einer Weile fuhr er fort: »Wir hätten mit den Leuten reden müssen.«

»Ach, vor mir haust du ab, aber mit Tierquälern willst du dich auseinandersetzen?«, empörte sich Sam und malte beim letzten Wort Anführungszeichen in die Luft. »Die hätten mir doch gar nicht zugehört, sondern mir sofort ihre blöde Scheibe in Rechnung gestellt und Zusatzkosten für Unannehmlichkeiten und was weiß ich noch was. Diese Typen wedeln doch gleich mit den Visitenkarten von Daddys Anwälten, diese impotenten

Vollhonks! Und mit denen willst du reden, ausgerechnet du? In welcher Welt lebst du eigentlich, Knoppke? Wenn ich eins gelernt habe, dann ist es, die Dinge selbst in die Hand zu nehmen. Weil nämlich nicht alle jemanden haben, der ihnen dabei hilft.«

Der erste Teil von Sams Ausbruch brachte ihn zum Nachdenken, und Knoppke fragte sich, noch während die Kleine weiterschimpfte, woran es lag, dass er offenbar kein Problem damit hatte, Frauen früher oder später zurückzulassen, ohne Streit, ohne Diskussion, einfach weg. Seine Gedanken sprangen von Sam zu Chelsea, von Chelsea zu Nina, von Nina zu Sabrina, von Sabrina zur Fahrbahnverengung, auf die er sich kurz hinter Stuttgart konzentrieren musste, von der Fahrbahnverengung zurück zu Sabrina, ja, das passte, von Sabrina zu Jennifer, von Jennifer zum drängelnden Mercedes, der ihn gerade anleuchtete, von Mercedes zurück zu Jennifer, von Jennifer zu Tiffi.

Tiffi. Knoppke spürte, wie seine linke Augenbraue zuckte, schneller und stärker als zuletzt, und er begriff, was er längst wusste, aber erfolgreich verdrängt hatte: Seitdem er Tiffi vor mehr als zwanzig Jahren zurückgelassen hatte und ins ungeliebte München kroch wie ein getretener Beagle, drückte er sich vor zwischenmenschlichen Komplikationen. Immer. Die Möglichkeit der Flucht wurde zum Schutzschild seiner Seele.

Einen Moment lang war Knoppke verblüfft, zu welchen Erkenntnissen er nach einem doppelten Autobahnespresso fähig war, bevor er die philosophische Anmutung wieder abschüttelte. Abschütteln musste, dafür sorgte Sam.

»Knoppke, jetzt sag doch auch mal was, du, du, du

Buddha!« Sie kreischte und schüttelte das Schlangenhaar. »Deine Gelassenheit macht mich verrückt.«

Buddha schwieg, Buddha gab Gas, nur schnell raus aus Baden-Württemberg. Wer Knoppke kannte, hätte ein angetäuschtes Grinsen in sein kantiges Gesicht hineininterpretiert, wer nicht, genau, der hätte behauptet, der Mann verziehe keine Miene.

5) Wer lange in einem Auto sitzt, noch dazu mit einer fremden Person, kommt irgendwann an den Punkt, an dem es unbehaglich wird. Das mag an »Welcome to the Jungle« von Guns N'Roses liegen, kann aber auch schlicht der Tatsache geschuldet sein, dass ein Großteil der Menschen das Schweigen nicht erträgt, infolgedessen über Dinge redet, die taktlos sind, oder schlimmer noch, die einen Nerv treffen, und zur Wurzelbehandlung geht man in aller Regel zum Zahnarzt und fährt nicht auf der A8 der sinkenden Sonne entgegen und quasselt sich um Kopf und Kragen.

Sam ist so eine, dachte Knoppke, die sich um Kopf und Kragen quasselt, nimmermüde, Wörter zu finden, die sich irgendwie zu Sätzen formen, meist in Gestalt von herausfordernden Fragen oder anderem Gebell, eine Anstrengung, die Knoppke lieber auf das Nötigste reduzierte, also das Artikulieren. Er hatte mit dem Denken schon genug zu tun, da schlängelten sich zuweilen Gedankenwürmer durch sein Hirn, die ihm die letzte Energie raubten. Vor wenigen Minuten hatte er gedacht, was für ein Pech, dass die neugierige Vagabundin ausgerechnet zu ihm ins Auto geklettert war, ein anderer hätte sich vielleicht über ihre Gesellschaft gefreut, dann wiederum hat er sich gedacht, wie sehr ihm der Mut der jungen Frau imponierte, so angstfrei durch das Land zu trampen und sich in Missstände einzumischen, die einen nichts angehen, und Knoppke fragte sich ergebnislos, was er denn so gewagt hatte mit Anfang zwanzig.

Sam interessierten ganz andere Dinge.

»Warum fährst du eigentlich Oldtimer?«, war so eine Frage, ausgesprochen irgendwo bei Pforzheim, mit der sie abermals das Schweigen brach, während Axl Rose kreischte und Knoppkes Gedanken kreiselten. »Ich meine, dafür bist doch selbst *du* noch zu jung.«

»Das ist ein Ford Transit«, stellte Knoppke klar und glaubte ernsthaft, damit wäre alles gesagt. Zum Beispiel, dass ein Kleintransporter des Typs Transit zwar rein theoretisch ein Oldtimer sein konnte, ab dreißig Jahren sprechen Freaks ja gemeinhin von einem Oldtimer, und Knoppkes Wagen war Baujahr 1982. Aber praktisch gesehen handelte es sich um einen zeitlos lässigen Schlitten, irrte sich Knoppke.

»Oldtimer!«, keifte Sam, und Knoppke schwieg.

»Old-ti-mer«, zog sie ihn auf und beugte sich beim Sprechen so weit zu ihm herüber, wie es der Beifahrergurt gerade noch zuließ. Sie war eindeutig eines dieser Wesen, dachte Knoppke, die nicht erschaffen wurden, um angeschnallt zu werden.

»Jetzt hör mir mal zu, du kleine Nervensäge, mein Transit ist ein zeitlos lässiger Schlitten!«

»Nicht cool«, erwiderte Sam und ließ sich zurück in die rissige Lehne fallen. »Wenn das ein Bulli wäre, würde ich dir recht geben. Bullis sind cool und zeitlos, zeitlos cool. Da stehen Hippies drauf und Hipster auch.«

»Hipster?«

»Auch, vergiss es! Du bist jedenfalls keiner, selbst wenn du einen Bulli hättest.«

Knoppke drehte die Musik lauter, Skid Row lösten gerade Guns N'Roses ab. Nach ein paar Riffs von »18 and life« murmelte Knoppke vor sich hin: »Mein Transit ist fast ein Bulli. Fast ein Bulli«, wiederholte er, der immer von einem VW-Bus geträumt hatte, aber als Amateurfußballer nicht das Geld besaß, sich einen der damals schon beliebteren Modelle Typ 2 T2 anzuschaffen. Wer einen Bulli fuhr, noch dazu in Wuppertal, der galt als coole Socke, und Knoppke wäre halt auch gern eine coole Socke gewesen. Als er Jahre später die Mittel gehabt hätte, war es ihm egal geworden, welches Auto er fuhr. Glück ist zum Großteil eine Frage des Timings, alte Knoppke-Regel.

»Fast?«, fragte Sam.

»Fast«, wiederholte Knoppke.

Bei Karlsruhe, als Knoppke nach kurzem Zögern die A5 wählte, da wurde es erneut unbehaglich.

»Ich weiß ja nicht, wo du hinwillst, aber schon mal was von Navi gehört, Knoppke?«

Außer den Kinks meldete sich keiner zu Wort, und deren »State Of Confusion« ließ Sam nicht als Antwort durchgehen.

»Das sind Geräte, die einem sagen, wo's langgeht, also eigentlich wie Eltern, nur dass Navis meistens recht behalten und Eltern sich nicht updaten lassen. Die leben mit ihren Bugs bis zur Rente und nehmen sie mit ins Grab.«

Knoppkes Hand griff zum Ganghebel und würgte ihn.

»Ich brauche niemanden, der mir sagt, wo's langgeht«, erwiderte er nach einer Pause. »Aber Streunern wie dir könnte das vielleicht nicht schaden.«

Worte, die er augenblicklich bereute.

»Was soll das denn jetzt heißen?«, regte sich Sam auf. »Denkst du etwa, ich hätte keinen Plan, was ich mit meinem Leben anstellen soll? Bist du auch einer von denen, die alles besser wissen und doch keine Ahnung haben?«

»Wie sieht denn dein Plan aus?«, hakte Knoppke nach.

»Keine Ahnung«, ätzte sie zurück, und ihre Radiostimme ließ die Kinks wie Flüsterknaben wirken. »Keine Pläne schmieden? Nicht die Fehler meiner Eltern machen? Carpe that fucking Diadem?«

Knoppke wiederholte ihren letzten Satz in Gedanken, verstand aber immer weniger, was Sam damit meinen könnte. Irgendwas mit fucking, grübelte Knoppke, und dann dachte er, bald schmeiß ich sie raus.

Aber die Unannehmlichkeiten ziehen vorbei wie die Landschaft, und die Stimmungen im Auto wechseln wie die Wetterlagen über den Kulissen. Vor Saarbrücken unter Schlierenwolken fragte sich Knoppke, ob er es heute noch bis Calais schaffen würde, was er bezweifelte, und wo er endlich diese Sam loswerden würde, was er ebenfalls bezweifelte, denn wie es schien, war es der Kleinen egal, wohin die Reise ging, zumindest hatte sie sich dazu noch nicht geäußert. Sie hatte sich über seine Angewohnheit, hin und wieder zu spät hochzuschalten, ausgelassen, über die Musik vom Band, dessen Schachtel mit »Hard Rockers II« beschriftet war, über den Innenausbau seines Busses und den Ausbau seines Bauches. Überhaupt hatte sich die Fremde erstaunlich viel für ihn interessiert, dachte Knoppke, während Sam den Rest ihrer Käsebällchen aufaß und ausnahmsweise schwieg. Knoppke war diese Aufmerksamkeit nicht gewohnt, er wusste damit nicht umzugehen, und plötzlich blitzten Bilder von gestern in seinem Kopf auf. Die Blicke im Stadion, die durch ihn durchschossen, schoben sich vor die Straße, auf die er schaute; die Blicke im Bett, die in eine andere Welt zielten, verschmolzen mit den Autos zu einem vielschichtigen Tableau verschiedener Realitäten, und Knoppke wunderte sich, warum er nichts dabei fühlte. Aber eines wurde ihm klar: Es war nicht das Glück der anderen, das ihn zermürbte, es war die Ergründung seiner eigenen Emotionen, oder besser gesagt: seiner Emotionslosigkeit.

Sonnenklar war auch das Wetter über Metz, wo sich Knoppkes Stimmung wieder aufhellte, zumindest so viel, dass er von seiner ungebetenen Begleitung auch mal etwas wissen wollte.

»Machst du das eigentlich öfter?«

Keine Reaktion, nur Alice Cooper versprühte »Poison«.

»Ich meine, ist das nicht viel zu gefährlich für dich?«

»Schon möglich.«

Knoppke sah sie an. »Nur um das richtig zu verstehen: Warum bist du in München in ein Auto gestiegen, das dir nicht gefällt, zu einem alten Sack, den du nicht kennst? Ich könnte ein Serienkiller sein!«

Beim Wort Killer prustete Sam los, und kleine Spuckebläschen zerplatzten im Staubfilm der Windschutzscheibe. Als Knoppke infolgedessen den Scheibenwischer aktivierte, ein lausiger Scherz, den er von seinem Großvater übernommen hatte, mussten beide lachen.

»So viel zum Thema Serienkiller«, sagte Sam und sah aus dem Fenster. Nachdem ein paar Straßenschilder mit launischen Akzentzeichen an ihnen vorbeigezogen waren, kam sie über Umwege auf Knoppkes Frage zurück: »Ich war noch nie in Frankreich, das ist irgendwie cool, très cool, mon Amigo, also hat es sich schon gelohnt, dass ich bei dir eingestiegen bin.«

»Was du aber in München nicht wissen konntest«, reagierte Knoppke wie auf Knopfdruck. »Ich wusste ja selbst noch nicht, welche Route ich nehme.«

Sam zögerte einen Moment, sah ihren Fahrer an und sagte: »Kismet!«

Küss mich? Knoppke musste sich verhört haben, oder lag es an dem Pfeifton, der zwar so gut wie weg war, aber gelegentlich noch leise surrte? Von seiner phänomenalen Verwirrung konnte er sich im Innenspiegel überzeugen: Sein Mund stand offen, seine linke Augenbraue war verrutscht, und dass er ein müdes und leeres Mimikmonster war, das hatte er vorher schon gewusst. »Ist das wieder Hipstersprache?«, fragte er schließlich.

»Sei nicht albern, Knoppke! Kismet kommt aus dem Lateinischen und bedeutet so viel wie Schicksal. Eine ziemlich entspannte Lebenseinstellung, wenn du mich fragst. Ich muss mir keine Ziele setzen, ich lasse mich treiben. Dass ich in deiner ollen Transe gelandet bin, war Kismet.«

»Transit!«, korrigierte Knoppke sie mechanisch, gedanklich war er ganz woanders. Für ihn klang Sams Theorie einleuchtend, sie passte zu der Herumtreiberin, auch wenn er selbst noch nie von Kismet gehört hatte. Das mit dem Lateinischen kam ihn, allerdings spanisch vor, die Kleine konnte ihm schließlich alles Mögliche auftischen.

»Und du, was treibt dich auf die Straße? Bist du einer

dieser Sinnsucher, jagst du dem Glück hinterher? Aber unter uns Rucksackkindern, hier kommt der Megatipp für dich: Falls du den Jakobsweg suchst, da ist ein Bus eher ungeil.«

»Ich suche Ruhe, keinen Sinn.«

»Wie tiefsinnig!«

»Außerdem lässt sich das Glück nicht jagen, Mädchen, das wirst du schon noch merken.«

»Nenn mich nicht Mädchen!«

»Jagen lässt es sich trotzdem nicht.«

»Wer nicht jagt, der nicht gewinnt.«

»Nicht dein Ernst jetzt.«

Um Gespräche wie diese anstrengend zu finden, muss man nicht Knoppke heißen, der Gespräche wie diese ziemlich anstrengend fand, auch wenn er es selten mit einer so schlagfertigen Person wie Sam zu tun hatte. Und weil er jetzt schon sechs Stunden lang das Scheitern seines einzigen Wunsches zelebriert hatte, nämlich allein zu sein, schlug er seiner Begleiterin eine Rast vor. Eine richtige Rast, mit Apfelschnitzen, Beinevertreten, Rauchen, allem.

»Aber keine Scheiben einschlagen«, sagte Knoppke, als er die Autobahnstation bei Saint-Privat-la-Montagne ansteuerte.

Sam präsentierte ihm den Finger, den er heute schon einmal bewundern durfte.

Über Lothringen grinste die Sonne mit beschwipstem Charme, als Knoppke tat, was er tun musste. Während er tankte und dabei sein Knie massierte, das ihm die lange Fahrt übler nahm, als er befürchtet hatte, stiefelte Sam in Richtung Café-Bar, um Brioches zu holen. Auf die Teilchen war sie seit einer halben Stunde scharf, was sie Knoppke alle fünf Kilometer mitteilte, da hatten die Reklameschilder am Straßenrand ganze Arbeit geleistet. »Bonjour« stand über der Schiebetür des gigantischen Gebäudes, das Sam verschluckte wie ein Betonmonster mit Riesenhunger.

Was Knoppke eigentlich tun musste, stand ihm noch bevor, er musste sich von Sam verabschieden, und zwar endgültig. Er würde lügen, wenn er behauptete, dieser Reisetag wäre grauenvoll gewesen, vielmehr hatte die Kleine seine Gleichgültigkeit schwungvoll durcheinander- und ihn zum Nachdenken gebracht. Sie hatte aber auch ein Talent dafür, emotional zu hyperventilieren, wie Knoppke befand, außerdem hatte er endgültig genug von Gesellschaft. Gesellschaft war für Anfänger. Wichtige Knoppke-Regel.

Er bezahlte, rauchte eine Fluppe und ging zu der Holzbank im Gras, wo Sam bereits herumlungerte. Als er neben den schweren Stiefeln Platz nahm, deren Trägerin eine Etage höher auf der Lehne saß, begann er mit seinem Taschenmesser einen Apfel zu schälen, während Sam ihren Verband kontrollierte und sich über eine frische Brioche hermachte. Sie aß, wie sie handelte: zügellos. Als Knoppke sie fragen wollte, wo er sie denn nun absetzen könne, lenkte ihn das Brummen eines Handys ab. Seines Handys.

Die jüngste SMS von Chelsea glich nicht gerade einem Liebesbrief, da hatte Knoppke schon ganz andere Zeilen von ihr bekommen, am Anfang, kurz nachdem er sie in einer Bar angesprochen hatte, in einer Zeit, als er für solche Dinge noch Energie hatte, also die Wohnung verlassen und fremde Frauen anquatschen. Etliche Enttäuschungen später entzifferte er folgende Worte auf dem Display mit dem vertikalen Glasriss: »Nicht mehr lustig! Wir fliegen morgen in Urlaub, und du bist nicht zu erreichen. Was ist denn plötzlich mit dir los, du Knallkopf? S.«

Während Knoppke an den Knallkopf in Chelseas Bett denken musste, frohlockte eine schmatzende Sam in Richtung Brioche: »Scheiße, ist das geil!«

»Nichts ist geil«, murmelte Knoppke und klickte sich durch Chelseas Kurznachrichten. Das Handy zeigte drei weitere ungelesene Nachrichten an.

»Klingt nach Tussi-Stress, wenn du mich fragst.«

»Ich frag dich aber nicht.«

»Ich dagegen frage mich schon länger, ob es vielleicht auch eine *Frau* Knoppke gibt. Dann aber denke ich mir, wer sollte es mit so einem Knurrhahn aushalten, also glaube ich, nein, dieser Knoppke ist bestimmt ein einsamer Wolf, hab ich recht?«

Knoppke ignorierte die Frage mit Bravour. Stattdessen las er, was Silvi geschrieben hatte: »Hallo, Brummbär, wo steckst du denn? Ich erreiche dich nicht. Soll ich dir beim Packen helfen? S.« Der freundlichen SMS von heute Mittag folgte eine Zeile, die den Namen Kurznachricht definitiv verdient hatte. »Hallo?! Erde an Knoppke ...« Zwei Stunden später dann das: »Weißt du zufällig, wo mein Rucksack ist? Du weißt schon, der rote zum Wandern. Ich dreh hier noch durch. Ruf mich endlich zurück! S.« Knoppke musste grinsen und schob sein Telefon in die Lederjacke. Sollte Chelsea ruhig ein bisschen schmoren, er würde den Teufel tun und auf ihre Nachrichten reagieren. Endlich konnte er sich wieder seinem Apfel widmen. Mit großer Geduld, fast meditativ entfernte er die goldgelbe Schale, viertelte das Obst und befreite es von seinem Kerngehäuse.

»Apfelschnitz?«, fragte Knoppke und reichte Sam ein formvollendet zugeschnittenes Stück Obst.

»Netter Versuch«, sprach diese mit vollem Mund. »Jetzt sag schon: Wer ärgert dich?«

Knoppke kaute und schwieg.

»Raus mit der Sprache! Wer sein Handy nach mehreren SMS wieder wegsteckt, statt zu antworten, der hat garantiert keine Message mit Herzchen und Küsschen bekommen.«

»Mich ärgert niemand mehr«, stellte Knoppke klar. »Sie fliegt morgen auf die Kanaren, und ich bin morgen bei den Briten. So einfach ist das.«

»Also frisch getrennt?«

»Lass gut sein, Sam, das geht dich wirklich nichts an.«

»Zoff und noch zusammen?«

Knoppke verputzte den Rest seines Apfels.

»Nicht mehr zusammen und immer noch Zoff?«

»Schluss damit!«

»Jetzt hab ich's!«, stieß sie aus und deutete mehrmals auf ihren Teilzeit-Chauffeur wie Robert De Niro in »Reine Nervensache« auf seinen Psychiater. »Du hast dich mal wieder aus dem Staub gemacht, so voll Knoppke-Stylemäßig!«

Knoppke wollte aufstehen, aber Sam ließ ihn nicht. Sie drückte ihn auf die Bank zurück, und Knoppke dachte, jetzt geht's los! Sie selbst rutschte eine Etage tiefer und begegnete ihm auf Augenhöhe. »Keine Sorge, ich verrate es ihr schon nicht. Wie heißt sie denn? Ist sie auch so alt wie du?«

Knoppke schwieg, Knoppke überlegte, Knoppke handelte. Genauer gesagt riss er Sam die Papiertüte mit den Einkäufen aus der Hand. Bevor sie reagieren konnte, griff er rein, schnappte sich eine Brioche, biss mehrmals hinein, und noch beim Kauen dachte er, trocken wie ein Hefezopf.

»Hey!«, schrie Sam auf. »So schlimm gleich?« Sie beobachtete ihn und kicherte, nach einer Weile startete sie einen neuen Gesprächsversuch: »Verrätst du mir wenigstens, wohin du fährst? Du sagtest vorhin, du suchst Ruhe, also fällt London schon mal aus, wobei ich auf London ziemlich Bock hätte.«

Knoppke kämpfte mit der Teigmasse in seinem Mund, die keine Anstalten machte, sich aufzulösen, und es lullte ihn das dumpfe Gefühl ein, dass die Geschichte der Streunerin und ihm noch nicht zu Ende erzählt war. Manche Geschichten reißen einfach nicht ab, dachte Knoppke und wischte sich mit dem Ärmel über die Lippen.

»Ich will in die Highlands«, schmatzte er, »da ist es ruhig.«

»Schottland?«, krächzte Sam und ließ dabei die Tüte fallen, die ihr Knoppke nach seiner Brioche-Attacke zurückgegeben hatte. »Bist du noch ganz dicht? Da regnet es doch dauernd, und die Menschen sind voll komisch.« Sie musste grinsen, während sie das sagte. »Also noch komischer als du.«

Knoppke grinste nicht, sein Gesicht war eine Schlechtwetterfront. »Im Regen erwartet niemand, dass dir die Sonne aus dem Hintern scheint.«

Sam hob die Tüte auf und drehte sich zu ihm. »Mensch, Knoppke, jetzt weiß ich, was dir fehlt.« Sie legte ihre Hand an seinen Oberarm. »Du steckst in einer ausgewachsenen Midlife-Crisis! Aber so was von.«

Knoppke stierte dorthin, wohin er sich gerne verdünnisieren würde: ins Nichts.

»Midlife-Crisis«, wiederholte Sam und fügte im Singsang hinzu: »Hashtag justsaying.« Dazu balancierte sie ihren Kopf wie eine indische Tempeltänzerin.

Das Nichts hatte offenbar keine Verwendung für Knoppke, denn zu seinem Bedauern befand er sich noch immer hier, neben einer überdrehten Landstreicherin, deren Ausdrucksweise er nicht verstand, mit Bröseln auf der Jacke, die zu warm war für den sonnigen Tag, das Duftgemisch von französischem Gebäck und internationalen Abgasen in der Nase, und Knoppke dachte, c'est la vie!

Kurz überlegte er, ob er nachfragen sollte, was sie ihm gerade über Hasch erzählen wollte, entschied sich dann aber dagegen, aus Gründen einer heftigen Müdigkeit, die ihn überkam, als Sam von Midlife-Crisis zu reden begann. Knoppkes Kollegen vom Sicherheitsdienst hatten etwas Ähnliches angedeutet, also dass sie vermuteten, er stecke in einer Krise. Ihre Ratschläge waren eindeutig gewesen, erinnerte sich Knoppke, jung und knackig, das wäre wichtig, ob blond oder braun, das wäre wurscht. Helfe beides.

»Quatsch« war das einzige Wort, zu dem er sich aufraffen konnte, damals bei den Kollegen und jetzt bei Sam.

»Ich könnte dir zeigen, wie du wieder Party in dein Leben bringst, alter Mann!«

Knoppke sah sie an. »Carpe that fucking Dings?«

»So ungefähr.«

»Nett von dir, aber ich komm schon klar. Und was dich betrifft, dein Kismet wird dich schon dorthin treiben, wo du hingehörst, und das ist sicherlich nicht Schottland oder fast ein Bulli.«

Sam sprang auf und stellte sich vor ihn. Zum ersten Mal fiel Knoppke auf, dass die Kleine einen leichten Silberblick hatte, so etwas hatte er lange nicht gesehen. Menschen mit Silberblick übten eine besondere Faszination auf ihn aus, sie waren offen in alle Richtungen. »Nimmst du mich noch zur Küste mit?«, fragte Miss Silberblick.

Er brummte und malte sich die nächsten Stunden aus, in denen er weiterhin reden müsste. Redenredenreden, was die Leute nur immer mit dem Reden haben, und Knoppke dachte, Gnade!

»Bitte, die Küste ist super für einen Neustart.«

Knoppke seufzte.

»Haben wir einen Deal? Ich bin auch ganz still.«

Knoppke glaubte ihr kein Wort, warum sollte er, nickte aber schließlich doch. Vielleicht, so spekulierte er, hielt ihn die Nervensäge wenigstens wach, und in Calais würden sich die Wege einvernehmlich trennen.

Und so verständigten sich beide darauf, seinen Ford noch bis zur Küste zu teilen, von wo aus er die Fähre nach Dover nehmen wollte, während Sam ihr Kismet woanders suchen sollte. »Unter einer Bedingung«, sagte Knoppke, »keine weiteren Fragen!«

Eine Weile stand die Kleine einfach nur vor ihm, die klobigen Stiefel leicht nach innen gedreht. Dann zog das Grinsen der Teufelin in ihrem Gesicht auf, und sie erwiderte: »Und wenn ich dazu jetzt eine Nachfrage hätte, zählt das dann auch? Nur mal so angenommen ...«

Knoppke erhob sich und ging aufs Klo.

Als er zurückkam, lehnte Sam an der Beifahrertür

seines Busses, in der Hand hielt sie ein zerfleddertes Büchlein. Offenbar hatte sie sich die Wartezeit mit Lesen verkürzt, und Knoppke war keiner, der es eilig hatte, schon gar nicht bei der Verrichtung menschlicher Bedürfnisse.

12. 6. 1990 – Ich sollte das nicht tun. Ich sollte lernen und mich auf meine dämlichen Prüfungen vorbereiten, statt mich von dir ablenken zu lassen. Dennoch muß ich hinsehen. Jeden Tag wieder wie einer dieser Psychos. Was du wohl davon halten würdest, wenn du es wüßtest? Jeden Morgen um halb neun schleiche ich mich mit meiner Tasse Tee zum Fenster, schiebe Mamas Vorhänge ein Stück weit zur Seite und warte auf die Schwebebahn, die gleich mit dir vorbeirumpeln wird.
Wie ich dieses heftige Vibrieren hasse! Sorry, jetzt schweife ich ab, aber Haß ist ein zu starkes Wort, als daß man es einfach so stehenlassen könnte. Wie ich meine Eltern dafür hasse, daß wir immer noch in dieser Bruchbude in dieser furchtbaren Straße leben, durch die sich dieses Monster schleppt, das alle so toll finden. Ich verstehe nicht, was daran toll sein soll, wenn ständig neue frustrierte Gesichter nur ein paar Meter vor dem eigenen Fenster vorbeigezogen werden, meinem Fenster in die Welt. Ein fahrbarer Zoo ist das, und ich kann Zoos nicht leiden. Tiere sollten frei sein (heißt es Zoos oder Zooe?). Und dann erst diese häßlichen Stahlpfeiler, die unsere Straße einrahmen! Die sehen aus wie in einem frühen Science-Fiction-Film von Steven Spielberg. Manchmal hasse ich mein Leben, ich finde mein Leben ziemlich ätzend! Zum Beispiel dann, wenn ich für diese Fortbildungsprüfungen büffeln muß, obwohl ich viel

*lieber schreiben würde. Irgendwann werde ich ausziehen
und meinen Roman schreiben, ihr werdet es schon
sehen, und ich werde euch alle darin verarbeiten. Aber
wir sind ja so vernünftig! Danke, liebe Eltern, für die
Weitergabe des Vernunftgens. Sozialversicherungs-
angestellte mit Berufs- und Fortbildungserfahrung,
das riecht doch schon nach Therapieplatz. Reserviert
mir schon mal ein Zimmer auf der Etage für depressiv
Verstimmte. Im Ernst, manchmal fühle ich mich selbst
wie ein Sozialfall. Kann mal bitte ein anderer eine
Fortbildung machen, damit er mir bei den Formularen
zur Hand geht, die mich aus dieser Wohnung und dem
Job bei der Barmer herauslegitimieren? Solche Formulare sollte es geben. Notiz für die Weltverbesserungsliste: Formulare zur Entbürokratisierung von Lebens-
träumen erfinden (unbedingt schöneres Wort für
Entbürokratisierung überlegen).
Dann wieder liebe ich mein Leben. Zum Beispiel
morgens um halb neun. Ich weiß gar nicht, wann das
anfing, vor drei Wochen? Irgendwann bist du mir
aufgefallen, als ich gerade über Holger nachgedacht
habe und wie es mit uns weitergehen soll. Ach, Holgi,
wenn ich das nur wüßte … Jedenfalls warst du auf
einmal da. Hast dich vor mein Fenster geschoben
und in meine Gedanken. Danke, Schwebebahn, du
zuverlässiger Rüpel, danke für die Ablenkung. Du siehst
so gut aus in deinem dunkelblauen Trainingsanzug.
Holger ist ja eher so der Anzugstyp, also ohne Training.
Dein Sportoutfit trägst du montags, mittwochs und frei-
tags. Dann strahlst du immer besonders, o doch, das
sehe ich, dein Strahlen strahlt bis in mein Zimmer
(eventuell zu viel Strahlen in einem Satz?). Meine Blicke*

siehst du nicht, glaub mir, das wüßte ich. Du siehst eher
in die Ferne, zu etwas Größerem, raus aus der Schwebebahn, raus aus Wuppertal, raus aus NRW, raus, raus,
raus! Das gefällt mir, diese Hoffnung teilen wir. Wie du
wohl heißt, unbekannter Träumer?

Einmal, es war ein Nicht-Trainingsanzugs-Tag, da
hattest du ein Trikot vom Wuppertaler SV an. Du hast
dich so lässig gegen die Scheibe gelehnt mit deinen
ziemlich breiten Schultern. Ich habe natürlich gleich
recherchiert, also Papa gefragt, wer denn dieser Pröpper
ist, dessen Namen du spazieren trägst. Fußball interessiert mich leider überhaupt nicht, aber was heißt hier
leider, muß das Ballgetrete jeden begeistern? Ich kann
auch die Euphorie in der Stadt nicht verstehen. Dieses
Schwarz-Rot-Gold überall wegen dieser Weltmeisterschaft. Papa glaubt ja, wir holen das Ding – was auch
immer er mit Ding meint. Jedenfalls fand ich das
total süß, daß du dieses Wuppertal-Hemd anhattest,
während alle anderen Nationaltrikots trugen. Wenn
gerade keine Schwebebahn kommt, schaue ich auf das
kleine Ristorante gegenüber. Mario, der Wirt, ist schon
total aus dem Häuschen wegen des Turniers, das ja in
Italien stattfindet, weshalb Mario hin- und hergerissen
ist. Vorsichtshalber hat er Italien- und Deutschland-
flaggen in sein Fenster gehängt (oder heißt es ge-
hangen?). Dieser kleine Schizzo! Du dagegen weißt,
was du willst: Du magst ganz offensichtlich die
Wuppertaler Mannschaft, WM hin oder her. WSV statt
WM. Das finde ich süß! Ob du selbst spielst? Passen
würde es. Mein lieber Scholli, wenn Holger nicht wäre,
würde ich mich glatt mal in deine Schwebebahn setzen
und dich ansprechen. Okay, würde ich nicht. Aber man

wird doch noch mal träumen dürfen, morgens um halb
neun, am Fenster zur Albtraumstraße.

»Ich muss eben noch schauen, welche Straße wir nehmen«, sagte Knoppke, als er Sam erreicht hatte. »Und denk nicht mal dran, mir wieder eines dieser Navigationsgeräte aufschwatzen zu wollen. Niemals werde ich mir so ein Teil anschaffen!« Sam zuckte zusammen und steckte das Buch in die Außentasche ihrer Hose. »Was liest du da?«, fragte Knoppke, während er zur Heckklappe ging, aufschloss und aus dem Seitenschlitz der Ladefläche einen verstaubten Faltplan fischte.

»Ach, nur so Zeug«, stammelte Sam. »Mach du mal lieber hinne. Ich dachte, wir wollen heute noch an der Küste sein, nicht übermorgen.«

6) Vom Meer aus betrachtet, ist die Küste nicht gerade ein Sehnsuchtsort, es sei denn, man befindet sich in Seenot, was aber eher die Ausnahme von der Regel darstellt, halleluja! Vom Land aus betrachtet, hat die Küste ein viel besseres Image. Da liegt das Meer noch vor einem, lockt schimmernd und gurgelnd wie eine unendliche Versuchung, und alle haben nur noch eins im Sinn, endlich hinaus ins Ungewisse.

Knoppke stützte sich auf der Reling der Autofähre ab, ließ den salzigen Wind seinen jungen Urlaubsbart umspielen, sah Calais dabei zu, wie es im Morgendunst verschwand, und dachte, au revoir! Knoppke konnte den Ort an der nordfranzösischen Küste nicht leiden, er war ihm schon bei der Ankunft wie etwas vorgekommen, das man gerne hinter sich lässt, und da trug Calais bereits das samtige Schwarz der Nacht, das vielen Städten besser steht als der frivole Hauch von Tageslicht. Geholfen hatte das nichts. In der Gasse mit der kleinen Pension, die er zufällig entdeckte, nachdem er Sam zu dem Jugendhotel gebracht hatte, zu dem sie wollte, roch es nach Fisch, der zu lange in der Sonne lag. Nase zu und durch, dachte ein erschöpfter Knoppke und wälzte sich durch eine unruhige Nacht auf einem viel zu weichen Bett. Als er zum vierten Mal aufgewacht war, aufgeschreckt durch das Surren des leeren Kühlschranks, hatte er Chelsea schließlich doch eine SMS geschickt. Darin wünschte er ihr einen heißen Urlaub, er selbst werde lieber in den Norden fahren, obwohl es doch eigentlich sie wäre, die eine Abkühlung nötig hätte. Von den drei Ausrufezeichen am Ende der Nachricht löschte er eines wieder weg, dann schlief er ein. Auch am Morgen konnte Calais nicht punkten, im Gegenteil, der zweite Eindruck machte alles nur noch schlimmer. Calais war eine halbseidene Type, dachte Knoppke, hier waren alle auf dem Sprung. Weder waren sie da, noch waren sie weg, und die, die da blieben, lebten vom Tourismus, also davon, die Menschen mehr oder wenig freundlich weiterzuschicken, sobald sie ihre Rechnungen beglichen hatten. Dass hier irgendwer Urlaub machte, also richtig Urlaub, wollte Knoppke ebenso wenig glauben wie die Aussage des Ticketverkäufers, der behauptete, die Fähre, die Knoppke buchte, würde mehr als eintausend Pkws fassen.

Nun stand er auf dem Deck jenes autofressenden Ungetüms, wusste seinen Transit sicher im Bauch des Schiffes verstaut und machte sich, wenn überhaupt, dann Sorgen um seinen eigenen Bauch. Es stimmt schon, was die Leute sagen, dass ein Vehikel dieser Größenordnung die Passagiere kaum spüren lässt, dass man sich tatsächlich auf einem Schiff befindet und nicht etwa auf einer Aussichtsplattform in Hafennähe. Dennoch konnte sich Knoppke nicht des flauen Gefühls erwehren, das in seinem Magen streute, als sich die Fähre mit voller Kraft durch den Ärmelkanal schob. Vielleicht lag es auch daran, dass er alleine war und seine verschwurbelten Gedanken wieder um sich selbst kreisten. München erschien ihm weit weg, das beschäftigte ihn nur flüchtig, wobei er sich schon fragte, ob Chelsea just in diesem Moment im Flugzeug nach Las Palmas saß, während er im Begriff war, nach Dover überzusetzen. Andererseits konnte ihm das herzlich egal sein. Soll seine künftige Ex doch in der Hitze des Südens mit wem auch immer sonnenbaden, dachte Knoppke, sollen sie doch alle sonnenbaden, bis sie schwarz werden. Er freute sich augenblicklich auf den schottischen Nieselregen, als er sich die knallrote Chelsea im gleißenden Licht vorstellte. Auf seine SMS hatte sie jedenfalls nicht reagiert, und ob er es glauben wollte oder nicht, viel mehr interessierte ihn, welche Möglichkeiten diese Kismetsache für Sam offenbarte, genauer gesagt: Wohin es die kleine Herumtreiberin verschlug und wem sie als Nächstes auf die Nerven gehen konnte. Knoppke spürte, wie sein linker Mundwinkel leicht nach oben zuckte, als er den Gedanken an Sam abschüttelte und sich gegen den Wind in das Innere des Schiffs kämpfte.

Was er dort sah, hätte ihm die Sprache verschlagen, wenn er sich denn gerade im Gespräch mit wem auch immer befunden hätte. Knoppke schlenderte, die Hände in den Taschen seiner Lederjacke vergraben, durch eine dieser Shopping-Meilen, um die er in aller Regel einen weiten Bogen macht, eine Übung, die ihm an Bord des Schiffs allerdings nicht so leicht gelang. Knoppke entdeckte Schnellrestaurants, Café-Bars und Souvenirläden auf dem zufällig gewählten Deck, eine Abzocke nach der anderen. Am meisten aber wunderte er sich über die Menschen, denen es offensichtlich Freude bereitete, die Überfahrt nach England dafür zu nutzen, ihr Urlaubsgeld schon auf dem Weg zur Insel für Sinnlosigkeiten zu verprassen, über deren Gewicht sie bei der Rückfahrt lautstark jammern würden.

Ein Aquavit erschien ihm dagegen eine äußerst sinnvolle Investition zu sein, angesichts der nicht vom Tisch zu wischenden Tatsache, dass die Drehungen, die Knoppke in der Magengegend spürte, nun auch seinen Schädel erreicht hatten. Er blickte auf seine Armbanduhr, strich sanft mit den Fingern über das rote Lederband, dann wählte er die Bar, die am wenigsten stark frequentiert war, um seinen Hintern auf den hintersten Hocker zu schieben. Es war kurz nach zehn, und die Sonne schickte milchige Strahlen auf das Flaschenmosaik hinter dem Tresen, als Knoppke zu seinem ersten Single Malt kam.

Aquavit habe sie leider nicht im Angebot, hatte ihm die Brünette am Ausschank erklärt, aber was heiße schon leider, Whisky sei ohnehin viel besser. Streng genommen handele es sich bei beiden Getränken übrigens um dasselbe, fügte die Servicekraft in vornehmem Britisch hinzu, während sie den Schnaps exakt bis zum Füllstrich eingoss. Aquavit und das schottisch-gälische Urwort für Whisky, das Knoppke nicht verstand, irgendwas, das klang wie Ische, bedeuteten beide Wasser des Lebens. Knoppke hörte zu, hob sein Glas, sah durch eine große

Brille in algengrüne Augen und dachte, womöglich wäre ein Anglizistik-Studium die bessere Wahl gewesen, also für die Barfrau. Und dann überlegte Knoppke noch, ob er sie fragen soll, wie wohl das gälische Urwort für Holunderblütenlimonade lautet, die er in den Händen des Pärchens zu seiner Rechten entdeckte, aber dazu konnte er sich nicht aufraffen. Stattdessen kippte er den Whisky hinunter, spürte bis auf das Brennen in seiner Kehle erst einmal gar nichts, legte seine letzten Euromünzen auf den Tresen und verdrückte sich.

Als Knoppke das Ende des Decks erreichte, passierte doch noch etwas mit ihm. Da schoss ihm was ins Blut. Zunächst dachte er, natürlich, der Alkohol. Ein Hochprozentiger am Vormittag kann so einiges bewirken, dozierte er in Gedanken, allerdings braucht es für eine Halluzination wie diese weitaus mehr als einen korrekt eingeschenkten Kurzen. Das mag vielleicht bei Chelsea funktionieren, ganz bestimmt auch bei Grätschi, seinem disziplinierten Kumpel aus der A-Jugend, der niemals auch nur einen Tropfen trank, zumindest während seiner aktiven Laufbahn, aber bei ihm war das sicherlich nicht möglich. Warum sich Knoppke die Augen rieb, so fest, dass die Augäpfel schmatzten, lag an dem Anblick im Wartebereich.

Zunächst war da eine Horde breitschultriger Männer, die zwei gegenüberliegende Sitzreihen in Beschlag genommen hatte. Die jungen Kerle steckten in Trikots, Knoppke tippte auf Rugby, ein Sport, der sich ihm nicht erschloss, der aber sowohl in Frankreich als auch auf der Insel ziemlich populär ist. Sie hielten Bierflaschen in den Händen, lachten ein lautes Lachen und konzentrierten sich auf eine Frau, die im Schneidersitz auf einem Platz in ihrer Mitte saß. Sie trug ein schwarzes Oberteil und einen braunen Rock, dazu Stiefel und eine zerrissene Strumpfhose. Beim Reden sausten ihre Hände zackig durch die Luft, ihre Haare peitschten ungestüm. Knoppke sah genauer hin. Die rechte Hand der Frau war einbandagiert, und auch die verfilzten Haarschlangen kamen ihm bekannt vor.

Kein Zweifel.

Sie war es.

Sam schien die Jungs bestens zu unterhalten. Sie war das Zentrum im Gewusel, der Star im Rampenlicht, das die Sonne spendierte. Sam erzählte, schäkerte, riss ihre Augen auf und ein Stück weit auch ihre Seele, das verriet jede Zelle ihres Körpers. Sie strahlte, stupste ihre Nachbarn an, und Knoppke murmelte, Wasser des Lebens!

Nun hätte er auf Sam zugehen und sie zur Rede stellen können, er hätte sie fragen können, ob sie ihn verarschen wolle und ob sie tatsächlich noch an Zufälle glaube; er hätte Sam begrüßen oder wenigstens aus dem Haufen trinkfreudiger Athleten herauslösen können; er hätte auch zur Bar schleichen und sich nach einem erneuten Whisky davon überzeugen können, dass Sam tatsächlich keine Halluzination war. Aber Knoppke stand einfach nur da, war irritiert und auch ein bisschen erschrocken, so genau konnte er das nicht einordnen. Doch etwas veränderte sich in ihm, das spürte er mit Gewissheit. Er wollte sich nicht schon wieder davonstehlen. Im Gegenteil. Die junge Herumtreiberin gab ihm Rätsel auf, und er, Columbo-den-man-Knoppke-nannte, wollte herausfinden, woran das lag.

Irgendwann geschah, was geschehen musste, so viel Menschenkenntnis hatte selbst ein gut ausgebildeter

Misanthrop mit exzellenten Einsiedler-Qualitäten. Man nehme eine Rugby-Mannschaft in Feierlaune, füge eine abenteuerlustige Draufgängerin hinzu, und fertig ist das Ärgernis. Das Ärgernis hatte kupferrotes Bürstenhaar, schoss mindestens zwei Meter in die Höhe und war gleich in zweifacher Ausführung an Bord gegangen. Ob es sich bei den Burschen um Zwillinge handelte, konnte Knoppke aus der Entfernung nicht überprüfen. Jedenfalls beobachtete er, wie die zwei testosteronbetriebenen Feuermelder mit Sam die Gruppe der anderen verließen. Der eine der beiden hatte seinen Arm um Sams Schultern gelegt, was ihr nicht unangenehm zu sein schien, jedenfalls strahlte sie permanent zu ihm hinauf, der andere trottete ein bisschen verloren neben ihnen her. Knoppke folgte ihnen über die Treppen hinaus aufs offene Besucherdeck, etwas Gutes schwante ihm nicht dabei.

Doch statt rot zu sehen, sah Knoppke blau, überall blau. Das Meer war blau, der Himmel war blau, sogar das Schiff hatte blaue Stellen. Eine Blaupause für die Fahrt ins Blaue. Es war zum Kirrewerden. Auch bei Sam und ihren Begleitern, womöglich Schotten, so viel war nun bruchstückhaft zu verstehen, kam Knoppke mit seiner Schwarzmalerei nicht weiter. Denn zu seiner Überraschung vergnügten sich die drei mit harmlosen Dingen. Was junge Menschen eben so tun, wenn sie nicht wissen, wohin mit ihrer Energie. Sie alberten herum, machten Fotos von sich vor der fast schon langweilig schönen Kulisse, Sam verzog ihren Mund zu einer Schnute oder drückte ihren Sportsfreunden Küsschen auf die Wangen, während neben ihnen eine Möwe Platz nahm, um sich über eine liegen gebliebene Schale Pommes herzumachen. Der Wind blies von der Seite, verformte Frisuren, Gesichter und Klamotten. Die Sonne ließ sie blinzeln, doch nichts brachte sie aus dem Konzept. Sie surften auf den Wellen des Glücks im Meer der flüchtigen Möglichkeiten. Dann rannten sie in Richtung Bug, so weit sie eben konnten, in eine Ecke, wo sich außer ihnen keine Passagiere aufhielten. »Slippery when wet«, stand auf dem Band zum gesperrten Bereich. Mehr noch als mit dem Wort »Slippery« hatte Knoppke Schwierigkeiten hinterherzukommen, weshalb er kurz überlegte, sein Beschattungsspiel einzustellen, Spaß war schließlich nicht verboten, auch wenn es Momente gab im Knoppke-Leben, in denen er genau das forderte.

Gut, dass er es nicht getan hat. Also das Beschattungsspiel einzustellen. Weil dann hätte er nicht gesehen, wie aus dem heiteren Vergnügen doch noch etwas Ernstes wurde. Auf See kippt die Wetterlage schnell, und auch ein menschliches Hoch kann sich im Handumdrehen in ein Tief verwandeln. Zunächst hatte es den Anschein, als würden Sam und einer ihrer Begleiter lediglich für ein weiteres Foto posieren, das der andere mit seinem Handy machte, wie die Bilder zuvor auch. Dazu drückte sich Sam gegen die Reling und streckte ihre Arme im rechten Winkel von sich. Von hinten schob sich einer der Feuermelder an sie heran, griff um sie und machte einen auf Leonardo DiCaprio. Doch nicht ganz. Die gute Seele aus »Titanic« hätte es nie gewagt, die Position so schamlos auszunutzen. Der Möchtegern-DiCaprio schon. Von der Seite, im Sichtschutz einer blauen Mauer, konnte Knoppke mit ansehen, wie die fremden Rugby-Pranken an Sam höher rutschten, als zum Festhalten an Bauch und Taille nötig gewesen wäre.

Die Ohrfeige kam flinker als der Angriff auf ihre

Brüste, und dann ging alles noch schneller. Sam befreite sich, stieß den Grapscher von sich, fluchte, und Knoppke wunderte sich, wie flüssig ihr Englisch auch in Stresssituationen war. Ein Opfer war die Herumtreiberin nicht, so viel stand fest. Sie wusste sich zu helfen, war flink und beweglich und beherrschte offensichtlich die gesamte Klaviatur menschlicher Reaktionen. In einem Moment hätte sie die Welt umarmen können, und Knoppke dachte, aber nicht zu knapp, im nächsten hätte sie ihr ohne Zögern eine geschallert, dass es für ein Erdbeben der Stärke sechs reicht. Während Knoppke noch überlegte, was es für ihn zu tun gab, war Sam nicht zu bremsen. Jetzt knöpfte sie sich den zweiten der vermeintlichen Zwillinge vor, denn dieser hatte augenscheinlich nur darauf gewartet, die Fummelaktion und das Schauspiel danach mit seinem Handy zu filmen. Er grinste und plapperte irgendwas von »YouTube«, bevor er sich mit seinem Kumpel abklatschte. Sam versuchte, sich sein Smartphone zu schnappen, aber DiCaprio hielt sie von hinten fest, und es sah so aus, als wollte er ihr schon wieder an die Wäsche, womöglich hatte der Dreh jetzt erst begonnen.

Das war der Moment, als sich in Knoppke ein Knoten löste. Ein verhärteter Knoten ganz tief drinnen. Zunächst hatte sich seine Gesichtshaut angespannt, sie flirrte und glühte, dann spürte er ein tiefes Grollen, das sich in seinem Körper ausbreitete wie ein wachsender Wirbelsturm. Als Sam um sich schlug, zappelte und schrie, da explodierte etwas in ihm. Es riss ihn aus der Lethargie. Er war nun nicht der Beobachter, der die Emotionen der anderen analysierte, eine fremde Kraft drängte ihn, sich einzumischen. Es war, als würde sich ein zweiter, ein verborgener Knoppke aus ihm herauslösen, und Knoppke dachte, was passiert denn jetzt? Er hörte sich »Verpisst euch!« rufen, während er sein Versteck verließ und Sam aus der Umklammerung des Grobians befreite. Dazu war ein Tritt gegen das Schienbein nötig, als Fußballer hatte er gelernt, wo es wehtat. Der Gefoulte strauchelte rückwärts, Sam sprang in Sicherheit. Nun war der Amateurregisseur an der Reihe. Knoppke packte ihn am Kragen, mit seinen eins sechsundachtzig musste er sich vor dem Riesenlümmel nicht verstecken. »Sportler wollt ihr sein?«, waren die Worte, die ihm auf die Schnelle auf Englisch einfielen, eigentlich wollte er ihnen ganz andere Dinge an den Kopf werfen, irgendwas mit Pfeifen, Deppen oder Idioten. »Schon mal von Fair Play gehört?« Der Zurechtgewiesene war offenbar so verdutzt wie sprachlos, Knoppke stieß ihn mit der flachen Hand von sich, bis auch dieser taumelte.

»Vorsicht, Knoppke, hinter dir!«, hörte er Sam rufen, doch da war es bereits zu spät. Zunächst spürte er den Schmerz am Steißbein, dann den Schmerz im Knie, als er fiel. Rote-Karte-Schmerzen waren das, wie er sie lange nicht ertragen musste, außerhalb des Fußballplatzes überhaupt noch nie. Knoppke sah zwar keine Sterne, Sternschnuppen aber schon. Schnuppen, die sich als neongelbe Streifen entpuppten, je klarer sein Blick wurde. Sie gehörten zu den Turnschuhen des Treters, der ihn von hinten niedergestreckt hatte. Mit den Händen stützte sich Knoppke am Boden ab, der Geruch von Gummi und Meerwasser stieg ihm in die Nase. Als er sich gerade aufrappeln wollte, beobachtete er, wie sich die Streifen bewegten, wie der eine Fuß sich bewegte, wie das Bein ausholte in der Nähe seines Kopfes.

»Hört auf, seid ihr bescheuert?«, schrie Sam. »Scheiße, Hilfe!« Knoppke konnte gerade noch seine Arme schützend vor sein Gesicht halten, als er einen dumpfen Schlag vernahm.

Als Knoppke die Augen öffnete, befand er sich weder im Himmel noch in der Hölle, zumindest hätte ihn das sehr gewundert, weil der Ort genauso aussah wie die Fähre, die ihn zwar nicht ins Paradies, aber zumindest auf die Insel bringen sollte, und zu seiner großen Überraschung konnte er keine weiteren Höllenschmerzen feststellen. Die Antwort des Rätsels, was passiert war, lautete 13. Die Zahl stand direkt vor seinen Augen, in einem kleinen Kreis auf einer riesigen Gummisohle. Zwei davon lagen senkrecht vor ihm, sie gehörten zu den Schuhen des Treters, der sich mal besser an den Warnhinweis gehalten und die Rutschgefahr im abgesperrten Bereich ernst genommen hätte. »Slippery when wet«, faselte Knoppke, der noch nie so großes Vergnügen beim Lernen neuer Vokabeln gehabt hatte wie in diesem Moment. Vorsichtig stand er auf, Sam half ihm dabei. Der zweite Feuermelder kümmerte sich derweil um seinen Kumpel, den es beim Sturz mit voller Wucht auf seinen schottischen Allerwertesten gesetzt hatte, infolgedessen dieser, außer zu jammern, überhaupt nichts mehr im Schilde führte. Knoppke sah, wie die drei giftige Blicke austauschten, alle fluchten und schimpften wild durcheinander, und Knoppke dachte, Kinder, Kinder!

»Unser Wiedersehen hab ich mir anders vorgestellt«, sagte Sam, als sie die Gefahrenzone verlassen hatten. Sie atmete schnell, ihr Gesicht war roséweinrot.

»Unser Wiedersehen hab ich mir überhaupt nicht vorgestellt«, ächzte Knoppke, der sich zur Sicherheit noch einmal umdrehte, ob die zwei Halbstarken nicht doch noch auf blöde Ideen kamen. »Was zum Geier machst du auf meiner Fähre?«

»Wer zum Geier sagt noch was zum Geier?«

Knoppke verdrehte die Augen.

»Und überhaupt: Wo hast du gelernt, dich so zu prügeln?«

»Kloppen verlernt man nicht«, sagte Knoppke und musste an sein letztes Mal denken. Es war um eine Frau gegangen, natürlich war es um eine Frau gegangen, es geht immer um eine Frau. Für Tiffi hätte Knoppke zwei blaue Augen riskiert, und im Adrenalinschub des Gerangels von eben konnte er sich sogar ein bisschen an das Gefühl erinnern, das er gehabt hatte, als er Mirko Kobalski einen Kinnhaken verpasste, nachdem dieser nicht damit aufhören wollte, Tiffi auf der Kirmes in Elberfeld anzugraben. Vor seinen Augen, die reinste Provokation. Es war ein gutes Gefühl gewesen, erinnerte sich Knoppke, nicht das Austeilen, das war das letzte Mittel zum Zweck, sondern das Gefühl, um etwas zu kämpfen und jemanden zu beschützen. Es war eines der letzten Male, dass Knoppke etwas riskiert hatte. Tiffi musste so alt gewesen sein wie Sam heute, und Knoppke dachte, verdammt lang her!

»Ich denke, wir sollten reden«, riss Sam ihn aus den Gedanken.

»Ich sage das nur ungern«, antwortete Knoppke, »aber ja, das sollten wir wirklich.«

Am Horizont tauchten die Kreidefelsen von Dover auf, die Sahneschnitte unter den britischen Postkartenmotiven, als Knoppke und Sam von Bord gingen. Also von einem Bord zum anderen. Sam hatte gesagt, sie wolle sich in Ruhe unterhalten können, also überredete sie Knoppke, mit ihr in eines der Rettungsboote zu klettern, die die Fähre für den Notfall bei sich trug. Schließlich sei sie gerade gerettet worden, wie sie betonte, und Knoppke dachte, steile Logik. Die Boote waren schwimmende Inseln in Orange, nur nicht im Wasser, sondern an massiven Trägern an Deck befestigt, und es kostete sie einige Mühe, unbemerkt hineinzuklettern. Im Inneren des Verstecks angekommen, zündete sich Knoppke erst einmal eine Fluppe an, während Sam nach Frischluft rang. Jedem das Seine, so soll es sein.

»Tut mir leid«, sagte sie mit sanfter Stimme. »Tut mir voll leid, dass du was abbekommen hast. Hast du noch Schmerzen?« Sam überprüfte Knoppkes zerrissene Jeans, das Knie darunter blutete.

»Halb so wild«, entgegnete Knoppke und blies Rauch in das Blau über dem Orange. »Und wie ich sehe, sind Löcher in Klamotten gerade wieder der letzte Schrei.« Er spornte sich zu einem Grinsen an und deutete auf Sams rechtes Knie, das die schwarze Strumpfhose ebenso aussparte wie ein paar Stellen am linken Bein.

»Jedenfalls danke, dass du mir geholfen hast«, überging sie Knoppkes Modetheorien, »echt nett von dir. Dass die Boys so durchdrehen, hätte ich niemals für möglich gehalten.« Sie verknotete ihre Beine zum Schneidersitz, schüttelte sich ein paar Filzlocken aus dem Gesicht und sah Knoppke in die Augen. »Aber komisch war das schon, dass du ausgerechnet dann auftauchst, wenn ich in Schwierigkeiten stecke. Als wärst du mir gefolgt oder so.«

Knoppke überlegte einen Lungenzug lang, dann sagte er: »Meinst du, ich war weniger überrascht, dich hier an

Bord zu sehen? Ich denke, wir glauben beide nicht an Zufälle.«

»Hm«, machte Sam, bevor sie gemeinsam schwiegen. Außer dem Dröhnen der Motoren und dem irren Kreischen einiger Möwen gab es nichts zu lauschen.

Nach einer Weile fuhr sie fort: »Sag mal, Knoppke, fühlst du dich auch manchmal falsch? Am falschen Ort, im falschen Leben, so richtig falsch?«

»Also in Sachen Fühlen fragst du lieber einen anderen.« Mehr fiel ihm dazu nicht ein. Er hatte keinen Schimmer, was Sam ihm sagen wollte, geschweige denn, was er darauf erwidern sollte. Überhaupt kam ihm die Vagabundin wie ausgewechselt vor, so niedergeschlagen und traurig.

»Ich meine, schau uns an! Wir sitzen hier in einem Rettungsboot auf einer Fähre nach England, wir haben beide Schrammen, an denen ich schuld bin. Außerdem kennen wir uns überhaupt nicht. Findest du das etwa richtig?« Ohne Knoppkes Antwort abzuwarten, was womöglich eine gute Entscheidung war, weil da bestimmt nicht viel gekommen wäre, redete sie weiter: »Alles, was ich tue, fühlt sich am Ende falsch an. Anfangs ist alles super, doch unterm Strich bleibt nur das Chaos. In der Schule, im Studium, mit den Girls und ganz besonders mit den Boys.« Sams Augen glänzten.

»Du traust dich wenigstens was, ich bewundere das.«

»Echt jetzt?«

»Das Leben ist kein Aufwärmbecken.«

»Sagt der alte Mann im Rettungsboot.« Ein Lächeln hellte Sams Miene auf, allerdings nur kurz. »Aber was habe ich davon? Nur Ärger und Stress, den ich anziehe wie du den Tabak.«

Knoppke musste lachen und schnippte den Zigaretten-stummel in hohem Bogen ins Meer. »Na, wenn das so ist, dann bist du süchtig nach Stress.«

Sam lachte nicht. Sie zog ihre Beine ganz nah an sich, krümelte sich zusammen wie ein Knäuel und drückte ihr Kinn zwischen die Knie. Dann murmelte sie: »Vielleicht war das hier auch wieder so eine Megaschnapsidee von mir.«

»Was genau meinst du?«, fragte Knoppke. Er bekam darauf keine Antwort, nur einen Seufzer, also versuchte er es erneut: »Warum bist du wirklich auf dieser Fähre? Und jetzt erzähl mir nichts von Kismet!«

Sam fiel noch ein Stück weiter in sich zusammen, ihre Haare bedeckten nun ihr Gesicht. Tief aus dem Dschungel der Dreadlocks erklangen ihre Worte: »Du weißt genau, dass ich wegen dir da bin.«

Knoppkes Kopf zuckte zurück. »Wegen mir?«

Sie schüttelte ihr Haar und sah ihn an. »Na ja, eigentlich wegen Schottland.«

Knoppke schabte den Bart an seinem Kinn. »Da regnet's doch dauernd, und die Menschen sind voll komisch. Deine Worte, junge Frau.«

»Ich weiß, was ich gesagt habe. Na und? Was interessiert mich mein Geschwätz von gestern?«

Knoppke beobachtete, wie sich eine dicke Träne aus Sams rechtem Auge löste und einen breiten Schweif über ihre Wange malte. Der Schweif war schwarz wie ihre Schminke, und Knoppke dachte, ach Gottchen!

Sam schluchzte und sprach weiter: »Du weißt genau, was du willst. Du hast ein Ziel. Okay, du hast nur ein Ziel, aber immerhin.« Sie stockte und rang nach Luft. »Ich habe ständig neue Ziele. Und wenn ich mal ein Ziel verfolge, dann verliere ich es vor lauter Ablenkung aus den Augen. So geht mir das immer. Das ist scheiße!«

»Hm-hm«, brummte Knoppke und rutschte umständlich neben sie. Zögerlich legte er einen Arm um Sam und tätschelte ihre Schulter wie einen Hund, den man beruhigen will.

»Lenkst du mich bitte vom Ablenken ab?«, fragte Sam und drückte sich an ihn. »Wir sind doch ein gutes Team.«

»Musst du nicht arbeiten oder studieren? Gibt es niemanden, der auf dich wartet?«

Sam schüttelte den Kopf, die Filzlocken kitzelten sein Gesicht.

»Du hast eben von einem Studium gesprochen, bist du damit schon fertig?«

»Hab's abgebrochen wie das davor auch. Immerhin weiß ich jetzt, dass Amerikanistik und Meeresbiologie nichts für mich sind. Ich gehe wohl nach dem Ausschlussverfahren vor. Hast du mal studiert, Knoppke?«

Knoppke stierte in den Himmel. »Das Einzige, das ich studiert habe, waren die Gegner des WSV.«

»Wie dieser Pröpper, ich weiß.«

»Pröpper war vor meiner Zeit, aber so ungefähr«, sagte Knoppke hastig, um das Thema schneller zu wechseln, als sein Fußballeridol seine Gegner aussteigen ließ. »Wie lange bist du eigentlich schon unterwegs? München war doch bestimmt nicht deine erste Station.«

»Ein paar Wochen«, antwortete Sam, »und für ein paar weitere reicht das Geld auch noch. Ich nehme mir gerade eine Auszeit, um ein paar Dinge herauszufinden.«

»Ach, und welche?« Knoppke kratzte sich am Bauch.

»Wer ich bin, warum ich so bin«, stammelte Sam. »Solche Sachen.«

»Und das willst du ausgerechnet mit mir in den Highlands herausfinden, sehe ich das richtig?«

»Warum nicht? So kann ich auf dich aufpassen und dir aus deiner Midlife-Crisis helfen, alter Mann! Ohne mich verpasst du was, sogar in den Highlands.«

»Die Frage ist, wer hier auf wen aufpassen wird.«

Etwas passierte gerade mit Knoppke. Ihm war bewusst, dass er gleich mehrere Knoppke-Regeln über Bord werfen würde, wenn er sich auf die Reise zu zweit einließe. Tschüss, Einsamkeit, servus, Ruhe! Außerdem konnte er nicht ansatzweise nachvollziehen, was Sam bei ihm zu finden hoffte. Er wusste selbst, dass er sich in seinen Jahren in München zu einem regungslosen Neutrum entwickelt hatte, zu einem teilnehmenden Beobachter, zu einem zynischen Analytiker ohne Antrieb. Wie, bei den Göttern der Ekstase, sollte ein Lebensquirl wie Sam von ihm profitieren? Andererseits hatte er es der jungen Draufgängerin zu verdanken, dass er sich an die Gefühlswelt wieder herantastete, ein Kunststück, für das sie lediglich vierundzwanzig Stunden gebraucht hatte. Er dachte an den Geruch von Käsebällchen und Brioches, an kläffende Beagles, eingeschlagene Autoscheiben und aufmüpfige Rugby-Spieler, vor allem aber dachte er an den Moment, als sich in ihm der Knoten löste. Zwar wollte Knoppke dieser kleinen emotionalen Renaissance nicht so recht über den Weg trauen, aber es reichte, um Sam und ihrem Carpe-Dingens eine Chance zu geben. Sein Beschützerinstinkt war ebenfalls wieder erwacht, gegen Frauentränen war selbst Knoppke machtlos.

Als er nun den Blitz auf Sams Wange entdeckte, einen steilen schwarzen Superblitz, zu dem sich der Tränenschweif in der Zwischenzeit entwickelt hat, indem er sich auf halber Höhe zum Zickzackkurs durchgerungen hatte, stand Knoppke auf, half Sam hoch, sah ihr in die verschmierten Augen und sagte: »Na dann mal los, auf in die Highlands! Bevor ich es mir anders überlege.«

7) Wer mit dem Auto in die Highlands will, muss erst einmal durch die Lowlands, und wer aus Frankreich kommt, muss zunächst England hinter sich lassen, dafür braucht man kein Geografiestudium absolviert zu haben, noch nicht einmal ein Praktikum bei Google Earth. Ein paar Google-Earth-Kenntnisse hätten Knoppke allerdings nicht geschadet, denn der Mann mit dem stotternden Kleintransporter kultivierte seit Jahren die Angewohnheit, sich lieber mehrmals zu verfahren, als einmal nach dem Weg zu fragen. Seine Freundinnen hatte er damit in den Wahnsinn getrieben, das kann man sich vorstellen, allen voran Chelsea, die erkundigte sich nicht selten bei drei Passanten und war hinterher genauso verwirrt wie der Navi-Verweigerer namens Knoppke.

Womöglich hing seine Orientierungsschwäche auf der Insel auch mit dem plötzlich einsetzenden Linksverkehr zusammen, der ihm bereits in Dover die ersten Schweißperlen auf die Stirn getrieben hatte. Dabei hatte seine Aufgabe lediglich darin bestanden, die richtige Autospur aus dem Fährhafen hinaus in Richtung London zu finden. Mit dem Lenkrad links nicht mehr rechts fahren zu dürfen, sondern mit dem Lenkrad links am linken Straßenrand entlangzutuckern, das war für Knoppke in etwa so, als hätte man ihn als Rechtsfuß als

Linksaußen eingesetzt, und Knoppke musste an Philipp Lahm denken, dummerweise einen Schlenker zu lang. Denn die Überlegungen, auf welcher Seite der Bayernspieler am besten aufgehoben sei, hatten dazu geführt, dass er in einen dieser britischen Kreisel rechts eingebogen war statt links, infolgedessen er drei Dinge gelernt hatte: Erstens, in England immer links halten, immer links halten, immer links halten, dann kann dir als Autofahrer nichts passieren, zweitens, wenn Sam kreischt, dann kreischt sie, da ist der Lärm im Stadion Wellness dagegen, und drittens, Schwein gehabt! Glücklicherweise war das nur ein kleiner Roundabout gewesen, nicht stark befahren, irgendwo bei Ashford, weshalb Knoppkes Manöver gegen den Strom keinen Blechschaden nach sich zog, sondern nur die Erkenntnis, das kann ja heiter werden.

Heiter war nicht die Stimmung, aber wenigstens das englische Wetter, das es gut meinte mit den beiden Neuankömmlingen. Ein paar weißgraue Wolkenfetzen hingen am Horizont, in denen Sam der Reihe nach einen bekifften Literaturprofessor, das Twitter-Vögelchen und Miley Cyrus zu erkennen glaubte, und Knoppke dachte, Himmel, hilf!

Ein Einsehen hatte der Himmel nicht, im Gegenteil, er schien es geradezu darauf anzulegen, Knoppke zu ärgern, indem er Sam weitere Wolkenrätsel schickte. Auf der Höhe von London interpretierte sie ein Pandapärchen auf dem Tandem in das strahlende Königsblau hinein, bei Bishop's Stortford eine angebissene Riesenmöhre inklusive Grünzeug, bei Saffron Walden Knoppke im Bikini. Als Knoppke bei Cambridge selbst einmal in das Spiel eingriff und behauptete, die Wolke rechts von ihnen sehe aus wie ein Stein, wurde er von Sam zwar nicht gesteinigt, mit Blicken aber schon. »Ein Stein. Echt jetzt?«, war alles, was sie dazu sagte, und als wäre das nicht schon Strafe genug gewesen, nahm Knoppke mangels Konzentration die falsche Abzweigung und musste eine Ehrenrunde durch die drollige Landschaft der Grafschaft Cambridgeshire drehen.

Dennoch lief nicht alles schief an Knoppkes erstem Inseltag. Zum Beispiel die Sache mit der Musik, die lief schon deshalb ganz in seinem Sinne, weil eben keine Musik lief. Aus irgendeinem Grund hatte Sam das Autoradio gar nicht erst angedreht, sie hatte auch nicht danach gefragt, was Knoppke auf keinen Fall zur Sprache bringen wollte, was ihn aber dennoch irritierte. Überhaupt hatte er den Eindruck, als würde das Blitztränenmädchen ein Stück weit auf seine Bedürfnisse eingehen, etwas, das er schon lange nicht mehr erlebt hatte. Sam schwieg, wenn er keine Lust hatte zu reden, Sam schwieg, wenn er sagte: »Das sagtest du bereits.« Sam schwieg, wenn er mal wieder viel zu spät einen Gang höher geschaltet oder sich abermals verfranst hatte. Andererseits ließ Knoppke Sam reden, wenn er merkte, da muss jetzt jemand dringend etwas loswerden. Denn es gibt, davon war Knoppke seit etlichen Jahren sehr überzeugt, bei Weitem nichts Schlimmeres als eine Frau, die etwas loswerden will, aber nicht darf. Und Sam musste oft etwas loswerden, am liebsten sprach sie über Dinge, die nicht unbedingt mit ihr zu tun hatten. Sie dozierte über den britischen »Th«-Laut, an dem Knoppke unbedingt arbeiten müsse, wie sie forderte, weil sein »Th« in Wahrheit wie »ßö« klinge, im besten Fall wie »se«. Sie schimpfte über englische Höflichkeitsfloskeln, schwärmte von Fritten mit Essig, kurzum, sie war wieder ganz das Vollgasmädchen, das Knoppke gestern kennengelernt hatte. Am meisten regte sich Sam über die amerikanischen Kaffeehausketten auf, die jede zweite Autobahnraststätte belagerten, als wären Teetrinker in diesem Land eine zu vernachlässigende Minderheit. Der Kaffee sei nicht *fair trade* genug, außerdem viel zu lasch und völlig überteuert, und Knoppke dachte, never mind!

Es fing an zu dämmern, und die letzten Wolkenrätsel waren gelöst – Ferkel auf dem Rücken, Bob Marley mit Glatze, Stein –, als sich ein Ford-Bus mit Münchner Kennzeichen der englisch-schottischen Grenze näherte. Von Carlisle aus waren es nur noch ein paar Meilen, als Knoppke den Entschluss fasste, im ersten Ort der Lowlands zu übernachten. Ein schottisches Bier sollte heute noch sein, das war der Plan, den auch Sam abnickte. Der Ort nach dem Schild mit der Aufschrift »Scotland welcomes you« hieß Gretna Green, welcher sich als mittelgroße Attraktion entpuppte, zumindest für heiratswillige Menschen.

Für Knoppke nicht.

»Schau dir all die Pärchen an, wie sie sich in ihr Verderben strahlen«, grummelte er erschöpft mit Bierschaum im Bart. In seinen Händen hielt er ein Pint mit dunklem Ale, das er in kurzen Abständen zum Mund führte, um gierig daraus zu trinken. Nachdem er und Sam vier Hotels abgeklappert hatten, bevor sie ein überteuertes Zimmer in der Schwesterstadt Gretna ergatterten – ein Einzelzimmer für ihn, Sam hatte vor, im Bus zu schlafen –, kamen sie auf einer knarzenden Holzbank vor einem Pub zur Ruhe. Von hier aus beobachteten sie die Menschen, die überwiegend händchenhaltend die Zweisamkeit zelebrierten und tuschelnd in die Nacht schlenderten. Die Luft war mild, die Herzen brannten.

»Entspann dich, Knoppke, du musst ja nicht heiraten«, erwiderte Sam und grinste ihn von der Seite an. »Wobei wir eventuell die Einzigen sind, die es hier nicht tun.«

»Darauf trinke ich«, sagte Knoppke und prostete seiner Begleitung zu, der er ein Pint Lager von der Bar mitgebracht hatte. Dazu gab es Fritten mit Essig, die Sam sich gewünscht hatte, und Knoppke dachte, gar nicht übel, während er einem Mann mit grauen Schläfen dabei zusah, wie er sich von seiner Ex in spe eine rosa blinkende Herzchenkappe aufsetzen ließ, und er dachte, das ist übel.

»Warst du nie verheiratet?« Sams Offensive erlöste ihn von seinen Beobachtungen. Sam war, das ließ sie Knoppke mehrfach wissen, ziemlich angetan von dem Ort. »Los Angeles der Briten, oder war es Las Vegas?«, hatte sie jubiliert, als sie in ihrem iPhone Gretna Green googelte und erfuhr, was es mit dem Grenzdorf auf sich hatte. Es gehörte offenbar zu den bekanntesten Hochzeitsorten der Welt, jährlich würden hier mehr als viertausend Ehen geschlossen. Das habe mit der Historie zu tun, hatte Sam vorgelesen. In der Schmiede von Gretna Green hätten im 18. Jahrhundert auch Teenager heiraten dürfen, ohne Einwilligung der Eltern, zwei Trauzeugen genügten, weshalb auch aus dem nahen England viele Ausreißer gekommen seien, um hier jenen Bund fürs Leben zu schließen, den sie bei sich zu Hause nicht so einfach schließen konnten.

»Nein, du?« Knoppke stopfte eine Fritte nach der anderen in den Mund, immer dann, wenn sein Glas gerade ruhte, manchmal auch wenn nicht.

»Witzig, du Komiker! Ich bin einundzwanzig, was soll ich da heiraten, und vor allem, wen?« Knoppke spürte, wie ihre Blicke über sein Gesicht wanderten, als wäre es eines dieser Wimmelbilderbücher, von denen er als Kind immer geschwärmt, aber nie eines bekommen hatte. Bei seiner Augenpartie, durch die sich seit vergangenem Jahr die Falten kreuz und quer ihre Wege pflügten, schien sie ihre Suche zu intensivieren. »Du dagegen bist, ja, wie alt bist du eigentlich? Für Anfang vierzig sind deine Augenringe zu tief, für Ende vierzig noch nicht tief genug. Sagen wir also Mitte vierzig, hab ich recht? Du könntest also locker zwei Ehen hinter dir haben und aus der dritten geflohen sein.«

Knoppke zeigte keine Reaktion, er trank und kaute einfach weiter, wenngleich er dachte, steile Zahlen. »Ich kannte mal eine 21-Jährige«, schmatzte er mit Fritten-brei im Mund, »die hätte ich sofort geheiratet.«

»Wie bitte?«

»Ach, schon gut, ist lange her.«

»Du erzählst nicht gern von früher, was?« Sam sah ihm in die Augen, so gut es eben ging, ihr Silberblick war hypnotisch.

Knoppke hielt ihm stand. »Du doch auch nicht«, konterte er.

Sam drehte sich zu ihm, trank den Rest ihres Bieres in einem Zug leer, knallte das Glas auf den Tisch und sagte mit vertrauter Radiomoderatorinnenstimme: »Also schön, Mister Schweigsam, ich erzähl dir jetzt von meiner letzten Beziehung. Dafür will ich wissen, was es mit dieser ominösen SMS-Schreiberin auf sich hat, Deal?«

Knoppke schnaufte, Knoppke überlegte, Knoppke holte neues Bier. Auf dem Weg in die Bar blickte er reflexartig auf sein Handy, das er in der vergangenen Nacht auf stumm geschaltet hatte. Knoppke seufzte. Seine Lust, sich mit Chelseas neuen Nachrichten zu befassen, tendierte gegen null, also steckte er es wieder weg.

Gegen unendlich tendierte Sams Redelust. Kaum war Knoppke zurück, legte sie auch schon los. »Da bist du ja endlich, wie lang kann es dauern? Wenn alte Männer Bier holen, o my gosh! Also pass auf. Es begann vor zwei Jahren, als ich das Studienfach gewechselt habe, was sein musste, weil ich sonst vor Ödnis eingegangen wäre. Ich bin also nach Hamburg gezogen, nach Winterhude, um genau zu sein, wo ich ... Halt, nein, ich fange anders an, denn eigentlich begann es schon vor drei Jahren mit Moritz aus Essen oder vor vier? Ach, es ist aber auch kompliziert!«

»Du bist aus Essen?«, hakte Knoppke nach.

»Aus der Gegend, ja, aber lässt du mich jetzt bitte ausreden? Ich kann so nicht denken!« Sie verknotete ihre Beine und drehte sich zu ihm. Eine neue Laufmasche bahnte sich ihren Weg in Richtung Stiefel, und Sam kam ebenfalls in Fahrt. Sie tischte Knoppke eine lange und für seinen Geschmack sehr umständliche Geschichte auf, was womöglich dem Rausch geschuldet war, dem sich beide näherten. In Sams Story ging es um einen supertollen Sören, den sie in Hamburg kennengelernt und für den sie ihre Beziehung mit Moritz aufs Spiel gesetzt hatte, und Knoppke dachte, oha. Sie schwärmte von manipulativen Gefühlen, dem Reiz des Verbotenen und dem des Neuen, sie berichtete von dem Hin- und Hergerissen-Sein, den Lügen, den Tränen, all dem Mist.

Knoppkes Gedanken schweiften ab, immer mehr, je bekannter ihm das Drama einer unglücklichen Dreierkonstellation vorkam, das Sam so wort- und gestenreich ausmalte.

»Ich werde die Nacht bei Rock am Ring nie vergessen«, sagte Sam mit leiser Stimme. »Moritz' Blick war so leer und ich so voll in Love. Aber nicht für ihn, sondern für Sören, das war ja das Problem! Das Gefühl hat mich schier zerrissen. Ich lag neben Moritz und irgendwie auch nicht, kennst du das? Aber ich konnte nicht gehen, er brauchte mich. Ich brauchte ihn. Zusammen haben wir den Auftritt von Metallica verpasst.«

Knoppke sah Touristenpärchen vorbeifedern, währenddessen versuchte er sich auf Sams Beziehungswirrwarr zu konzentrieren, das darin endete, dass sie beide Freunde verlor, und seine Gedanken sprangen zu Tiffi. Sie hätte ihn nie verloren, redete sich Knoppke ein, warum hatte sie nicht den Mut, Holger zu verlassen und ihnen eine Chance zu geben? Sie waren doch füreinander bestimmt. Sie waren doch Verbündete. Sie waren. Knoppke spürte, wie sich sein Magen aufblähte, sich herumdrehte, alles Mögliche oder eben auch Unmögliche da drinnen anstellen wollte, und Sams Stimme vermischte sich mit den Stimmen in seinem Kopf, die ihm sagten, lass es ruhen, lass es ruhen, aber da war doch dieser Drang, es nicht länger ruhen zu lassen. Dennoch schluckte er es runter, ein weiteres Mal, dieses dämonische Etwas, mit dem zu leben er gelernt hatte.

»Ich wusste nicht, was richtig war«, hörte er Sams Stimme im schottischen Hier und nächtlichen Jetzt. Sie klang, als hätte sie das Ende der Geschichte erreicht. »Wer sagt einem so was, hm?«

»Es gibt Leute, die behaupten, das Herz?«, antwortete Knoppke. Seine Antwort liebäugelte mit einer Frage.

»Bullshit!«, spuckte Sam aus. »Das Herz hat doch selber keine Ahnung. Heute schlägt es für den einen, morgen für den anderen. Aber egal, ich bin darüber weg, Schnee von gestern, no problem. Was ist mit dir? Für wen schlägt dein Herz, Knoppke?«

»Für schottisches Ale«, sagte er nüchtern, also nüchtern nur im sprachlichen Sinne.

»Und was hatte es gestern mit der SMS-Flut auf sich? Stell dich jetzt bloß nicht an, wir hatten einen Deal!«

Knoppke zögerte, dann ließ er es heraus: »Chelsea ist ein Miststück!«

»Chelsea? Wie Barbies Schwester?«

»Eigentlich heißt sie Silvi, aber das mit dem Miststück stimmt.«

»Na also, Knoppke, geht doch.« Sam grinste. Es war spät geworden in Gretna, die Menschen verzogen sich in ihre Liebesnester, als Knoppke drauf und dran war, seiner Reisebegleitung mehr von sich preiszugeben, als er in letzter Zeit irgendjemand erzählt hatte. Vielleicht stimmt es ja doch, dachte Knoppke in einem Anflug von bierseliger Naivität, vielleicht hilft das Aussprechen des Erlebten tatsächlich beim Verarbeiten. Er wollte es versuchen.

»Sie vögelt einen anderen.«

Vielleicht hilft es auch nicht, dachte Knoppke, der seinen Herzschlag auf einmal in der linken Schläfe spürte, und er wunderte sich, warum nicht in der rechten.

»Scheiße! Bist du dir da sicher?« Sam legte ihre bandagierte Hand auf seinen Arm.

»Herrschaftszeiten, ja!« Knoppke schüttelte die Hand ab und zog mit einem Ruck seine Lederjacke zurecht.

»Aua, pass doch auf«, zischte sie ihn an, um aber gleich weiterzubohren: »Hat sie es dir gesagt, ich meine, war sie wenigstens ehrlich? Wer ist der Kerl? Wie kam es dazu?«

»Noch besser, ich hab sie dabei ertappt. Wie sagt man noch gleich?«

»In flagroni!«

Knoppke runzelte die Stirn. »Wie auch immer. Das am Samstag war bestimmt nicht das erste Mal.«

Sam stierte auf den Tisch, als wollte sie jetzt auch noch Bierfleckenmuster analysieren, und Knoppke dachte, wehe. Stattdessen sagte sie: »Am Samstag? Und dann fährst du einfach weg? Wie hat sie denn reagiert, als du sie zur Rede gestellt hast?«

Knoppke lehnte sich zurück, Knoppke verschränkte die Arme, Knoppke schwieg.

»Nee, oder?« Sam riss ihre Augen auf. »Du bist nicht einfach abgehauen, sag mir, dass du nicht einfach abgehauen bist. Mensch, Knoppke, ich hätte ihr die Hölle heißgemacht, darauf kannst du wetten! Warum hast du ihr keine Szene gemacht?«

Knoppkes linkes Augenlid flatterte. »Lass es einfach«, sagte er. Aber Sam ließ es eben nicht.

»Wie lange seid ihr denn schon zusammen?«, wollte sie wissen.

»Gewesen!«, brummte Knoppke und drückte seinen Hinterkopf an die Steinmauer des Pubs.

»Von mir aus, gewesen, aber wie lange?«

Knoppke verstummte und überlegte, ob er Sam erneut bei einer Raststation zurücklassen, in einem der schottischen Seen zum Schweigen bringen oder auf den Mond schießen sollte, der augenblicklich in einer ziemlich vollen Ausgabe seine Leuchtkraft zur Schau stellte.

Die Stille provozierte die Hauptdarstellerin seiner Gedanken offensichtlich noch mehr als jede Antwort.

»Womöglich warst du ja zu passiv«, legte sie nach. »Manchmal bist du echt eine Herausforderung mit deinem Geht-mich-alles-nichts-an-Trip.«

»Siehst du«, Knoppke fixierte sie mit Blicken, »genau deshalb möchte ich in die Highlands. Aber das willst du ja nicht verstehen.«

»Ganz ehrlich? Nicht so ganz.«

»Die Highlands«, holte er aus und verschluckte sich fast am Luftholen, »die Highlands sind der friedlichste Ort auf der ganzen Welt.«

»Aha.«

»Genau! Da zwingt dich keiner zum Glücklichsein. Keine Chelseas, die ständig über ihre Gefühle quatschen wollen, keine Schönwetterfanatiker und Dauergrinser.«

»Hm.«

»In den Highlands gibt es keine Massen, keine Parkplatznot, keinen Biergarten-Jazz.«

»Ach.«

»Es gibt dort kein Handynetz, kein Internet, keine Informationsflut.«

»Jetzt übertreibst du aber! Du übertreibst doch, oder?« Sam blickte nervös auf ihr iPhone, das vor ihr auf dem Tisch lag.

»Doch, doch, es gibt kein Psychogelaber, kein Burnout, keine Paartherapie.«

»Glaub ich nicht, aber okay ...«

»Es gibt dort keinen Freizeit-, Wellnes- und Sex-Stress.«

»Äh, Knoppke, alles in Ordnung?«

»Es gibt dort keine Staus zum Stadion, keine Partys

an der Isar, keine Luxussanierung. Keine Wiesn, kein Geschunkel, keine Weihnachtsmärkte.«

»Kann es sein, dass du München ziemlich satthast?«

»Gutmenschen gibt es auch nicht. Gutmenschen sind eh die Schlimmsten!«

Knoppke war nicht zu bremsen. Sam versuchte es andersherum: »Was gibt es denn in den Highlands?«

»Was es in den Highlands gibt, willst du wissen? Das kann ich dir sagen, Mädchen: nichts!«

»Nichts? Nichts ist wenig.«

»Nichts ist alles!«, sagte Knoppke, und wer ihn kannte, hätte ein zuckendes Lächeln in sein Gesicht hineininterpretiert.

»Was denn alles, verdammt noch mal!« Sam begann, an Knoppkes rechter Schulter zu rütteln, als sei er weggedöst.

»Wenn du es genau wissen willst«, er sah ihr in die Augen, »rohe Natur gibt es dort, rohe, ehrliche Natur! Es gibt die Lochs und den Whisky, den Ben Nevis und die Highland-Cows, es gibt Ebbe und Flut, Fish and Chips. Kurzum: Es gibt dort den Ursprung, die Essenz. Zurück auf null.«

Und dann richtete sich Knoppke auf. Er streckte seinen stämmigen Körper, hob den Kopf in den Himmel über dem Kaff der Jasager, und auch sein Bauch verschaffte sich Platz, indem er den Holztisch mit einem Ruck nach vorne schob. So stand er da, der Mann mit der zerrissenen Jeans und dem zerrissenen Herzen, und dann sagte er: »Das ist es! Ich will zurück auf null!«

Er stand noch eine Weile so da, seine Arme hingen schlaff herunter, bevor er wieder Platz nahm, als sei nichts geschehen.

»So eine Art Reboot? Hashtag justcuriouos.« Sam grinste irr.

»Wie auch immer du das jetzt wieder nennen magst. Von mir aus bin ich ein Hipster auf Hasch beim Roboten.«

»Reboot, nicht Roboter«, korrigierte Sam ihn und lachte herzlich. »Aber nein, das bist du nicht, Knoppke, nichts davon.«

»Vor allem will ich keine Erwartungen mehr erfüllen müssen. Silvi wollte immer, dass irgendwas passiert, sie hat mir zu verstehen gegeben, immer etwas bringen zu müssen. Das war bei Nina und Sabrina genau dasselbe gewesen. Ich erwarte doch auch nichts von den anderen. Man sollte viel öfter viel weniger erwarten.«

»Im Regen erwartet niemand, dass dir die Sonne aus dem Hintern scheint, ich weiß.«

»So.« Knoppke nickte. Er fühlte sich verstanden, ein bisschen zumindest.

»Was, wenn es nicht regnet?«

»Bitte?«

»Na, was, wenn es in den Highlands nicht regnet? Dann erwarte ich aber schon, dass dir die Sonne aus dem Hintern scheint, Knoppke!«

Als hätte sie den beiden gelauscht, stellte die Sonne am Morgen eindrucksvoll unter Beweis, dass man auch ihr mit Erwartungen nicht zu kommen braucht, mit persönlich motivierten Sonderwünschen schon gleich gar nicht. Weder schien sie Knoppke oder Sam aus dem Hintern, noch ließ sie sich am Himmel blicken, ihrem Arbeitsplatz auf Lebenszeit. Gretna präsentierte sich Grau in Grau, Sam beklagte den Mangel an Komfort auf den Bänken der Transe, und Knoppke dachte, wer hat's ge-

sagt? Er hatte sie in der Nacht nicht davon abhalten können, tatsächlich im Bus zu schlafen, dementsprechend
zerknautscht saß sie nun neben ihm. Neue Löcher deko-
rierten ihre Strümpfe, neu war auch der Mundgeruch,
nur bei den Haaren war alles eh schon wurscht. Dass er
selbst ebenfalls keine angenehme Nacht verbracht hatte,
verschwieg Knoppke, aber im Unterschied zu Sam war
er wenigstens geduscht. »Wild Honey« hatte auf dem
Seifenspender gestanden, er selbst fand, es roch nach
Kaugummi aus dem Automaten, den gelben Kugeln für
zehn Pfennig.

Die Gründe für Knoppkes nächtliche Unruhe hatten
mit dünnen Wänden und dickem Ärger zu tun. Im Hotel-
zimmer nebenan hatte sich ein Pärchen gefetzt, im womöglich letzten Duell vor dem Ehekrieg, wie Knoppke
vermutete. Schlimmer noch war das Duell gewesen, das
er sich mit Chelsea geliefert hatte, also indirekt, mittels
elektronischer Texthäppchen. Nach seiner SMS mit der
kühlen Andeutung hatte sich seine Noch-Freundin bis
Mittag Zeit gelassen zu reagieren. Knoppke genoss die
Vorstellung, wie sie sich ihr mittelmäßig ausgebildetes
Gehirn dahin gehend zermarterte, ob und woher er
wusste, dass sie es mit der Treue nicht so eng sah. Wahrscheinlich hatte Ivanca beim Grünteetrinken neben ihr
gesessen und ihr Bestefreundinnentipps gegeben. Bestefreundinnentipps sind die gefährlichsten, dementsprechend aggressiv klang das Ergebnis. »Das ist echt das
Letzte!«, hatte Chelsea um 12:06 Uhr in ihr Smartphone
getippt. »Du warst Samstagnacht hier, es muss so gewesen sein. Wie lange spionierst du mir eigentlich schon
nach? Ich will meinen Schmuck zurück! S.« Am meisten
hatte sich Knoppke über ihre Unverfrorenheit geärgert,

den Spieß einfach umzudrehen und sich selbst als Opfer darzustellen. Auch in der nächsten Mitteilung war kein Wort des Bedauerns versteckt, dafür zwei dicke Überraschungen. »Und jetzt sag bloß, du hast auch den Wanderrucksack? Weißt du eigentlich, was da drin ist? Hier hört der Spaß auf, du Wahnsinniger! Wegen dir konnte ich nicht in das Flugzeug steigen und mich vergnügen so wie du! S.« Knoppke war ratlos. Am liebsten hätte er sich augenblicklich zum Bus geschlichen und den Rucksack durchwühlt, in den er beim Aufbruch in München seine Regenjacke und die Pullover gestopft hatte. Weil er aber wusste, dass Sam im Auto übernachtete, blieb ihm nichts anderes übrig, als sich von den Streithähnen nebenan in den Schlaf krähen zu lassen und morgen nachzusehen.

Dazu kam es vorerst nicht, weil Knoppke und Sam vor einem anderen Problem standen. Oft ist es ja so, dass man glaubt, alles im Griff zu haben, und genau dann passieren die merkwürdigsten Dinge. Da entgleitet einem alles. Nun war Knoppke nie der Typ gewesen, der behauptete, alles im Griff zu haben, andererseits hatte er schon schlechtere Tage kommen und gehen sehen, keine Frage. Als die beiden Insel-Eroberer Glasgow hinter sich ließen, Schottlands größte, manche sagen hässlichste Stadt, da drückte er das Gaspedal stärker durch, als es sein Ford gewohnt war, von den Schildern mit der Geschwindigkeitsbegrenzung einmal ganz abgesehen. Knoppke raste, das hatte es lange nicht gegeben, und vielleicht hätte ihm jemand erklären sollen, dass die Zahlen auf den Schildern Meilen pro Stunde ausdrückten und nicht Kilometer. Der Mann, der es gemütlich mochte, bretterte in Richtung Norden, sein Ziel war der nördlichste Norden im Norden des Nordens.

Es muss irgendwo bei Stirling gewesen sein, so genau wusste Knoppke das nicht, von der Autobahn aus glich ein Landstrich dem anderen, eine Weite zum Versinken, ein Grün wie heiliger Rasen, Kühe, so faul wie schön. Knoppke gönnte sich einen Blickschweif in das Idyll am Straßenrand, als sein Bus zu stottern begann. Wie Schluckauf, dachte Knoppke, das geht vorbei, aber da lag er natürlich komplett daneben. Im Gegenteil, es fing erst an. Es ruckelte, es jaulte, und Sam schrie: »Es stinkt!« Dann knallte es, es puffte und zischte, und Knoppke wollte schon nach rechts ziehen, als ihm einfiel, dass rechts ja neuerdings links war. Also riss er das Lenkrad in die andere Richtung, um auf dem Seitenstreifen zum Stehen zu kommen.

Dort wurde es ruhig. Nur die Autos waren noch zu hören. Sie rauschten an ihnen vorbei, als wollten sie demonstrieren, Leben geht weiter oder besser: Leben fährt weiter. Im Feld nebenan grasten Pferde, eines von ihnen trottete zum Zaun und sah sich den Schlamassel aus der Nähe an. Es neigte den Kopf, als wollte es sagen: »Better luck next time!«

Nicht viel mehr hatten sich auch Knoppke und Sam zu sagen, außer einem schrillen »Scheiße, Mann!« und einem kernigen »Verdammt, was'nu los?« kam da nicht viel. Den anschließenden Dialog, den die beiden noch im Bus führten, konnte man sich ungefähr so vorstellen:

Sie: »Hat er das öfter?«

Er: »Nein.«

Sie: »Hast du wieder zu spät hochgeschaltet?«

Er: »Nein!«

Sie: »Sicher?«

Er: »Nein.«

Sie: »Kennst du dich mit Autos aus?«

Er: »Nein.«

Sie: »Bist du beim ADAC?«

Er: »Nein.«

Sie: »Ist der Motor hinten?«

Er: »Nein, vorn.«

Eines musste man den beiden lassen, sie haben es versucht. Eine halbe Stunde lang steckten Knoppke und Sam unter der Frontklappe ihre Köpfe zusammen und schauten sich den dampfenden Motor an. Sam kontrollierte das Öl, während er an ein paar Kabeln herumzupfte und den Keilriemen überprüfte. »Wenn es der Keilriemen ist, können wir ja meine Strumpfhose nehmen. Im Film machen die das auch immer so«, schlug Sam vor, und Knoppke dachte, sicher nicht, zu viele Löcher. Wenig später beschlich ihn die Ahnung, dass das Problem sowieso ein anderes sein musste. Eines, bei dem Nylons nicht den Hauch einer Chance hatten. »Das wuppen wir nicht«, resümierte er und wischte sich die Hände an seiner Hose ab.

Nachdem Sam angeboten hatte, mit ihrem iPhone Hilfe zu rufen, woraufhin Knoppke niedergeschlagen zustimmte, setzte sich die Herumtreiberin ins Gras, während Knoppke hinten im Bus Platz nahm. Er wollte die Wartezeit mit einem Nickerchen überbrücken. Nach ein paar Telefonaten zückte Sam ihr Buch und las.

10. 7. 1990 – Hilfe, ich muß das aufschreiben, aber pronto!
Bevor ich mich wieder frage, ob es tatsächlich passiert
ist, was mir passiert ist in den letzten Tagen. Mit dir.
Seit ich denken kann, schieb ich höllische Panik davor,
daß die besten Sachen im Leben am schnellsten ver-
schwinden. Daß sie verwehen wie der pfiffigste Wind am

Meer, und alles, was bleibt, ist ein salziger Geschmack.
Notiz für die Weltverbesserungsliste: Wunderding er-
finden, um magische Momente zu konservieren – aber
nicht wie VHS oder CDs oder so 'nen Technikkram,
die Gefühle sollen schon richtig erhalten bleiben. Als
Gefühle eben.
Was ich gespürt habe, als sich unsere Blicke trafen,
das will ich nie im Leben vergessen. Niemals! Es war
sinnlich und aufwühlend, geheimnisvoll und verstörend,
wunderschön und megapeinlich, richtig und falsch.
Viel zu lange war ich regungslos, und das lag nicht an
meinem sperrigen Outfit. Okay, so richtig beweglich ist
man nicht, wenn man als i-förmiger Tetris-Baustein auf
eine Mottoparty geht (frag mal Silke, die war das L
und trug hohe Schuhe!). Aber wie du mich aufgefangen
hast, als die Schwebebahn die Kurve nahm und ich ins
Taumeln geriet, das hat mich voll erstarren lassen.
Erstarren vor, ja, vor was eigentlich, sag du es mir!
Vor Schock? Vor Schiß? Vor Freude? Scheiße, jetzt muß
ich an Holgi denken, und mir wird schlecht. Schlechtes
Gewissen ist total ätzend!
Andererseits beschleunigt mein Herz, wenn ich an deine
Hände an meinen Armen denke. Und wie deine hasel-
nußbraunen Pupillen sich bewegten und meine Augen
suchten, die durch die Schlitze im Kostüm nicht so leicht
zu erkennen waren, das war total süß! Ehrlich gesagt,
war ich froh, daß ich in dem Ding versteckt war. Zum
einen, weil ich geschwitzt habe wie diese Fußballer in
Rom. Zum anderen, weil dir nicht sofort mein Silber-
blick aufgefallen ist, den ich doch so hasse (danke, Lan-
desfrauenklinik, danke, danke, danke!). Kann es sein,
daß du eine kleine weiße Stelle in deiner linken Iris

hast? Ja, ich bin mir ziemlich sicher. Daß wir uns ausgerechnet in der Bahn begegnen, dort, wo ich dich so oft aus dem Fenster beobachte, das ist schon ein starkes Stück! Als ich dich erkannt habe, bin ich bestimmt rot angelaufen in meinem roten Kostüm! Geschämt hab ich mich auch ein bißchen, aber davon hattest du ja keine Ahnung.

Unheimlich wurde es, als du mich am Tag danach angesprochen hast. Ich meine, wie hoch war die Wahrscheinlichkeit? Eins zu gigantisch? Jedenfalls war da das große Finale, und die ganze Stadt hatte nur noch den Pokal im Kopf (bis auf Holgi, der bevorzugt Golf und verbrachte das Wochenende lieber bei seinen Eltern in Dortmund-Brackel, schon wieder!!). Allen anderen ging es nur um Klinsmann, Völler und Matthäus (Matthäus mit zwei t oder einem?). Dir ging es um mich, dabei warst du selber verrückt nach der WM. Und plötzlich hast du vor mir gestanden, in dieser Kneipe im Luisenviertel. Ich wollte da eigentlich gar nicht hin, aber Silke und Mira haben mich überredet. Weil sich alle dieses Spiel ansehen würden, wie sie sagten (danke dafür, ihr Süßen, danke, danke, danke!). Dein Gang war so zackig, du hattest es so eilig, um von den Toiletten beim Ausgang schnell wieder zu deinem Platz vor dem großen Fernseher zu kommen. Es ging ja bereits auf den Schlußpfiff zu, und es stand immer noch null zu null. Ich glaube, es war spannend. Das Gedränge war groß, es gab ja kaum ein Durchkommen (nicht so viel kommen im Text!). Du bist frontal auf mich zugekommen, du in deinem WSV-Trikot. Tja, und dann standen wir uns gegenüber, eingepfercht von all den anderen. Du wolltest rein ins Getümmel, ich wollte raus. Das schönste Patt der Geschichte! Und dann trafen sich unsere Blicke, und diesmal steckte ich in keinem schützenden Tetris-Kostüm – im Gegenteil: Ich kam mir nackt vor in dem luftigen Kleid.

»Kennen wir uns?«, hast du gefragt und mich so intensiv angesehen, wie mich noch nie ein Kerl angesehen hat (auch Holgi nicht, sorry, ist so!). Du warst der Erste, der meinen Silberblick so gut im Griff hatte (schiefes Bild?). Als ich deine Stimme zum ersten Mal hörte, bekam ich direkt weiche Knie (hast du deshalb so oft auf meine Beine gelauert? Wohl kaum, du Schuft!). Deine Stimme war knurrig genug, um männlich zu sein, gleichzeitig so voller Herzlichkeit. Darauf steh ich ja total! Und dann hast du nicht mehr lockergelassen, wolltest unbedingt dahinterkommen, woher du meine Augen kennst. Du warst so gebannt, so nah an mir dran, so intensiv! Noch nicht einmal der Pfiff zum Elfmeter hat dich zurückgeholt in deine Welt. Du bliebst bei mir, in jeder Hinsicht. Und als es ganz still wurde in der rappelvollen Kneipe, weil der deutsche Spieler Anlauf nahm, da platzte es aus dir heraus: »Ich kaufe ein ›i‹ und möchte lösen!« Dann brach der Jubel aus, und die Leute fielen sich in die Arme. Als du mich umarmt hast, mich hochgehoben und angelacht hast, da begann ich, Fußball gut zu finden. Meine Güte, warst du forsch! »Darf ich dir eine Cuba libre spendieren, du hübsches rotes Tetris-i?«, hast du mir ins Ohr gebrüllt. »Dein Silberblick ist Gold wert«, solche Sachen. Und deine Wangen glühten wie Mamas Herdplatte auf Stufe 4, wenn nicht gar 5.
Es waren nur die ersten von vielen schönen Sätzen, die wir in dieser Nacht gewechselt haben. Deutschland wurde Weltmeister, und aus dir und mir, da wurden wir.

»Leute, das sieht nicht gut aus«, erklärte ihnen der Meister, in dessen Werkstatt sie inzwischen standen. »Habt ihr vielleicht ein zweites Auto dabei?« Sein Sinn für Humor erschloss sich Knoppke nicht auf Anhieb, Sam dagegen schaltete sofort. »Diesmal nicht, what a pity!«, entgegnete sie und erntete einen kurzatmigen Lacher des Mannes im Graukittel. Sein Name war Doug, so hatte er sich den beiden am Unfallort vorgestellt, ein kleiner Mann mit großem Kopf, dessen Zähne schiefer gewachsen waren als sein Seitenscheitel, dafür war seine Nase makellos gerade, womöglich eine Art physiognomischer Ausgleich. Sam war auf ihn gekommen, nachdem sie mit ihrem iPhone Mechaniker der Region ausfindig gemacht hatte.

Eine Abschleppaktion, eine Inspektion und zwei Zigarettenpausen später streckte Doug seinen imposanten Bauch hervor, als wollte er Knoppke damit herausfordern. So standen sie sich gegenüber, Ranzen an Ranzen, von Mann zu Mann.

»Wo liegt das Problem?«, erkundigte sich Knoppke.

»Wie ich vermutet hatte, Motorschaden. Hässliche Sache, leider.« Der Meister redete schnell, und wie bei den meisten Schotten brauchte man auch bei Doug ein paar Sätze, bis man die Sprache, die da aus seinem Mund bröckelte, überhaupt als Sprache identifizieren konnte.

Knoppke meinte, die Wörter Überdrehen und Hitze herausgehört zu haben, recht viel mehr aber nicht.

Sam flüsterte ihm ins Ohr: »Er sagt, der Ölfilm ist gerissen, die Zylinder sind auch im Arsch«, und Knoppke log: »Hab ich schon verstanden.«

»Jetzt zur guten Nachricht, Leute.« Doug stemmte seine Arbeiterhände in die Hüften und sah die beiden gerissen an. Knoppke ahnte Schlimmes. »Ich weiß ja nicht, wo ihr hinwollt, aber Stirling im Mai hat auch seinen Reiz. Wir haben das Castle, die Binos und jede Menge Pubs. Genießt eure Ferien, Leute, you are very welcome!« Doug sah Sam an, Sam sah Knoppke an, Knoppke sah Doug an. Ein Billardspiel der Blicke.

»Wer sind die Binos?«, fragte Sam.

»Stirling Albion, unser Fußballteam.«

»Schöner Scheiß«, murmelte Knoppke, der die Sache mit dem Fußball nicht mehr mitbekommen hatte. »Wie lange?«, stammelte er auf Englisch. »Eigentlich wollten wir so schnell wie möglich weiter«, ergänzte Sam.

»Sorry, aber daraus wird nichts. Mit einem Motorschaden ist nicht zu spaßen. Zwei bis drei Wochen wird's schon dauern. Vorausgesetzt, ich kann die Teile auftreiben.«

»Zwei bis drei Wochen? Das geht aber nicht!«, protestierte Sam. »Kann man da nichts machen?«

Doug zuckte mit den Schultern. »Zwei bis drei Wochen.«

Sam und Knoppke standen in einer Lake schwarzer Flüssigkeit und diskutierten. Die Stimmung war mies wie nach einem gecancelten Flug. Knoppke erklärte Sam, dass er sich einen Mietwagen nicht leisten könne, er hatte ja bereits das Ticket nach Gran Canaria in den Wind geschossen, für die Reparatur würde er ebenfalls einiges hinblättern müssen, außerdem sei er nicht Krösus wie Grätschi. Sam sah ihn fragend an, Knoppkes Blick schwenkte zu Doug. Der Meister hatte sich in sein Büro neben der Hebebühne verzogen, durch die verstaubte Glasscheibe konnte man sehen, wie er ein Sandwich verputzte und Bier trank. Im Radio liefen die Dire Straits, die erkannte sogar Knoppke.

»Was sollen wir machen, wir werden hierbleiben müssen.« Knoppkes Stimme war so ruhig wie meistens.

»Und was ist mit den Highlands? Du wolltest da doch unbedingt hin?« Sams Blicke ließen ihn nicht los.

»Denk an dein Reboot, zurück auf null, der Frieden auf Erden!«

»Wir sind doch fast da, wir können ja einen Ausflug mit dem Bus machen oder für einen Tag ein Auto leihen. Stirling ist echt nicht der schlechteste Ort als Basis.«

»Scheiße, Knoppke, du solltest dir mal zuhören!«

»Ungern, wieso?«

»Immer dieses fast! Fast ein Bulli, fast die Highlands, fast, fast, fast! Silvi hattest du auch nur fast, wenn du mich fragst. Warum gibst du so schnell auf, warum akzeptierst du all den mittelmäßigen Mist?«

»Rein geografisch sind wir aber wirklich fast ...«

»Fuck fast!« Sam schrie ihn nieder. Ihren langen Körper streckte sie komplett durch, ihre Hände ballte sie zu Fäusten.

»Wie bitte?«

»Du hast mich schon verstanden, Knoppke. Fast ist scheiße! Das Leben beginnt dann, wenn du aufhörst, den Schwanz einzuziehen.«

Die Sache mit dem Schwanz brachte Knoppke zum Nachdenken, und er versuchte sich daran zu erinnern, wann er das letzte Mal Biss gezeigt hatte. Er schüttelte die Bilder im Kopf ab und folgte Sam, die schnurstracks in Richtung Chef stiefelte.

»Gehört Stirling zu den Lowlands oder zu den Highlands?«, hörte Knoppke sie fragen.

Doug drehte sich auf seinem Bürostuhl zu ihr um, schluckte den letzten Bissen runter und lächelte. »Schön, dass du dich für die Gegend interessierst, Honey. Du wirst es nicht bereuen.«

»High oder low?«, drängelte Sam.

»Spielt das eine Rolle? Hauptsache Schottland, nicht wahr? Aber auf dem Papier sind wir in den Lowlands.«

»Da hast du's nämlich, Knoppke, du bist so was von low!«

Knoppke rieb sich die Stirn. Er war beim Eintreten in das Zimmer gegen den Türstock gestoßen, was aber außer ihn niemanden zu interessieren schien.

»Und weißt du was, alter Mann, wir machen dich jetzt high!«

Knoppke schwieg.

Sam keineswegs. »Hören Sie, Doug, wir müssen hier weg. Wir brauchen ein Auto, es ist wichtig!«

Doug nahm einen Schluck aus seiner Dose und lauschte. Sam beugte sich zu ihm hinunter, stützte sich mit ihren Händen auf den Seitenlehnen des Drehstuhls ab. Sie sprach nun etwas leiser: »Mein Onkel hat nicht mehr viel Zeit, Sie wissen schon, Endstadium. Er würde so gerne noch die Highlands sehen.«

Knoppke glaubte, er hört nicht recht. Onkel? Nicht mehr viel Zeit?

»Wie schrecklich«, sagte Doug. Seine Blicke ließen schlagartig von Sams Brüsten ab. »Ich bin untröstlich, Leute, aber ich kriege das wirklich nicht schneller hin. Hier mahlen die Mühlen langsam.«

»Haben Sie denn kein Auto, das Sie uns leihen könnten? Bitte, Sie würden einen alten Mann sehr, sehr glücklich machen.«

Doug sah zu Knoppke, dann wieder zu Sam. »So alt ist er doch gar nicht.«

»Ein bisschen Kohle hätten wir auch noch«, nahm Sam einen weiteren Anlauf.

Der Chef schwieg.

Nun war Knoppke an der Reihe. Ob er wollte oder nicht, er musste. Als er den Vereinswimpel von Stirling Albion an der Wand über der Werkbank entdeckte, kam er ein paar Schritte näher. »Ich mag Underdogs«, sagte er und deutete mit seiner Hand auf das schwarz-weiße Fußballlogo, das einen Turm auf einem Hügel zeigte.

»Wir steigen ständig auf und ab«, reagierte Doug sofort. »Keine Ahnung, warum ich mir das immer wieder antue. Die Jungs sind Pfeifen, aber ich hänge an ihnen.«

»Man kann sich seine Lieblingsmannschaft nicht aussuchen.«

»Sehr richtig. Celtic kann jeder!«

»Bayern München auch.«

»Du sagst es! Wie heißt denn deine Truppe?«

»Wuppertaler SV.«

»Nie von ihnen gehört.«

»Wir spielen in der vierten Liga«, erklärte Knoppke mit einfachen Worten. »Unsere große Zeit ist vorbei, aber wir hatten unsere Momente.« Er erzählte Doug von den frühen Siebzigerjahren, die er aus den Geschichten seines Großvaters kannte, er schwärmte von dem vierten Platz in der Bundesliga und den Toren von Günter Pröpper. »Sie nannten ihn Meister Pröpper«, sagte Knoppke, und Sam fragte: »Echt jetzt?«

»Meister Prepper«, wiederholte der Schotte. »Meister Propper«, versuchte er es erneut und begann auf einmal herzhaft zu lachen. »Du gefällst mir, wie heißt du?«

»Egor, aber die meisten nennen mich Knoppke.«

Sams Kinnlade klappte nach unten, so sprachlos hatte

er sie noch nie erlebt. Sie schickte ihm Blicke, die er nicht deuten konnte, irgendwas zwischen Ungläubigkeit, Staunen und Verrat.

»Meister Knoppke«, sagte Doug und grinste. Er wuchtete sich hoch und schlappte aus dem Büro. »Na, dann kommt mal mit!«

Er führte sie über den Hof der Werkstatt zu einem Grasweg, an dessen Ende eine Scheune stand. Die Sonne machte noch immer keine Anstalten, heute noch Hallo zu sagen. Den Schafen auf dem Feld schien das egal zu sein, die grasten fröhlich vor sich hin. Knoppke steckte sich eine Fluppe an, als Doug das schwere Holztor zur Seite schob. Was Knoppke zu sehen bekam, verschlug ihm die Sprache. Es fehlte nicht viel und ihm wäre die Zigarette aus dem Mund gefallen.

»Der Wagen gehört meiner Ex. Er ist das Beste, das sie zu bieten hatte, diese blöde Ziege!«

»Ist das ein ...«, setzte Sam an, und Knoppke drehte ihre Frage noch beim Aussprechen in eine Antwort um. »Ja, das ist ein Bulli. Ein echter Bulli!«

»My Bulli is my castle«, zitierte Doug den Aufkleber, der direkt über dem großen VW-Zeichen auf der Vorderseite des Busses angebracht war.

»My Bulli is my castle«, wiederholte Knoppke wie in Trance. Er ging in die Scheune, um sich das Schmuckstück aus der Nähe anzusehen. Der T2 war himmelblau angemalt, für Knoppkes Geschmack viel zu knallig, aber das Faltdach und das Baujahr 1973 entsprachen genau seinen Vorstellungen. Die obere Hälfte zierte ein weißer Streifen, der an der Frontseite zu einem schnittigen Dreieck zulief. Bis auf ein paar Rostflecken und kleinere Beulen schien er gut in Schuss zu sein.

»My Bulli is your Bulli«, sagte Doug und klopfte Knoppke auf die Schulter. »Besser gesagt: *Her* Bulli is your Bulli, haha!«

»Wie meinen Sie das?«, fragte Sam, als Knoppke nicht reagierte.

»Wie ich es sage, Mädchen, ihr könnt ihn haben.«

Sam blickte irritiert, Knoppke war noch immer ganz woanders. Physisch mag er an der Rückseite des Autos angekommen sein, mental war er viel weiter weg.

»Die Sache ist die: Dorothy hat mich gebeten, ihren Bulli durchzuchecken. Dafür ist der alte Doug noch immer gut genug. Kennt man ja, Frauen!« Er verdrehte die Augen. »Weil ich aber ein netter Kerl bin, hab ich ihr geholfen. Und was soll ich sagen? Im Gegensatz zu eurem ist sie hier tipptopp! Ihr fehlten nur ein paar Kleinigkeiten. Sie wird euch sicher durch die Highlands bringen.«

»Sie?«

»Sie heißt Matilda. Wie das Kind, das wir nie hatten.«

Schweigen in der Scheune.

»Macht euch mal keine Sorgen, Leute, im Nachhinein bin ich froh darüber, dass aus dieser verfluchten Beziehung nur Matilda hervorgegangen ist. Schon komisch, wie das Leben so spielt, nicht wahr, Meister Knoppke?«

Knoppke nickte.

»Aber wird sie sie nicht vermissen?«, hakte Sam nach.

»Weder sie noch mich, darauf kannst du wetten.«

Sam grinste.

»Im Ernst, Dorothy schippert gerade über die Ozeane. So schnell kommt die nicht zurück von ihrer Kreuzfahrt. Nehmt den Bus, solange ich an eurem rumschraube.«

Knoppke hatte seinen Rundkurs um den Wagen beendet. Seine Augen funkelten stärker als die polierten Chromteile.

»Baut nur keinen Unfall, sonst muss ich ihre Versicherung einschalten, und dann fliegt unser kleiner Deal auf.«

»Geht klar«, erwiderte Sam. »Was wollen Sie dafür?«

»Schon gut«, antwortete Doug, »wir werden uns schon einigen. Einem kranken Sportsfreund helfe ich doch gerne.« Er ging auf Knoppke zu und umarmte ihn, was angesichts der Bauchumstände sowie der Größenunterschiede gar nicht so leicht zu bewältigen war. Über Dougs Schultern schickte Knoppke strenge Blicke in Richtung Sam, die sofort den Kopf wegdrehte und in die Luft stierte.

Die Wolkendecke zeigte einen vertikalen Riss, durch den ein milchiger Sonnenfilm schoss. Um den Lichtspielhimmel abzurunden, verzierten matildablaue Streifen das Grau in Grau. Als sich Doug von Knoppke löste und ebenfalls nach oben sah, sagte er: »There is a crack in everything, that's how the light gets in.« Noch einmal klopfte er ihm auf die Schulter. »Vergiss das nicht, Knoppke. Leonard Cohen hat immer recht!«

Während die beiden Männer das Gepäck umluden und Autoschlüssel sowie Handynummern tauschten, dachte Knoppke darüber nach, wie das wohl gemeint sei mit dem Riss und dem Licht, und er kam zu der Erkenntnis, dass die Zeile von Mister Cohen sowohl etwas Trauriges als auch etwas Tröstliches an sich hatte. Alles vergeht, Neues entsteht, spann Knoppke herum, als er den roten Rucksack in die Finger bekam und innehielt. Warum war er Chelsea so wichtig, fragte er sich augenblicklich und beugte sich noch in der Werkstatt über das sperrige Teil, um es zu durchsuchen. Zunächst fand er nur seine eigenen Sachen, und Knoppke dachte, falscher Alarm. Als er jedoch die Innentasche abtastete, ganz tief hineingriff in den Schlitz an der Rückseite des Stauraums, da stieß er auf eine handgroße Silberdose.

Und während Sam im Hof telefonierte, offenbar mit einer Freundin, zumindest glaubte Knoppke einen halbstarken Freundinnenton herauszuhören, da wurde ihm bewusst, weswegen Chelsea nicht nach Gran Canaria geflogen war. Er schob die ovale Dose zurück in den Rucksack, und all seine Gedanken mündeten in einer einzigen Erkenntnis. Scheiße!

In einem Zustand mittelgroßer Verwirrung bedankte er sich bei Doug für dessen Hilfe, sein Vertrauen und ganz besonders für Matilda. Sam drückte dem Meister einen Kuss auf die Wange, erst auf die linke, dann auf die rechte, schließlich einen auf die Stirn. Und dann das Ganze noch einmal von vorn.

Matilda schnurrte. Sie schnurrte, als hätte sich lange niemand um sie gekümmert, und wie es schien, mochte sie, wie Knoppke das Versäumte nachholte. Er hatte sich fest vorgenommen, rechtzeitig einen Gang höher zu schalten, und auch mit dem Tempo, das irgendwo zwischen Fahrschüler und Rentner mit Hut einzuordnen war, schien Matilda einverstanden zu sein. Sam hatte ihre Stiefel abgestreift, ihre Füße lagen auf der Ablage über dem Handschuhfach, als Knoppke dem Himmelsriss entgegenknatterte.

»Ist das dein Ausdruck, wenn du richtig froh bist?« Sam sah ihn von der Seite an. Er spürte ihre Blicke, die schon eine ganze Weile auf ihm ruhten. Zunächst war

Knoppke irritiert gewesen, weil Sam nun links von ihm saß und nicht mehr rechts, doch die Tatsache, dass er mit dem Steuer auf der rechten Seite links fahren durfte, taugte ihm umso mehr.

»Keine Ahnung, da musst du mein Gesicht fragen.«

»Hier kommt ein Tipp, alter Mann: Wenn du glücklich bist, dann gib deinem Gesicht Bescheid«, sagte Sam, deren Kopf ein Open-Air-Festival der Lebensfreude war. Mit Hochglanzaugen, Mundwinkel-Yoga, Grübchen links und Grübchen rechts.

»Mir geht es gut«, erwiderte Knoppke regungslos. »Nur die Krebsgeschichte hättest du dir sparen können, das war ziemlich daneben, Sam! Oder soll ich lieber Nichte sagen?«

Die Nicht-Nichte prustete los. »Glaubst du wirklich, er hätte uns sonst geholfen? Frechheit siegt, Onkelchen!«

»Ich gewinne lieber ehrlich.«

»Komm schon, Knoppke, alle sind cool. Doug fühlt sich gut, weil er jemandem helfen konnte, außerdem konnte er seiner Ex eins auswischen. Und von uns ganz zu schweigen. Ich meine, hallo, ist das nicht der Wagen, von dem du immer geträumt hast? Hashtag bytheway.«

»Ja«, murmelte Knoppke, »ja, das ist er.«

»Und warum freust du dich dann nicht?«

Knoppke reagierte nicht, Sam schon. »Pass auf, ich zeig dir, wie das geht. Mann, Mann, Mann, alles muss man dir erklären, unfassbar!« Sie kurbelte das Beifahrerfenster runter und streckte ihren Oberkörper in den Fahrtwind. Sie krallte sich am Türrahmen fest, um sich weiter nach draußen zu ziehen, und Knoppke bemerkte, wie schlank und beweglich sie war. Er konnte ihr Gesicht nicht sehen, aber er hörte sie gegen den Wind brüllen. Er konnte ihre Haare nicht erkennen, aber er stellte sich den wildesten Schlangentanz vor, der je in Schottland über die Bühne ging. Sam rupfte ihr iPhone aus der Rocktasche und hantierte damit herum, bis sie sich wieder nach innen schob und in den Sitz fallen ließ.

»So geht Freude«, sagte sie und atmete hastig.

Knoppke nahm ihr das Gerät aus der Hand, reduzierte die Geschwindigkeit und betrachtete das Foto, das Sam von sich gemacht hatte. Es war verwackelt, Sam war nur am Rand zu sehen, und außer ihrem Wischmopp, den sie Frisur nannte, war nichts darauf zu erkennen. Doch dann entdeckte Knoppke einen winzigen Kreis in diesem Rasta-Stillleben, einen Kreis, der ihr Mund sein musste, und Knoppke dachte an die Fans im Stadion. Das Glück der anderen ist gar kein Arschloch, dachte Knoppke, das Glück *dieser* anderen ist mehr als okay. Er spürte, wie sich ein Lachen in ihm anbahnte. Zuerst war es nur ein Zucken in der Bauchmuskulatur, und Knoppke dachte, warum das denn jetzt, dann rutschte das Etwas höher, bis es in der Kehle zu einer Art Stimmbandjazz mutierte. Aus dem »Ha« wurde ein »Aha. Ha«. Wie es weiterging, kann man sich vorstellen. Knoppke und Sam krümmten sich vor Lachen, währenddessen betätigte er mehrmals die Hupe, und in einem Punkt waren sich alle Beteiligten einig, Matilda hatte mit Abstand das süßeste Lachen.

»Du bist voll schräg«, kommentierte Sam, als sie sich beruhigt hatten. »Aber eine Sache musst du mir erklären.«

»Was denn?«

»Egor«, sie zögerte, »ich meine, echt jetzt?«

Knoppke zuckte mit den Schultern. »Kann man sich nicht aussuchen, stimmt's, Samantha?«

Sam grinste. »Jetzt weiß ich wenigstens, warum dir Knoppke lieber ist.«

»Und dir Sam.«

»Knoppke und Sam«, brabbelte Knoppke vor sich hin.

»Sam und Knoppke«, brabbelte Sam.

»Sam Knoppke«, sagte Knoppke, und Sam wurde still.

Und dann erreichten sie die Highlands, und Knoppkes Reise war zu Ende.

ENDE

PS: Das hätte Knoppke so passen können, also fast eine Geschichte. Irgendetwas Halbgares einfach so stehen lassen, darin war er groß. Nun könnte man diskutieren, ob er sich das, was noch kam, nicht lieber erspart hätte. Aber er konnte natürlich nicht wissen, dass er in den Highlands viel mehr als nur Ruhe finden sollte, zum Beispiel laute Wahrheiten. Wahrheiten, die wehtaten, und zwar in jeder Hinsicht. Schon deshalb musste seine Geschichte weitergehen. Zurück zu den Highlands, neuer Anlauf.

8) Ausnahmen gibt es immer, keine Frage, aber in aller Regel darf man nicht darauf hoffen, mit Pompon-wirbelnden Cheerleadern und Champagnerdusche begrüßt zu werden, wenn man sein Reiseziel erreicht hat. Was Knoppke betraf, so war er irgendwann mittendrin, also in den Highlands. Man fährt da ja einfach hinein, ohne Schnick und ohne Schnack, ohne Willkommenszeremo-

nie und Portier, der einem das Gepäck aus den Händen reißt und palavert: »Schön, dass Sie sich für die Highlands entschieden haben, was kann ich für Sie tun?« Im Film hat der Regisseur die Möglichkeit, mit stimmungsvoller Musik die Bedeutung des Moments zu unterstreichen, aber da das hier nun mal kein Film war, sondern Knoppkes Leben, erklang da nicht plötzlich irgendein Tusch. Bilder hat das Leben dennoch ebenfalls zu bieten, atemberaubende Breitwandbilder, da steht es dem Kino in nichts nach.

Das Bild von Knoppke in Glen Coe war so ein Kunstwerk. Das hätte man sich als Fotodruck an die Wand hängen können, so schön war das. Da stand der Mann in der roten Lederjacke vor einem satten steilen Mooshang, auf dem sich Sturzbäche vergnügten und harmonisch ineinanderflossen. Er stand einfach da und schaute in die Landschaft, die so weich und friedlich vor ihm lag wie die Heimat der gutmütigsten Feen. Dieses Tal, durch das sich eine Straße und der Fluss Coe schlängelten, trumpfte mit allem auf, was sich Knoppke von den Highlands versprochen hatte. Da hatten Vulkane und Gletscher ganze Arbeit geleistet, und noch nicht einmal der Mensch mit seinen Kriegen und Schlachten konnte dieses Wunder hier zerstören. Der Spätnachmittagsnebel verschluckte die Gipfel der Berge, wie Kringel schmiegte er sich um sie herum, und fast hatte es den Anschein, als würde sich auch Knoppke darin auflösen.

Dass er es nicht tat, lag womöglich an Sam. »Kommst du voran?«, quasselte sie in das Idyll, während sie neben ihn sprang und ihn anrempelte.

»Wie bitte?«

»Zurück auf null, kommst du voran?«

Knoppke seufzte. »Bis gerade eben war das Nichts vollkommen, aber danke der Nachfrage.«

»Das Nichts sieht ganz okay aus«, sagte Sam und ließ ihren Blick über die sonnenlose Szenerie schweifen. Um ihren Hals trug sie einen dicken Kopfhörer, den sie während der Fahrt aufhatte, um Musik zu hören. »Aber irgendwie auch ... langweilig? Du wirkst auch gelangweilt, wenn du mich fragst, oder bist du nur erschöpft?«

Knoppke schickte ihr verächtliche Blicke zu, bevor er sich wieder der Natur widmete.

»Bist du jetzt eingeschnappt oder was? Du bist voll komisch, seit wir hier sind.«

»Musst du eigentlich ständig labern?«, platzte es aus Knoppke heraus. »Schau dir lieber die Farben an, so ein Grün hast du noch nie gesehen. Ich kann mich gar nicht sattsehen an diesem Grün.«

»Das sehe ich.«

»Und wie das riecht! Nach klarem Wasser und reiner Erde. So muss es hier schon vor Tausenden Jahren gerochen haben, als es noch keine Autos und Hipster gegeben hat. Ich mag den Ort, okay? Lässt du mich jetzt bitte in Frieden?«

»Entschuldigung«, gab Sam zickig zurück. »Woher soll ich wissen, dass dir gerade hier einer abgeht? Du stehst da wie ein Erdmännchen und glotzt.«

Knoppke glotzte sie an.

»Ernsthaft, von mir aus kannst du stundenlang auf Gras starren und Natur schnüffeln ...«

»Es ist Moos«, unterbrach er sie, »das Gras ist Moos.«

»Und wenn es Marihuana wäre, mir doch egal. Was ich sagen will: Du musst dich deinen Leuten mitteilen.«

»Muss ich das? Ich glaube kaum.«

»Scheiße, Knoppke, ich habe keine Ahnung, wie es dir geht, was du fühlst oder auch nicht, was du denkst und warum nicht. So geht das echt nicht weiter!«

»Es war deine Entscheidung, mich zu begleiten, schon vergessen?«

»Ja, klar, aber du könntest es mir ruhig ein bisschen leichter machen. Ist das denn zu viel verlangt?«

Knoppke schwieg.

»Wir brauchen Regeln«, sagte Sam trotzig, »klare Regeln.«

»Ich brauch keine Regeln, es gibt schon viel zu viele.«

»Die hier wird dir gefallen, vertrau mir! Auf einer Skala von null bis zehn, wie glücklich bist du gerade?«

Knoppke wünschte, er hätte sich im Nebel auflösen dürfen. Weil ihm das niemand gestattete, fragte er nach: »Gibt es auch Minuswerte?«

Sam verdrehte die Augen. »Von mir aus gibt es auch Minuswerte. Also von minus zehn bis plus zehn, wie ist die Knoppke-Stimmung hier und jetzt, wie ist dein Emo-Stand?«

»Emo-Stand?«

»Korrekt, er wird mir helfen, dich besser zu verstehen. Nenn mir deine Zahl.«

Knoppke blickte auf die gurgelnden Bäche, und auch seine Gedanken sprudelten durcheinander. Er sog die Inselluft in seine Raucherlunge und dachte an die Ereignisse der vergangenen Tage. Knoppke sah Sam lachen, weinen, schimpfen und singen, er hörte Liebespaare streiten und Rugby-Spieler fluchen, er erinnerte sich an die Vibration im Fuß, als er Matilda in Bewegung setzte. Schließlich sagte er: »Keine Ahnung, Plusbereich?«

»Mensch, Knoppke, was stimmt denn nicht mit dir? Das ist doch nicht so schwer!«

Knoppkes Gedanken sprudelten weiter. Er spulte den Film seiner Erinnerung bis zu Silvi zurück, wie sie sich kopfüber in ihr fremdes Glück stürzte beziehungsweise das fremde Glück in sie, dann spulte er vor bis zu Doug und der Stille von Glen Coe. Er tauchte ein in das Grün vor seinen Augen, und es beschlich ihn das Gefühl, das Moos käme näher. Knoppke lebte den Moment, eine neue Erfahrung, er war der Moment.

Er war.

»Vier«, murmelte er. »Nein, warte, fünf.«

Sam strahlte und boxte ihn mit der Faust in die Seite. »Na also, geht doch.«

»Carpe that fucking Dingdong«, sagte Knoppke, und Sam lehnte sich an ihn. So standen sie da und schwiegen im Duett, während sich ein paar Meter vor ihnen literweise Bergwasser ins Tal stürzte.

Weil aber jedes noch so märchenhafte Idyll irgendwann einmal gestört wird, dafür gibt es eindeutig zu viele Menschen auf der Erde, selbst in Schottland, währte dieser Frieden nur kurz. In der kleinen Parkbucht, wo sich Matilda von der Fahrt ausruhte, hatte ein silberner Mietwagen gehalten, aus dem zwei Männer ausstiegen und die Türen zuknallten.

»Ich hasse dich!«, schrie der Jüngere der beiden. Er war schmal und ganz in Schwarz gekleidet und musste ungefähr Sams Alter haben. »Ich wünschte, *du* wärst gestorben, nicht Mom!« Nicht nur die Schärfe seiner Worte, auch die Sprache irritierte Knoppke, der eine Wiener Färbung erkannt zu haben glaubte. Der Ältere der beiden, ein großer Kerl im Wanderoutfit, schrie ihm hinterher: »Jetzt bleib doch stehen, Elias, lass uns reden!« Doch Elias blieb nicht stehen, im Gegenteil, er kletterte über die Fahrbahnbegrenzung und stieg den Mooshang hinauf, und Knoppke dachte, ob reden hilft?

Sam war offensichtlich anderer Meinung. »Warte hier, ich seh mal nach ihm«, informierte sie Knoppke und lief dem jungen Mann hinterher.

»Elias!«, rief der Vater noch einmal, bevor er sich neben Knoppke stellte und den beiden Ausreißern dabei zusah, wie sie als schwarze Punkte immer kleiner wurden.

»Sorry für das hier«, sagte der Mann auf Englisch, das Knoppke an sein eigenes erinnerte. Sam würde ihm als Erstes das »ß ö« austreiben, dachte Knoppke und musste grinsen. »Kein Problem«, antwortete er auf Deutsch. »Man kann sich nicht aussuchen, wo einem der Sohn wegrennt.«

Der Mann lachte. »Ach, ihr seid eh Piefkes! Nichts für ungut, aber ich dachte, ihr seid Schotten wegen des Kennzeichens. Schönes Auto übrigens.«

»Der ist nur geliehen.«

»Ich wünschte, Elias wäre auch nur geliehen.«

Knoppke sah ihn an. Das Auffälligste an dem Mann war das Wasserfarbenblau seiner Augen, das durch das Schwarz der kurzen Haare noch besser zur Geltung kam. »Der kommt schon wieder.«

»Ich weiß nicht, was ich noch tun soll«, sagte der Wiener, der sich als Milan vorstellte. »Aber seit seine Mutter nicht mehr da ist, komme ich überhaupt nicht mehr an ihn ran. Die kleinste Bagatelle führt zum Streit. Wie kriegen Sie das mit Ihrer Tochter hin?«

Knoppke, der gerade einen Apfel schälte, hätte sich beinahe die Pulsadern aufgeschnitten. »Sam ist nicht meine Tochter«, reagierte er sofort, und Milan deutete mehrmals mit dem Zeigefinger auf ihn, während sich sein linker Mundwinkel nach oben zog. »Alle Achtung, Sie Schlawiner! Aber ist die Kleine nicht ein bisserl jung ...«

Knoppke wollte dem aufgebrachten Österreicher gerade einen Apfelschnitz anbieten, schob ihn sich dann aber selbst in den Mund. »Wir reisen nur zusammen«, schmatzte Knoppke, »lange Geschichte.« Er hatte keine Lust, sich einem Fremden zu erklären, und wie es sich herausstellte, wollte Milan ohnehin lieber selbst etwas loswerden.

»Diese Freiheit hab ich mir auch immer gewünscht«, sagte er unvermittelt. »Ich hatte mal Träume, wissen Sie? Wovon man eben so träumt als Mann in der Rushhour.«

»Wovon träumt man denn da?«

»Also ich wollte immer ein Weingut am Südbalaton, mit Hofladen, kleinem Lokal, allem Drum und Dran. Aber Magda wollte unbedingt ein Kind, sie war regelrecht besessen von der Vorstellung einer eigenen Familie. Tja, klassischer Fall von Interessenkonflikt.«

»Und dann?«

»Raten Sie mal, wer sich in so einem Fall immer durchsetzt.«

Knoppke nickte wie ein Wackeldackel.

»Als Elias endlich zu uns kam, wurde bei Magda dieses Dings festgestellt, dieses gottverdammte Dings.«

»Dings ist immer scheiße«, erwiderte Knoppke, dem die Redseligkeit des Wieners einigermaßen suspekt vorkam. Was die Leute sich immer denken, dachte Knoppke, stülpen einfach ihre Seele nach außen und reichen sie herum. Am liebsten hätte er in Matilda Platz genommen und alle Türen verriegelt, aber das kann man ja auch nicht bringen. Oder kann man das bringen?, fragte sich Knoppke.

»Schleichend hat mir das Dings nicht nur meine Frau genommen, sondern auch meine Träume. Immerhin hat sie Elias noch aufwachsen sehen, das war lange mein kleiner Trost.«

Knoppke zögerte. Er war hin- und hergerissen, ob er dem fremden Mann seinen Arm auf die Schulter legen, ihn trösten oder wenigstens etwas Mitfühlendes sagen sollte. Doch da war der Moment schon wieder verflogen. Momente heißen ja nicht umsonst so.

»Aber was hilft es«, sagte Milan, »man muss die Dinge hinter sich lassen. Es kommt eh, wie es kommt, und meistens kommt es anders.«

Steiler Satz, dachte Knoppke, wo er den wohl geklaut hat? »Im Loslassen bin ich gar nicht gut.«

»Das ist aber wichtig, sonst kannst du nichts Neues anpacken. Elias ist ein Geschenk, und auch wenn wir uns hin und wieder auf die Nerven gehen, ich bin eh froh, dass er da ist.«

Praktisch gesehen, ist er ja gerade nicht da, dachte Knoppke, sagte jedoch nichts. Er hatte schon verstanden. Vielmehr geisterten die Worte »hinter sich lassen« durch sein Hirn, »es kommt, wie es kommt, und meistens kommt es anders«. Besessen. Neues. Anpacken. Die Gedanken wurden ihm bald zu kompliziert, und Knoppke sehnte sich nach dem Stieren ins grüne Nichts zurück. Wie leicht doch das Leben ist, wenn man einfach nur ist.

Einfach ist nichts, nicht einmal das Sein, das bekamen die Männer mit den verlorenen Träumen nach einer halben Stunde zu spüren, die sie damit verbracht hatten, Matilda von außen und innen zu bestaunen und abzuwarten. Als sie aus dem Bus wieder herausstiegen, entdeckten sie auf der anderen Straßenseite Sam und Elias, wie sie vor einem großen gelben Verkehrsschild standen und kicherten.

»Siehst du, Milan, sie kommen immer wieder«, sagte Knoppke und ging mit dem Wiener zu den beiden Ausreißern. Was sie dort sahen, verschlug Knoppke die Sprache, auch weil es mit der Sprache zu tun hatte, die er nicht so gut beherrschte, im Gegensatz zu Milan, der fand sofort ein paar passende Worte: »Bist du eigentlich deppert, Elias?«

Auf dem Schild standen die offiziellen Hinweise: »No vending. No overnight parking.« Verbote der modernen Gesellschaft. Um Knoppkes Verwirrung perfekt zu machen, entzifferte er, was Elias mit dickem Edding dazugekritzelt hatte: »No sheep shagging«. Knoppke verstand weder das Wort »vending« noch »shagging«, aber er kapierte, dass die Aktion Sam und Elias riesigen Spaß bereitete. Denn trotz der Ermahnung durch Milan schütteten sich die beiden aus vor Lachen, sie krümmten sich, sie taumelten, sie wälzten sich im Gras. Es war verboten, es war Sachbeschädigung, aber es war ihr Moment. Milan schüttelte den Kopf und ging zurück zum Wagen. Sam stupste Knoppke an, wahrscheinlich als Aufforderung, mitzulachen. Aber Knoppke nahm das gar nicht wahr, vielmehr war er damit beschäftigt, Sams Gefühlsexplosion zu beobachten, und er dachte sich, Emo-Stand 8. Also bei Sam, er selbst war weiterhin bei 5, denn ob er wollte oder nicht, er fand allmählich Gefallen an der Unberechenbarkeit seiner Begleiterin, und insgeheim fragte er sich, wie das denn so wäre, erlebte er auch einmal eine 8 oder eine 9 oder gar eine 10, und Knoppke dachte, in diesem Leben nicht mehr.

Dass er damit falschliegen würde, konnte er nicht wissen, und wenn er es gewusst hätte, wäre sowieso alles anders gekommen. Denn so läuft das nun mal auf diesem Planeten: Wenn du dir bei einer Sache allzu sicher bist, wirst du überheblich, und das mögen die Schicksalsgötter überhaupt nicht, dann werden die Karten neu gemischt, und du kannst zusehen, wo du bleibst. Knoppke tat gut daran, die Emo-Stände 8 bis 10 zur unerreichbaren Zone zu erklären, in seinen Augen waren das die Champions-League-Plätze, und da hatte der WSV nichts, aber auch gar nichts verloren. Ist historisch belegt, redete er sich ein.

Nachdem sich Knoppke und Sam von den Wienern verabschiedet hatten, fuhren sie aus dem Tal hinaus und am Loch Linnhe entlang in Richtung Fort William, jener Stadt, in der sie übernachten und vielleicht ein paar Tage bleiben wollten, bevor es noch weiter in den kargen Norden ging.

»Hat er dir erzählt, dass Elias adoptiert wurde?«, brach Sam die Stille und stierte aus dem Fenster. Die Highlands badeten bereits in Dunkelheit, die Straßen waren leer. »Muss krass sein, wenn man seine Eltern nicht kennt.«

»Manchmal ist es besser, wenn man seine Eltern nicht kennt, glaub mir«, sagte Knoppke.

»Ich kapier das nicht. Was bringt Erwachsene dazu, mit ihrem eigenen Kind nichts zu tun haben zu wollen?« Wieder einmal hatte sich Sams Ton verändert, und

Knoppke fragte sich, woher diese Gemütssprünge kamen, an die er sich fast schon gewöhnt hatte, auch wenn sie ihm nicht gesund schienen.

»Was ist denn plötzlich mit dir los? Ich dachte, Elias sei so witzig, wo ist denn deine Begeisterung hin?«

Sam zuckte mit den Schultern. »Ich bin nur nachdenklich geworden, auch das kommt vor, ob du es glaubst oder nicht. Und ich frage mich, ob du ein guter Vater wärst.«

Knoppke massierte sein linkes Knie und vergaß dabei zu schalten, was Matilda mit einem lauten Stöhnen kommentierte.

»Dieser Milan scheint mir ganz in Ordnung zu sein«, faselte er sich aus der Bredouille. »Denkst du nicht, Elias hat es ganz gut erwischt?«

»Keine Ahnung, er fühlt sich jedenfalls unerwünscht. Ich kenne das, ich habe mich bei Mom und ihren sogenannten Freunden auch oft so gefühlt: ziemlich fehl am Platz.«

Knoppke hörte zu und sah zu ihr hinüber. Als Sam schwieg, sagte er: »Ich dagegen hatte zwar richtige Eltern, aber die haben lieber gestritten, als sich um mich zu kümmern. Irgendwie passt es nie so richtig.«

»Wolltest du deshalb keine Kinder?« Sam sah ihn an.

»Das habe ich nie gesagt.«

»Aber gedacht hast du es.«

Da es keine Wolkenmuster zu interpretieren gab, um das Gespräch in eine andere Richtung zu lenken, entschied sich Knoppke für eine neue Strategie. Nach einer Weile des Schweigens sagte er: »Kann es sein, dass dir dieser Elias nicht mehr aus dem Kopf geht?«

»Mir? Quatsch! Elias ist nett. Punkt.« Knoppke war

klar, dass es bei Sam nach einem Punkt in aller Regel weiterging, erst recht bei einem angekündigten Punkt. »Außerdem ist er viel zu jung für mich.«

Knoppke grinste. »Euch trennen höchstens zwei Jahre.«

»Zweieinhalb!«

»Und er sieht gut aus.«

»Findest du? Er hat komische Ohren, aber total schöne Hände.«

»Er ist ja auch ein Künstler, nicht wahr?« Knoppke grinste Sam an, dabei sah er, wie sie im Gesicht rot wurde, was Knoppke ganz besonders freute. Die starke Frau zeigt Schwächen, so mochte er sie am liebsten. »Aber eines musst du mir verraten, Sam, was heißt denn jetzt dieses sheep shagging?«

»Sagen wir mal so«, begann Sam und grinste frech. »Es geht dabei um Schafe und einsame Männer. Die Schotten haben da einen recht derben Humor.«

»Elias offenbar auch«, erwiderte Knoppke.

»Ja, Elias auch.«

»Wiener halt.«

»Wenn du meinst.«

Als sie durch Fort William fuhren, einen Ort, den Reiseführer als touristische Hochburg klassifizieren, war Sam eingenickt. Sie kuschelte sich an Matildas linkes Seitenfenster, ihr stetes Ausatmen konnte Knoppke deutlich hören. Rhythmische Luftstöße waren das, sanft und durchaus meditativ. Davon abgesehen war es ruhig geworden im Bus, das allein war schon als Zeichen dafür zu werten, dass seine Begleiterin schlafen musste. So verpasste sie, dass Knoppke bemerkenswerte Dinge tat. Als er Sam so liegen sah und seinen rechten Arm aus dem heruntergekurbelten Fenster in den frischen schottischen Wind tunkte, da passierte etwas mit ihm. Er atmete aufdringliche Mailuft ein und erinnerte sich an einen Abend in den großen Ferien, als er mit Zecko, Stock und Grätschi im Strafraum des Fußballplatzes gezeltet hatte. Ihr Ziel war es gewesen, sowohl die Letzten als auch die Ersten beim Kicken zu sein. Es war aufregend und unbequem, verboten und schmuddelig. Es war das einzige Mal, dass Knoppke in der Natur schlief, und in diesem Moment fragte er sich, warum nur einmal?

Als Knoppke dem Hinweisschild zum Campingplatz folgte, huschte ein Lächeln über sein Gesicht. Alles fühlt sich so leicht an, wenn man weiß, was zu tun ist, dachte er. Gut möglich, dass er nur deshalb wusste, was zu tun war, weil keine Frau schneller gewesen war, ihm etwas anderes einzurichten, aber was machte das schon aus? Knoppke handelte, ohne zu zögern. Er meldete sich am Rezeptionsbüro an und wählte einen besonders hübschen Platz für Matilda aus, frei stehend, ohne Bäume, nur mit Blick auf den Ben Nevis, den höchsten Berg der Insel.

Knoppke stieg aus, um die Kulisse im Dämmerlicht zu bewundern. Wiesen und Hänge waren von einem Orangeschimmer überzogen, der zu düster war, um kitschig zu sein. Und während Knoppke so dastand und sich hinauf auf den Gipfel träumte, da spürte er, wie sein linker Schuh und das Hosenbein nass und nasser wurden. Zunächst vermutete er, ganz klar, das Gras, also wich er instinktiv ein paar Schritte zurück. Erst auf dem Kiesweg bemerkte er den Zwergschnauzer, der spitz aufjaulte, bevor er kläffend davonlief. Ganz offensichtlich hatte der Kleine sein Geschäft nicht vollenden können, und Knoppke dachte, verdammte Köter!

Es gibt da ja eine Vorgeschichte, und die gehört nicht zu Knoppkes Lieblingsgeschichten, aber sind das nicht die besten Geschichten? Irgendetwas musste er an sich haben, das Hunde auf kuriose Weise anzog. Einen bestimmten Duft wahrscheinlich, vielleicht die Statur eines Baumes, da müsste man die Tiere fragen. Für Chelseas Hund, so viel ist sicher, war Knoppke immer interessant gewesen, schon deshalb, weil der Mann mit dem breiten Kreuz oft regungslos in ihrem Garten herumstand und rauchte. Ein super Baum, keine Frage. Als Knoppke das erste Mal von Diego markiert wurde, konnte er noch lachen. Beim zweiten Mal schimpfte er, dann kam das Fluchen. Knoppke konnte den Straßenköter ohnehin nicht leiden, zu oft ging er ihm auf die Nerven mit seinem lebhaften Jagdhundgemüt. Aber eines muss man Diego lassen, er stellte sich geschickt an. Teilweise schlich er sich an, teilweise überraschte er Knoppke, als er sich die Fluppe anzündete, am Grill stand oder seiner Freundin beim Wäscheaufhängen zur Hand ging. Chelsea war natürlich zur Hundeschule gegangen, zu groß waren die Macken ihres Schnuckis, seit sie ihn aus dem Tierheim in Maspalomas befreit hatte und er sich in seinem neuen Leben in Bogenhausen zurechtfinden musste. Geholfen hatte das nichts. Knoppke nass zu machen, blieb eine seiner Lieblingsbeschäftigungen.

Nun hatte der weiße Mischling zwar nichts von einem Zwergschnauzer, Diego sah aus wie ein fransiger Jack Russell Terrier, aber natürlich musste Knoppke an Chelseas Kläffer denken, als er seine fleckige Hose betrachtete und fluchte. »Ihr könnt mich alle mal«, schimpfte er und stapfte zurück zum Bus, in dem Sam noch immer zu schlafen schien. Er kramte die Silberdose aus dem roten Rucksack und wollte sie gerade öffnen, als in seiner Hosentasche das Handy vibrierte. Du kommst mir gerade recht, dachte Knoppke, ging ein Stück in Richtung Wald und nahm das Gespräch an.

»Silvi? Hallo? Bist du das?«, brüllte er in sein Telefon, nachdem eine brüchige Stimme etwas dahingeschnauzt hatte, das klang wie »du Schuft!«.

»Wen erwartest du denn sonst an meinem ... ch ...?«

»Sag du es mir. Einen deiner Liebhaber vielleicht?«

Es wurde still an Knoppkes Ohr, aber nur kurz.

»Sieh mal einer an! Da spricht der Mann nach ich weiß nicht wie vielen ... ch ..., nachdem er den gemeinsamen Jahresurlaub hat sausen lassen, weil er die Einsamkeit seiner Freundin ... ch ... und alles, was ihm einfällt, ist, mir Vorwürfe zu machen? Du, darauf hab ich echt keinen ... ch ... sorry!«

Kurz überlegte Knoppke, ob er auflegen sollte. Auf das, was er im Wörterrausch verstand, hätte er getrost verzichten können. Weil er aber Dampf ablassen wollte, blieb er dran. »Woher willst du wissen, dass ich einsam bin?«

»Ach komm, mit dir hält es doch niemand aus, du ... ch ...!«

»Wie hast du mich genannt?«

»Ich sagte, mit dir hält es doch keiner aus, du ... ch ...!«

Selber »Ch«, dachte der Beschimpfte.

»Ich bin gar nicht allein, ich hab ja noch Diego.«

Knoppke genoss jedes Wort.

Und die Stille danach.

»Du hast ihn also wirklich, ich fasse es nicht!«

»Selber schuld, wenn du ihn so achtlos in die Innentasche steckst. Ich hatte ja keine Ahnung. Ich brauchte nur den Rucksack, meinen Rucksack im Übrigen!«

»Achtlos? Du spinnst doch! Ich habe mich gründlich auf seine letzte Reise vorbereitet. Eine Idee, auf die der Mann ja nie kommen würde. Konnte ich wissen, dass du in meine Wohnung eindringst und Sachen mitgehen lässt? Du, das ist echt krank! Aber du warst ja immer schon sonderbar. Und Ivanca sagte noch, ich soll bloß aufpassen.«

Knoppke hasste es, wenn Silvi das tat. Immer wenn sie sich angegriffen, ertappt oder in die Ecke gedrängt fühlte, lenkte sie die Vorwürfe um, und Knoppke dachte, nicht mit mir!

»Merkst du eigentlich, wie du immer alles verdrehst? Es geht hier nicht darum, was ich getan habe, sondern darum, was du getan hast! Du hast mich beschissen, und ich muss das erst mal auf die Reihe kriegen, klar? Ich weiß wirklich nicht, ob ich so eine Beziehung noch länger will.«

»Was soll das heißen?«, fragte Chelsea.

»Das heißt, was es heißt. Ich brauche Zeit, und die nehme ich mir.«

»Du klingst wie eine Frau.«

»Und du wie ein Idiot!«

»Na prima, lass ruhig alles raus.«

Nach einer Pause, in der sie beide hörbar Luft holten, war sie es, die das Gespräch wieder aufnahm. »Und wo treibst du dich rum, wenn ich fragen darf?«

»Es geht dich zwar nichts an, aber ich bin in den Highlands. Dort, wo ich immer schon mal hinwollte.«

»Genau, und deine egoistische Freundin hat dich immer daran gehindert. Du bist so was von arm, du ... ch!«

Knoppke war beruhigt. Also wegen des zurückgekehrten Störgeräuschs. Die Vorstellung, dass wer auch immer Chelsea das Wort abschnitt, gefiel ihm. Weniger erfreut war er über den aggressiven Ton, den seine Ex in spe anschlug, und er fragte sich, wie er es mit ihr in den vergangenen Jahren ausgehalten hatte, wohin die Liebe verschwunden war, solche Sachen. War es denn überhaupt Liebe gewesen oder nur ein Kompromiss mit Herzchen?

»Wusstest du«, sagte Knoppke trocken, »dass der Jack Russell Terrier seinen Ursprung in Großbritannien hat?«

»Was soll das denn jetzt? Kannst du nicht ein einziges Mal beim Thema bleiben?«

»Ich bleibe doch beim Thema. Dir geht es um Diego, oder nicht?«

Knoppke hörte Silvi schluchzen.

»Das wagst du nicht, du ... ch ..., du mieser ... ch ... ch ... ch ...«

Knoppke öffnete die Silberdose und blickte auf die Asche des Hundes. Er dachte, ganz schön wenig, und sah zu, wie der Wind ein paar Diegopartikel davontrug.

»Es heißt, ich muss loslassen lernen, und ich fange gerade damit an. All der beschissene Ballast, all die falschen Freunde.«

»Wenn du das tust, dann ... ch ..., ich schwöre es dir, dann ... ch ...«

»Du, der Empfang wird immer schlechter. Besser, ich lege jetzt auf«, sagte Knoppke, trennte die Verbindung und schaltete das Handy aus.

Seine Hände zitterten, seine Wangen glühten, sein

Atem ging hastig. Als er kurz davor war, die Dose umzudrehen, breitete sich ein Beben in ihm aus. Ein Gefühl, das er verdrängt hatte, falls er es überhaupt jemals ausgekostet hatte, dabei tat es teuflisch gut.

Rache.

Das Wort kam ihm fremd vor.

Racherache.

Es kitzelte im Rachen.

Racheracherache.

Knoppke würde den Teufel tun und Diego einfach so ziehen lassen, er würde den Abschied des Kläffers zelebrieren. Die Vorstellung, den Spanier im Norden freizugeben statt im Süden, wie Chelsea es sich von Herzen wünschte, ließ ihn erschaudern und irr grinsen. Knoppke steckte Diego weg, zündete sich eine Fluppe an und schmiedete Pläne.

Es war spät geworden an diesem ereignisreichen Tag. Als Knoppke zu Matilda zurückkehrte, richtete er das Faltdach auf und kümmerte sich um die Schlafplätze. Er kontrollierte Matratzen und Laken, als Sam aus der Fahrerkabine sprang.

»Hab ich was verpasst?« Sie rieb sich mit dem Handrücken den Schlummerschlaf aus den Augen. »Wir campen? Hashtag unbelievable!«

»Heute ist ein besonderer Tag. Ich will ihn nicht in einem miefigen Hotel beschließen«, sagte Knoppke und warf ihr ein frisch überzogenes Kissen zu.

»Find ich gut«, sagte Sam und fing das große Teil mit beiden Händen auf. »Ich schlafe oben.«

Als Knoppke von den Duschen zurückkehrte, sah er, wie das Faltdach hell erleuchtet war. Den Schattenspielen nach zu urteilen, hatte sich Sam bereits hingelegt und schmökerte.

*2.8.1990 – Zweieinhalb Jahre bin ich jetzt mit Holgi zusammen, eine gefühlte Ewigkeit, und er hat noch nie ein Picknick mit mir gemacht. Ich finde das bedenklich. Er sagt, man würde dabei seine Klamotten verschmutzen, wenn nicht gar ruinieren. Außerdem sei es schlecht für den Rücken, auf dem Boden zu essen. Und dann erst dieses Plastikgeschirr! Blablabla. Aber er hat auch seine guten Seiten. Bevor er sich auf Dienstreise nach Asien verabschiedet hat, hat er mich in das teuerste Restaurant Wuppertals eingeladen. Es gab Aperitif und eine kleine Kostprobe vor der Vorspeise – meine Eltern konnten das gar nicht glauben. Nach dem Tiramisu sind wir dann zu ihm. Holgi hat schöne Musik aufgelegt (das habe ich ihn zumindest glauben lassen, in Wahrheit hasse ich Jazz, das müßte er allmählich wissen), und auch im Bett hat er improvisiert wie ein Jazzer. Doch, doch, er hat sich echt Mühe gegeben. Und wie ihm immer sein linker Mundwinkel verrutscht, wenn wir dabei sind, das ist total niedlich!
Aber was mache ich, kaum daß er im Flugzeug nach Shanghai sitzt? Ich lasse mich von dir zum Picknick auf der Hardt überreden. Eine Woche nach dem magischen Endspiel. Was bin ich nur für eine Freundin? Ich kann einfach nicht Nein sagen. Warum auch? Es war ja nur ein Picknick, das wird ja wohl erlaubt sein. Mit Wein aus Plastikbechern und Apfelschnitzen aus deiner Hand statt edler Gläser und Vitello tonnato. Doch, das hatte was! Du hast mir von dem Probetraining erzählt und von deinem Traum, einmal für den WSV in der Bundesliga*

zu spielen. »Das wird mein Jahr«, hast du gesagt, du erzähltest wie im Rausch, und dann hast du mit mir angestoßen. »Auf eine geile Zeit ... auf uns!« Das Geräusch beim Anstoßen war der Bedeutung des Moments unwürdig, aber was spielte das schon für eine Rolle? Der Moment war die Bedeutung (eventuell zu wirr?).

Mit dir kann ich so gut reden, auch über die schwierigen Dinge, gerade über die schwierigen Dinge. Holgi hat dafür keinen Nerv, er drückt mir immer Lösungsvorschläge rein, statt erst mal richtig zuzuhören. Du dagegen willst wissen, warum mich meine Eltern so unter Druck setzen, warum ich noch immer bei ihnen wohne und bei der Barmer arbeite, statt zu schreiben. Im Gegenzug erzählst du mir von der Schnapsfahne deines Vaters und den blauen Flecken deiner Mutter, von deinen Geldsorgen und dem Trotz, alles auf Fußball zu setzen. Du bist ein Träumer im Albtraum (Albtraum oder Alptraum?). Du trägst so große Sehnsucht in dir, so viel Gefühl, ich will dich nicht verletzen. Vielleicht hab ich dir deshalb noch nichts von Holgi gesagt. Oder weil ich feige bin? Stattdessen hast du mich geküsst. Deine großen weichen Lippen haben nach Weißwein geschmeckt, das werde ich nie vergessen. So frisch und heiß zugleich. Ja, verdammt, ich habe die Küsse erwidert, ich konnte gar nicht anders. Süß war auch deine Reaktion auf mein Kichern, bei Zungenküssen bin ich immer etwas speziell. Hach, es war wunderbar! Schrecklich wunderbar!

Silke sagt, ich soll bloß aufpassen. Mira sagt, ich soll es beenden. Meine Eltern fragen, ob Holgi schon gefragt hat. Könnt ihr mich bitte alle in Ruhe lassen? Ich weiß schon selbst, daß meine Lage ein Desaster ist (weiß ich

*das wirklich?). Notiz für die Weltverbesserungsliste: Wer
sich in fremde Leben zu sehr einmischt, wird mit Einzelhaft nicht unter vier Wochen bestraft. Ohne Bewährung!
Sorry, ich schweife wieder ab. Aber ich wünschte, ich
wäre selbst in Einzelhaft, in Einzelhaft mit dir. Zu zweit
allein, wie wunderbar! Wie würde dir das gefallen, du
liebeskranker Herzensbrecher? Deinen Küssen nach zu
urteilen, wärst du schwer begeistert (Liebesromane, ich
möchte Liebesromane schreiben!).*

*Apropos schreiben, ich war nachlässig, ich weiß. Zu
viel ist passiert in den letzten Wochen: die Hitze, die
Prüfungsergebnisse, Holgis Beförderung. Außerdem
könnte ich das, was wir erleben durften, niemals in
Worte fassen (siehe die lausige Picknick-Skizze). Worte
sind auch nur steife Symbole. Das Leben ist viel mehr,
DU bist viel mehr! Du bist so stark und schnell. Wie ich
dich vom Spielfeldrand angefeuert habe wie so ein
Groupie, das ist mir jetzt noch peinlich! Du bist so
begeisterungsfähig. Als ich dir erzählt habe, daß Steven
Spielberg Anfang der Siebziger eine »Columbo«-Folge
gedreht hat, da wolltest du auf der Stelle den VHS-
Mitschnitt sehen. Hast dafür sogar den Besuch bei
deinem Großvater verschoben. Und lustig bist du auch.
Einmal, am Telefon, da hattest du einen Niesanfall.
27 Nieser in einem Gespräch, du sagtest später, das
wäre ein Rekord gewesen. Am Ende haben wir gelacht,
ohne irgendwas gesagt zu haben.*

*Gut geht es mir trotzdem nicht, wie sollte es auch?
Immer wieder spüre ich die Gewissensbisse. Sie überfallen mich wie Raubtiere, die unerwartet angreifen.
Sie verstecken sich überall, diese listigen Biester. Gestern
erst, als ich mit Holgi bei seinen Eltern in Brackel war,*

da passierte es schon wieder. Als Brigitte mich gefragt
hat, warum wir noch nicht zusammengezogen sind
und Holgi mich auffordernd angesehen hat, grinsend
und überlegen, wie er nun mal ist, da kam ich total ins
Stottern. Weil ich nicht weiß, ob ich diesen Schritt
machen will, weil ich nicht weiß, was du und ich begonnen haben, weil ich gar nichts weiß.

Was ich weiß: Ich muß dir von Holgi erzählen. Ich muß
Holgi von dir erzählen (muß ich das?). Scheiße! Nie
hätte ich gedacht, daß ich mal zwischen zwei Männern
stehe. Nie hätte ich gedacht, daß das Herz nicht automatisch siegt. Du bist das Herz, das weiß sogar mein
Kopf. Holgi ist der Kopf, da brauch ich nicht erst mein
Herz zu fragen. Er ist der Kopf und er ist das Konto, ich
hasse mich dafür! Ich hasse meine Eltern! Notiz für die
Weltverbesserungsliste: Kapital gerechter verteilen. Wer
zu viel Geld hat, dem wird es genommen. Wer zu wenig
hat, der bekommt was ab. Vorausgesetzt, er arbeitet
und betrügt nicht das System. Mit Krankheiten ähnlich
verfahren (oder ist das Quatsch?).

Ich hasse Lügen und Betrügen, ich halte das nicht aus.
Es bricht mir das Herz, dich zu vertrösten, wenn ich
mit Holgi was unternehme (und umgekehrt, nur nicht
ganz so schlimm). Was, wenn du uns eines Tages zusammen siehst? Das geht nicht mehr so weiter, ich muß
reinen Tisch machen. Ich werde reinen Tisch machen,
bevor es außer Kontrolle gerät.

Ich habe Angst, dich zu verlieren. Habe Angst, das Leben
zu verlieren, das mir Holgi verspricht. Habe Angst,
Mama mit ihrem Ding im Stich zu lassen.

Ich will DICH mit seinem Geld.

Meine Güte, bin ich scheiße!

Der Schmerz war surreal und real zugleich, Sachen gibt's, die glaubt man kaum. Zunächst schoss ihm etwas in den Rücken, und Knoppke träumte, eine Polizistin knalle ihn von hinten ab, dann wachte er auf, der Schmerz aber blieb, und Knoppke dachte, Hexenschuss. Er setzte sich auf, blinzelte in die präpotente Morgensonne und rieb sich das Steißbein. Dabei ertastete seine Hand ein schalenartiges Plastikteil, das sich durch den Spalt zwischen Lehne und Klappbettkasten drückte und ihn offenbar schon die ganze Nacht piesackte. Knoppke zerrte an dem Ding herum, aber es hatte sich verkeilt. Erst als er das Bett wieder zur Sitzbank umfunktionierte, sah er dahinter die Kiste, die er gestern in der Dunkelheit nicht erkannt hatte. Er stieg aus dem Bus, öffnete die Heckklappe, schob Rucksäcke und Koffer zur Seite, um an die Holztruhe zu gelangen.

Als er hineinsah, verstand er etwas. Die Ursache für seine Schmerzen war weder eine Pistolenkugel noch ein Rückenproblem, sondern ein Metalldetektor. Das Gerät sah aus wie ein geknickter Spazierstock mit einer lenkradgroßen Suchspule am Ende, für den Oberarm gab es eine schalenartige Halterung, darunter war die Elektronik befestigt. Knoppke schnappte sich den Detektor und ging damit ein paar Schritte um Matilda herum. Dass er nur eine auberginefarbene Shorts mit Punkten und Eingriff trug, war ihm nicht bewusst.

»Muss ich mir Sorgen machen? Das sieht krank aus!« Sam steckte ihren Kopf durch die Zeltwand des Faltdaches, außer Dreadlocks war von ihr nicht viel zu erkennen.

»Dir auch einen guten Morgen«, sagte Knoppke und hob den Detektor in die Luft wie ein Maschinengewehr.

»Was zur Hölle machst du da? Warum bist du so nackt? Gibt's kein Frühstück? Ich will Frühstück!«

»Schau nur, Matilda hat mehr zu bieten, als wir dachten.«

»Du aber auch! Haare auf der Brust zum Beispiel. Vielen Dank für das Kopfkino.« Sam stierte ihm auf seinen Oberkörper, während Knoppke weiter seine Runde drehte.

Nachdem sie geduscht und sich die Zähne geputzt hatten, saßen sie auf Campingstühlen vor Matilda, tranken Kaffee und aßen Sandwiches, die sie sich vom Kiosk besorgt hatten. Knoppke sagte, er sei froh, dass Sam endlich die zerrissene Strumpfhose gegen vollständige Kleidung getauscht hätte. Sie trug nun eine schwarze Jogginghose und einen braunen Kapuzenpulli, dazu blaue Turnschuhe mit rosa Streifen. Sam entgegnete, sie sei froh, dass Knoppke obenrum und untenrum überhaupt etwas anhätte. Knoppke konterte mit der Frage, wie man Dreadlocks eigentlich waschen könne und ob sich das nicht grundsätzlich ausschließe, und Sam antwortete, er rede Mist.

»Und du glaubst wirklich, Dorothy ist eine Schatzsucherin?«, wandte sich Sam an Knoppke, während sie in der Kiste wühlte, die zwischen ihnen im Gras stand. Um ihre verletzte Hand hatte sie einen neuen Verband gewickelt.

»Sieht ganz so aus«, sagte Knoppke und blätterte in einem Heft, das er neben dem Metalldetektor gefunden hatte. Es war voller handschriftlicher Einträge, Skizzen und Karten, die Daten reichten bis 2009 zurück. »Offenbar interessiert sie sich für Wikinger-Fundstücke in der Region. Hier ist von Silberkreuzen, Münzen und Anstecknadeln aus dem 10. Jahrhundert die Rede. Es heißt, die aus Skandinavien stammenden Wikinger seien in dieser Zeit regelmäßig im heutigen Großbritannien eingefallen, hätten Mitbringsel oder Diebesgut vergraben, damit es keiner finden konnte.«

»Wie cool ist das denn?«, begeisterte sich Sam und recherchierte mit ihrem iPhone parallel im Internet. »Ist offenbar ein weitverbreitetes Hobby auf der Insel, in Deutschland dagegen ist Schatzsuchen verboten«, las sie vor.

»Was ist in Deutschland bitte nicht verboten?«, knurrte Knoppke.

»Mensch, Knoppke«, sagte Sam und legte ihre Hand auf sein Knie. »Wie wäre es, wenn wir selbst auf Schatzsuche gehen? Ich meine, das Gerät funktioniert doch, oder? Und Karten mit möglichen Fundstellen gibt es auch. Stell dir das mal vor: Du willst ins Nichts und findest einen Schatz, besser könnte ein Reboot nicht laufen.«

Knoppke zündete sich eine Fluppe an. »Ich weiß nicht. Eigentlich wollte ich Loch Ness erkunden, ein bisschen nachdenken, einfach mal nichts machen nach den Reisetagen.«

»Jetzt komm, sei mal spontan! Nessi schwimmt schon nicht davon. Da können wir morgen immer noch hin.«

Knoppke spürte ein Stechen in der linken Schläfe. Ihm kamen Lottospieler, Loskäufer und andere Glücksjäger in den Sinn, wie sie sich verzweifelt den Hauptgewinn herbeisehnten, und Knoppke dachte, fürchterlich. Er wollte das Glück nicht herausfordern, unterm Strich bedeutete Glück sowieso nur Unglück, alte Knoppke-Regel. Andererseits würden sie garantiert niemandem begegnen, wenn sie mit dem Detektor ein Weilchen durch die Pampa wanderten. Außerdem würde er vielleicht ein staubiges Loch für Diego finden, ein staubiges schottisches Loch, diese Vorstellung gefiel ihm noch viel mehr. »Na schön«, sagte Knoppke, »gehen wir halt auf Schatzsuche.«

Sam sprang auf und hüpfte herum.

»Wird aber ein langer Fußmarsch«, bremste Knoppke ihre Euphorie. »Ich hoffe, du bist fit.«

»Voll! Hab ich dir erzählt, dass ich gerade Wing Chun lerne?« Sie streckte ihren linken Arm waagerecht nach vorne und formte mit beiden Händen eine abwehrende Haltung.

»Wing was?«

»Chinesische Kampfkunst, seit drei Monaten. Leg dich besser nicht mit mir an, alter Mann!«

In einen Kampf mündete ihr Ausflug zwar nicht, in einen Konflikt aber schon. Eine Schatzsuche lebt ja in erster Linie von der Spannung, da sind sich Befürworter und Gegner ausnahmsweise einig. Jedoch weicht die Spannung irgendwann den Spannungen, die sich zwischen den Suchenden entwickeln, da braucht man sich nichts vorzumachen.

Bei Knoppke und Sam zeigte sich rasch, wie unterschiedlich sie doch gestrickt waren. Der Mann mit der Jeans und dem braun-weiß gestreiften Sommerhemd hätte stundenlang so dahinschreiten können, den Detektor am Arm, den Blick ins Grüne, das Gurgeln des Flusses im Ohr, ohne dass irgendetwas passierte. Emo-Stand 5, immerhin. Knoppke freute sich an der protzigen Weite, die Glen Nevis zu bieten hatte, jenes Tal, durch das sie seit zwei Stunden wanderten, streng Dorothys Plänen folgend, die mögliche Fundstellen zu einer Route quer durch das Niemandsland bündelten.

Sam dagegen war schnell gelangweilt von den Nicht-Ereignissen des Tages. Mehrmals musste Knoppke eine Pfundmünze in die Erde stecken, um ihr zu beweisen, dass das Gerät funktionierte, der Akku geladen war, das Surren erklang. Sie selbst versuchte sich ebenfalls an dem Detektor, gab ihn aber nach zwei Minuten genervt wieder ab. »Langweilig«, kommentierte sie, indem sie das »A« atemberaubend in die Länge zog. Viel lieber wollte sie sich unter einen Wasserfall stellen, den sie passierten, und Knoppke sagte, vergiss es; viel lieber löste sie Wolkenrätsel – Südamerika auf den Kopf gestellt, Einhorn mit zwei Hörnern, Brad Pitt nackt –, und Knoppke ermahnte sie zur Konzentration auf das Wesentliche. Auch das hatte er befürchtet, weil er ihre Verhaltensmuster mittlerweile kannte. Immer dann, wenn Sam die Begeisterung abhandenkam, löcherte sie ihn mit Fragen, und weil Knoppke möglichst schnell wieder seine Ruhe haben wollte, erzählte er ihr von seinem Job bei der Sicherheitsfirma und wie er sich die Jahre davor im Personenschutz, als Türsteher und UPS-Fahrer durchgeschlagen hatte. Langweiliges Zeug, aber Sam schien sich für alles zu interessieren.

Es war ja nicht so, dass Knoppke sich nicht mehr über seine Reisebegleitung wunderte, im Gegenteil – je mehr Tage sie zusammen verbrachten, sie kannten sich inzwischen eine halbe Woche, desto mehr fragte er sich, wohin das Abenteuer mit dem Mädchen eigentlich führen sollte. Er kam auf keine Antwort, also stellte er das Grübeln ein.

Zunächst einmal führte es sie zu einer Lichtung hinter einem Waldstück, die aussah, als hätten die Gebrüder Grimm mit dem Regisseur Tim Burton im Suff Bilder gemalt. Mit Fliegenpilzen am Wegesrand, Hexenhäuschen im Hintergrund, nur Johnny Depp fehlte. Die Sonne schickte lauwarme Strahlen durch einen launischen Wolkenhimmel, als Knoppke Stimmen hörte und durch die Bäume in Richtung Rastplatz blinzelte. Was er dort erkannte, ließ ihn augenblicklich abdrehen. Er schaltete den Detektor aus, schlug eine andere Richtung ein und schimpfte leise vor sich hin.

»Sind das nicht auch Schatzsucher? Ist ja krass, die haben alle so Teile dabei. Warum gehen wir nicht hin?« Sam stemmte die Hände in die Hüften.

»Ich habe keine Lust, okay?«

Sam sah ihn verwundert an.

»Ist das denn zu viel verlangt?«, fuhr Knoppke sie an. »Nicht einmal in den Highlands hat man seine Ruhe!«

»Das sind doch nur ein paar Wanderer, die wie wir ein schräges Hobby pflegen. Wir könnten gemeinsam ...«

Knoppke ließ nicht mit sich diskutieren. Er machte einen Bogen um den Rastplatz, und eine ganze Weile redeten sie überhaupt nicht mehr miteinander. Erst als sie nach einer weiteren Stunde erneut einem Schatzsucher über den Weg liefen, den Knoppke abermals schnitt, und dann noch einem und noch einem, erst dann platzte Sam der Kragen.

»Weißt du was? Du bist voll der Menschenfeind, alter Mann!«

»Und du kannst offenbar nicht alleine sein.«

Sie sahen sich giftig an, und Knoppke meinte: »Jedem Impuls gibst du sofort nach! Oh, ein Beagle, muss ich retten, ah, ein Rugby-Spieler, muss ich kennenlernen, hey, ein Wiener, muss ich helfen. Da wird man doch verrückt!«

Sams Mund stand offen, aber sie sagte nichts.

Knoppke schon, er kam gerade erst in Fahrt.»Schlimm genug, dass es hier von Schatzsuchern nur so wimmelt, dabei dachte ich, das sei ein einsames Hobby! Gesellschaft wird überschätzt. Die Leute drücken dir nur ihre langweiligen Geschichten rein und womöglich philosophieren sie vom Suchen und Finden, ich könnte kotzen!« Er pfefferte den Detektor ins Gras und seinen Rucksack gleich hinterher. Er wischte sich den Schweiß von der Stirn und setzte sich auf einen kleinen Gesteinsbrocken.

»Wie du willst«, entgegnete Sam mit zwei Pfund Trotz in der Stimme, »dann gehen wir eben alleine weiter. Aber ich weiß nicht, wie lange ich den Scheiß noch mitmache. Mir ist langweilig. Du bist langweilig!«

Knoppke rieb sich die Stirn und dachte, dann hau doch ab. Als Sam sich an einem Bach erfrischte, fing er an zu buddeln. Nicht, weil der Metalldetektor zuvor einen Wikingerschatz gemeldet hätte, daran glaubte sowieso keiner, vielmehr besann sich Knoppke auf Chelseas Schatz.

Diego hatte seinerzeit auch oft gebuddelt, er war der Weltmeister der Lochgräber. Der Wüstling ging stets nach dem gleichen Schema vor, erinnerte sich Knoppke, die Schnauze mit der schwarzen Nase voran, wenig später zappelten die Vorderpfoten, irgendwann der ganze Hund. Warum Diego Löcher grub, das wusste kein Mensch. Tiere wussten es auch nicht, davon kann man ausgehen. Einmal, da hat Diego sämtliche Zigaretten-stummel zutage gefördert, die Knoppke im Laufe des Sommers in die Erde bei den Büschen gedrückt hatte. Der Jack Russell hatte dafür Leberwurst bekommen, Knoppke einen Anschiss.

»Dieses Loch ist nur für dich«, murmelte Knoppke, als er die Dose aus der Jackentasche kramte und öffnete. »Dein Pech, dass du hier landest. Dafür kannst du dich bei deinem Frauchen bedanken, dieser hysterischen Kuh.«

»Hast du mich gerade hysterische Kuh genannt?«

Knoppke schloss die Dose und zog sie zurück. »Wie, äh, was? Nein, ähm, ja.« Er stand auf und schob die Erde beiläufig in das flache Loch.

»Was tust du da?«, fragte Sam. »Suchst du etwa ohne mich weiter?«

»Keine Sorge, war nur falscher Alarm.«

Sam verschränkte die Arme und machte sich wortlos mit ihm auf den Weg.

Die Stimmung war mies und blieb mies, alles andere wäre eine sagenhafte Beschönigung, und davon hielt Knoppke ebenso wenig wie von einer Schnitzeljagd mit Rudelbildung. Lieber sah er den Tatsachen ins Gesicht. Der Tag war gelaufen, die Aktion hatte sich als Schnapsidee entpuppt. Shit happens!

Dass er sich täuschen sollte und der Tag doch noch etwas Außergewöhnliches in petto hatte, lag vor allem daran, dass Knoppke sich selbst überraschte. Noch vor einer Woche hätte er an dieser Stelle den Ausflug beendet und die Suche kurz vor dem Ziel abgebrochen. Fast ein Abenteuer. Heute blickte er auf Dorothys Plan und sagte: »Da vorne in der Senke laufen mehrere Routen zusammen, eine Art Knotenpunkt, da gehen wir jetzt auch noch hin.«

Sam nickte verblüfft, und auch Knoppke staunte über seine Worte. Sie durchquerten ein weiteres Waldstück, in dem es nach Harz roch, »Harz 4«, wie Sam es formulierte. Sie folgten einem kleinen Bach den Hang hinunter, bogen links und dann wieder rechts auf unscheinbare Trampelpfade ein und waren auf einmal mittendrin. Dort, wo ein Weiher als unbestrittener Star des Idylls um die Aufmerksamkeit der Neuankömmlinge buhlte, hatte sich eine Gruppe Wanderer niedergelassen, deren Metalldetektoren neben ihnen auf dem Boden lagen. Noch bevor Knoppke kehrtmachen konnte, wurden sie auch schon begrüßt.

»Hallo Leute, habt ihr was gefunden?«, fragte der Typ, der sich um das Lagerfeuer kümmerte. Ein kerniger Mann mit weißem Bart, sein Schottisch klang wie das Deutsch von Rammstein. Die anderen saßen auf Baumstämmen um ihn herum und kicherten.

»Nein, leider nein«, antwortete Sam und blickte freundlich in die Runde.

Knoppke war derweil damit beschäftigt, die Partygäste zu zählen. Er kam auf sechs, und sein Puls beschleunigte sich um das Sechsfache. Zumindest kam ihm das so vor.

»Na dann, willkommen im Club!«, sagte Rammsteins Gehilfe und rückte mit einem Ast ein brennendes Holzstück in den Flammen zurecht. Es roch nach gegrilltem Fisch, feuchtem Gras und Seewasser, und ein bisschen roch es auch nach Abenteuer. Ob Knoppke wollte oder nicht, die Einladung, sich dazuzugesellen, konnte er unmöglich ausschlagen.

Wie sich herausstellte, trafen sich die Schatzsucher einmal im Monat. Im »Club der leeren Beutel«, wie sie ihre Zusammenkünfte umschrieben, durfte jeder mitmachen, der leidenschaftlicher Entdecker war, aber noch nie etwas gefunden hatte. Den Mitgliedern ging es nicht um Raritäten oder Reichtümer, ihnen ging es in erster Linie um ihr Hobby, das Herumstreifen durch die Natur, vor allem aber um das gemeinsame Bemitleiden danach, das durch Bier und Whisky noch ein bisschen schöner werden sollte.

Die Regeln und das Selbstverständnis des Clubs erfuhr Knoppke von Mckenzie, einer Frau mit pechschwarzen Haaren, die sie als Bob mit Pony und jeder Menge Stolz trug. Ein wenig erinnerte ihn seine Sitznachbarin an Uma Thurman aus »Pulp Fiction«, allerdings war Mckenzie ein paar Jahre älter und viel weniger knochig als der Hollywood-Star, was in Knoppkes Augen ein großer Vorzug war. Vorzüglich waren auch ihre schmalen, dennoch runden Knie, die aus der kurzen Wanderhose ragten und nicht nur Knoppke faszinierten.

Mckenzie, die alle nur Mac nannten, war ganz offensichtlich eine zentrale Figur im Gefüge der sich regelmäßig verändernden Gruppe. Knoppke genoss es, neben ihr zu sitzen, und hätte Sam an seiner Rechten Platz genommen und nicht auf der anderen Seite des Feuers bei einer jungen Touristin aus Ohio, dann hätte sie ihn bestimmt nach seinem Emo-Stand befragt. So aber warf sie Knoppke lediglich prüfende Blicke zu, in ihren Augen spiegelten sich die züngelnden Flammen.

»Eine schöne Uhr hast du da«, sagte Mac zu Knoppke, nachdem sie ihm eine Flasche Bier in die Hand gedrückt hatte. Mac packte seinen linken Arm und legte ihn auf ihren Knien ab. »Die könnte glatt als Wikinger-Schatz durchgehen.«

»Na ja, fast«, sagte Knoppke und grinste. Seinen Arm ließ er genau dort liegen, wo er war. »Die Uhr gehörte meinem Großvater mütterlicherseits«, erklärte er. »Sie tickt schon seit 1952. Ich bewundere diese Beständigkeit.«

»Hat er dir viel bedeutet?«

»Sagen wir so: Ohne ihn wäre ich jetzt nicht hier, er war mein Lieblingsverwandter, wenn es so etwas gibt.« Knoppke strich mit zwei Fingern über das zerfurchte Lederband und berührte dabei kurz auch das Knie seiner Nachbarin. Es war weich und glatt und warm. Knoppke wollte seinen Arm zurückziehen, aber der Arm gehorchte nicht und blieb stattdessen liegen.

»Mein Lieblingsverwandter kommt hoffentlich noch«, erwiderte Mac und lächelte vergnügt. Ihre Zähne waren so weiß wie das Weiß in ihren Augen. »Ihr seid aus Deutschland, du und deine Freundin, nicht wahr?«

»Ja, aber Sam ist nicht meine Freundin, also nicht in dem Sinne ...« An dieser Stelle verließen Knoppke seine Englischkenntnisse, er konnte den Unterschied zwischen einer Freundin und der Freundin nicht so richtig gut erklären.

»Das hab ich mir schon gedacht«, half ihm Mac.

»Ach ja? Woran sieht man das?«

Mac drehte sich zu ihm und sah ihm tief in die Augen. »Ganz einfach: Wenn ein Mann in deinem Alter mit einer Süßen in ihrem Alter zusammen ist, dann blickt der Mann garantiert nicht so traurig drein wie du.« Ihre Pupillen bewegten sich flink. »Warum bist du so traurig, fremder Mann?«

»Ich wünschte, ich wäre traurig, ich bin es aber nicht, ich bin einfach nur ... ach, ich weiß auch nicht. So leer wie eure Beutel?« Knoppke staunte über seine eigenen Worte.

»Hier, nimm mal einen Keks.« Mac reichte ihm eine Dose voller sternförmiger Plätzchen, die nach Vanille und Zimt dufteten und höchst appetitlich aussahen. »Hab ich selbst gebacken, ich nenne sie Seelentröster.«

Knoppke griff zu und verputzte gleich mehrere. Er bedankte sich und brummte zufrieden. Auch beim Bier hielt er sich nicht zurück, warum sollte er? Der Tag schien gegen Abend die Kurve zum Guten zu kratzen, und das wollte er in vollen Zügen auskosten. Hin und wieder prostete er Sam zu, die sich ebenfalls gut zu unterhalten schien.

»Und noch etwas«, fuhr Mac fort, »mit nichts im Beutel lässt es sich gut bei null anfangen. Wir alle hier wissen das besser als andere.«

Knoppke nickte. Er hörte gar nicht mehr auf zu nicken und lauschte, was Mac ihm zuflüsterte. Die schottische Uma Thurman sprach in kurzen Sätzen, hatte davon aber viele im Angebot. Sie erzählte Knoppke, wo sie herkam – Inverness –, was sie beruflich machte – Zahnarztgehilfin –, wie sie zum Schatzsuchen kam – über ihren Ex, den Arzt – und wen sie am liebsten im Wald vergraben würde – ihren Arzt, den Arsch. Sie baute persönliche Weisheiten in ihre Ausführungen ein wie: »Ich glaube an Glück als Risiko und Nebenwirkung«, und: »Wer suchet, der findet ... etwas völlig anderes«. Und Knoppke dachte, warum eigentlich nicht? Im Gegensatz zu den meisten Menschen kam ihm dieser Haufen sehr entspannt und sympathisch vor. Hier gab es keine hohen Erwartungen, und niemand nahm sich selbst zu wichtig, im Gegenteil, sie nahmen sich lieber selbst aufs Korn.

Am meisten gefielen ihm die Geschichten des Scheiterns, die waren im »Club der leeren Beutel« besonders beliebt, so eine Art Ritual. Der Feuermeister mit dem Rauschebart, Steven hieß er, erzählte, wie er seine ganzen Ersparnisse in eine Geschäftsidee investiert hatte, die sich als größter Flop Schottlands erwiesen habe, wie er betonte. Denn wie sich herausstellte, waren die Touristen nicht bereit, für ein Ganzkörper-Nessi-Kostüm fünfzig Pfund zu bezahlen, sie wollten sich noch nicht einmal darin fotografieren lassen. Andrew, ein Rucksackreisender aus Irland, berichtete von fünf gescheiterten Beziehungen in zwei Jahren, was Brittany, Sams Nachbarin, mit ihrer Story noch toppte. Seit sechs Jahren bewerbe sie sich bei der »Rock and Roll Hall of Fame« in Cleveland um einen Job, irgendeinen Job wohlgemerkt, weil sie unbedingt in dem Museum arbeiten wolle. Kürzlich habe sie ihre zehnte Absage erhalten, und Knoppke dachte, die hat Biss.

Es fing an zu dämmern, als die Gespräche intensiver wurden. Nüchtern war hier keiner mehr, von den Waldkauzmännchen und ihren Weibchen einmal abgesehen, die seit Stunden mit hoher Präzision Balzgesänge vortrugen. Ein kauziges Menschenpärchen wiederum hatte sich zum Fummeln an den Steg verzogen, und Knoppke dachte, Knutschen, das wär's. Weil ihm aber die Partnerin fehlte, trank er Bier und aß noch mehr Kekse. Er fühlte sich gut, aber irgendwie auch komisch, so als hätte man ihn in Watte gepackt und ihm literweise Espresso verabreicht.

Er hatte das Bedürfnis aufzustehen.

Sofort.

Knoppke taumelte und glotzte in die verbliebene Runde.

Dann bewegten sich seine Lippen. »Ihr seid die lustigsten Loser, die ich kenne«, hörte er sich sagen und verfiel in einen Lachanfall. Knoppke ging zu Sam und umarmte sie von hinten. »Dich mag ich«, schrie er ihr ins Ohr, noch immer giggelnd, »auch wenn du mir manchmal tierisch auf den Sack gehst, du kleiner Gummiball.« Sam löste sich aus der Umklammerung und sah ihn an, ihre Stirn lag in zarten Falten. »Und deine Haare, die sind echt scheiße, komm, die schneiden wir jetzt ab.« Knoppke fuhr ihr mit Zeige- und Mittelfinger in die Rastalocken und imitierte eine Schere. Sam bäumte sich vor ihm auf. »Bist du eigentlich bescheuert? So viel Bier hattest du doch gar nicht. Du benimmst dich voll peinlich!« Sie packte ihn an den Oberarmen, aber Knoppke schüttelte sie ab. Nun ging er auf Steven zu und klopfte ihm auf die Schultern. »Und du, Meister des Feuers, du bist auch nur ein Rammstein-Klon!«

Knoppke war nicht zu stoppen, so etwas hatte es lange nicht gegeben. Er schnappte sich die Ukulele, die neben den Metalldetektoren im Gras lag, und schrubbte ein paar Akkorde. Wie sich bald herauskristallisierte, handelte es sich um »Rebel Yell« von Billy Idol, das machte Knoppke wirklich gut. Dazu sang er mit rollendem Rammstein-»R« die berühmten Textzeilen, während er um das Lagerfeuer herumpelstilzte und in den blauschwarzen Himmel stierte.

»In the midnight hourr, she crried morre, morre, morre /
With a rrebel yell she crried morre, morre, morre.«

Sam schüttelte den Kopf, musste aber gleichzeitig prustend loslachen, ebenso erging es Steven, Brittany, Andrew und Mac.

Knoppke war nicht mehr Herr seiner Sinne, er dachte

nicht, er machte nur. Mehrmals drehte er sich im Kreis, bezog auch das Paar am Steg mit ein, indem er hinging und die zwei, dem Dialekt nach Schweizer, offensiv ansang. »*Morre, morre, morre.*«

Als er sein Konzert beendet hatte beziehungsweise damit aufhörte, den Refrain des Songs in einer Dauerschleife aneinanderzureihen, ließ er sich neben Mac nieder, legte seinen Arm um ihre Schultern und setzte zu einer Rede an. »Mac ist eine Superbraut, o ja, das ist sie!« Er drückte ihr einen satten Schmatzer auf die Wangen, Mac ließ es geschehen. »Sie sieht nicht nur besser aus als Uma Thurman, sie hat auch die hübscheren Knie! Und backen kann die! Ihre Kekse sind der Hit, kann ich bitte noch einen? Wo ist denn nur die Dose hin?«

»Ich denke, du hattest genug«, sagte Mac, die auf einmal nicht mehr so entspannt war. Sie löste sich aus Knoppkes Umarmung und blickte sorgenvoll in die Runde.

»Und wisst ihr was, ihr leeren Beutel? Jetzt erzähle ich euch mal eine Geschichte. Die Geschichte meines Scheiterns, schnallt euch besser an!«

Sam sah ihn beunruhigt an, ließ ihn aber reden.

»Meine Kumpels und ich haben mal eine Bank überfallen«, kam Knoppke auf den Punkt. Sein Englisch war mau, aber verständlich, immer wieder schlichen sich deutsche Wörter in seine Sätze. »Kein Mensch weiß davon, ist auch ziemlich lange her. Aber ihr sollt davon erfahren, ihr seid meine gescheiterten Freunde, jawohl, das seid ihr!«

Das Feuer knisterte, Knoppke hatte die Aufmerksamkeit aller. Sams Mund stand offen, Steven hatte sich hingesetzt.

»Wir waren zu dritt gewesen und ziemlich jung. Mitte zwanzig vielleicht oder etwas älter, so wie Blondie da drüben.« Er zeigte auf Brittany, die ein gigantisches Loch in den Boden starrte. »Wir hatten es auf eine kleine Filiale in der Nähe von München abgesehen, kennt ihr München? Oktoberfest und FC Bayern, olé, olé! Wochenlang haben wir sie ausspioniert, also die Bank, nicht die Bayern, das wäre natürlich auch etwas gewesen, Uli Hoeneß' Portokasse! Verdammt, warum sind wir damals nicht darauf gekommen?« Knoppke machte eine Pause, seine Zuhörer tauschten Blicke aus. »Jedenfalls haben wir alle Abläufe studiert, das ganze Personal. Ricky war mit der ollen Breitenrieder sogar in der Kiste, ohne Witz. Klar hatten wir Schiss, aber wir waren fest entschlossen. Wir brauchten das Geld. Keine Jobs, keine Perspektive, die falschen Kreise, das volle Programm. Also zogen wir es durch, mit Strumpfmasken, Waffenattrappen, Schmiere stehen, allem. Wir wollten etwas reißen, uns selbst etwas beweisen. 18.550 Mark kamen dabei rum, achtzehntausendfünfhundertfünfzig. Und wisst ihr was? Es war ein Kinderspiel. Ein Elfmeter ohne Torwart.«

»Nettes Märchen«, meinte Andrew. »Ist nur keine Geschichte des Scheiterns! Klingt eher nach erfundener Jugendsünde, wenn du mich fragst.«

»Abwarten, du irischer Beziehungskiller! Woran wir schließlich scheiterten, war die letzte Konsequenz. Es war uns dermaßen peinlich, dagegen sind eure Geschichten Heldensagen.« Knoppke nahm einen Schluck Bier, dann fuhr er fort: »Wir flüchteten in einem alten Volvo, den Theo vom Schrottplatz organisiert hatte. Wir fuhren kilometerweit, um ganz sicherzugehen, dass uns niemand folgte. Kam aber keiner. In einem kleinen Kaff wollten wir unsere Spuren beseitigen, wir hatten alles geplant. Noch im Auto stopften wir unsere Strumpfmasken und die Jacken in separate Plastiktüten, dann hielten wir bei einem Altkleidercontainer. Ich sollte die Tüten entsorgen und schnell wieder einsteigen, aber ich hatte Angst, verdächtig zu wirken, obwohl das natürlich völlig absurd war. Ich war wie gelähmt und zitterte. Also stieg Theo aus, der den Wagen fuhr, entriss uns die Tüten von der Rückbank und stopfte sie in den Container. Ohne zu zögern, es sollte ja schnell gehen. Theo war ziemlich aufgebracht, weil ich den Job nicht erledigte. Und da er die Tüten nicht selbst gepackt hatte, konnte er nicht wissen, in welcher der drei Tüten das Geld versteckt war. Im Eifer des Gefechts hat er alle auf einmal in den Container gegeben. Tja, somit waren wirklich alle Spuren beseitigt, und wer diese Klappcontainer kennt, der weiß, dass man da nichts mehr herausbekommt. Außer man kontaktiert die Sammelstelle, aber wie hätten wir denen unser Dilemma erklären sollen? Wir fühlten uns wie Idioten. Wir waren Idioten. Wir haben eine Bank ausgeraubt und sind leer ausgegangen. Die leeren Beutel mit dem schlechten Gewissen. Das waren wir. Cheers!«

Knoppke griff erneut zur Flasche und trank sie in einem Zug leer. Er hörte noch, wie die Menschen um ihn herum kicherten und tuschelten, dann kippte er um und fiel Mac in den Schoß. Das Letzte, das Knoppke spürte, waren die Knie von Uma Thurman. Dann wurde es schwarz, und selbst die Waldkauzmännchen verstummten.

Als Knoppke das letzte Mal mit Drogen zu tun hatte, stürzte in New York das World Trade Center ein, so etwas vergisst du nicht. Er lungerte an jenem Tag bekifft in Rickys WG in Perlach herum und erzählte irgendwelchen Frauen irgendwelche Geschichten. Im Fernsehen liefen die Bilder der Flugzeuge und der Türme in Endlosschleife, Knoppke hielt sie für eine schlechte TV-Satire. Erst am 12. September, als sich Rauch jeder Art gelegt hatte, wurde ihm bewusst, was tatsächlich passiert war. Knoppkes Dreißiger, man muss das so sagen, waren eine diffuse Zeit. Die Jahre nach dem verunglückten Bankraub waren die schlimmsten gewesen. Mit München wurde er nicht warm, seine Fußballerkarriere war vorbei, erst ein Job als UPS-Fahrer brachte etwas Stabilität. Emotional stumpfte er weiter ab, da halfen auch keine Frauen, im Gegenteil, die machten alles nur noch schlimmer.

Gut zehn Jahre später saßen Sam und er in einem Café am Ufer von Loch Ness und rekapitulierten Knoppkes jüngsten Drogentrip. Mit dem Frühstück – er »Full Scottish«; sie »Full Veggie« – kamen Wahrheiten auf den Tisch. Die ersten zwei Tassen Kaffee brauchte Sam, um seine Erinnerungslücken mit Fakten zu füllen. Nach seinem Zusammenbruch war Knoppke nur noch bedingt ansprechbar gewesen, er hatte wirres Zeug über Vohwinkel gefaselt und wollte unbedingt »über die Wupper gehen«, also schnurstracks in den Weiher springen.

»Bin ich?«, hakte Knoppke ein.

»Nein«, sagte Sam, »aber du hast die Schweizer reingeschubst. Die zwei waren derbe sauer, das kannst du dir vorstellen.«

Mac und Steven, die beiden Schotten, hätten schließlich Hilfe geholt, ein Bekannter von ihnen brachte

Knoppke und Sam sowie das durchnässte Pärchen mit dem Auto zurück nach Fort William.

»Hm«, knurrte Knoppke und fasste sich an die Schläfen. »Sonst noch was?«

»Nein. Reicht das nicht?«

»Ich will nur alles wissen.«

»Warte mal, da war noch was.«

»Ach ja?«

»Ja, das war voll komisch. Irgendwann hast du so eine Schnupftabakdose hervorgeholt und begonnen, dir das Zeug in die Nase zu ziehen.«

Knoppke wurde blass wie weiße Asche. »Hab ich nicht!«

»Hast du wohl! Ich wusste gar nicht, dass du schnupfst.«

Und während Sam ihm die Details verklickerte, wie verdreckt seine Nase gewesen sein muss und wie er dabei pausenlos über Chelsea schimpfte, da wurde Knoppke klar, dass er Teile von Diego in sich trug. Ein Priserl Wauwau, wie Alfons Schuhbeck sagen würde, dem Chelsea immer im Fernsehen zuschaute, und Knoppke dachte, gsund is anders!

Als Sam zu Ende erzählt hatte, sah sie Knoppke lange an. Es war einer dieser intensiven Frauenblicke, die er auch von Chelsea kannte. Er konnte dieses pupillenflinke Muster nicht einordnen, aber es bedeutete selten etwas Gutes.

»Ich weiß gerade nicht, was ich schlimmer finde«, bestätigte Sam Knoppkes Ahnung. »Deinen Aussetzer gestern Abend oder das, was du da isst. Was zur Hölle ist das?«

»Du meinst Haggis? Das ist eine schottische Spezialität, gefüllter Schafsmagen, lecker!«

»Ekelhaft!«, protestierte Sam. »Wie kann man das nur essen? Meine Enkel werden uns die Tierhaltung unserer Generation sowieso um die Ohren hauen, so viel steht fest. Und sie werden recht haben. Wie kann man nur so stur sein und vor der Wahrheit die Augen verschließen? Menschen denken immer nur an sich selbst!«

»Hm«, machte Knoppke. »Der Traum einer jeden Vegetarierin, was?« Er fuchtelte mit einer Gabel Blutwurst um Sams Mund herum.

»Lass den Scheiß«, schimpfte sie und stieß seine Hand weg. »Seit gestern benimmst du dich wie ein Vollidiot. Bist du nicht eigentlich zu alt für diesen Mist?«

»Erstens«, holte Knoppke aus, »konnte ich ja schlecht wissen, dass es sich um Haschkekse handelte. Hashtag Haschkeks, wie du vielleicht sagen würdest.«

Sam verdrehte die Augen, was aufgrund ihrer frisch aufgemalten Smokey Eyes besonders gefährlich aussah.

»Ach komm«, fuhr Knoppke fort. »Ein bisschen dreist war das ja schon von Mac, mich so reinrasseln zu lassen. Und zweitens warst du es, die wieder etwas Fun in mein Leben bringen wollte. Deine Worte!« Er war nicht bereit, die Ereignisse im »Club der leeren Beutel« zu bereuen, nur für die Billy-Idol-Performance schämte er sich ein wenig.

»Aber doch nicht so!«, entgegnete Sam und schlug mit der flachen Hand auf den Holztisch. »Wenn du Drogen brauchst, um ein bisschen aus dir rauszugehen, dann ist das voll das Armutszeugnis.«

»Wie auch immer, ich habe mich schon lange nicht mehr so lebendig gefühlt.«

»Schon klar, Emo-Stand 18.550.«

»Hab ich das gesagt?«

»Hast du. Und zwar mehrmals.«

Knoppke lachte, er lachte richtig laut. »Da siehst du mal, wie viel Spaß ich hatte.«

»O Mann, Knoppke! Und was war das eigentlich für eine schräge Gangster-Story? Das hast du dir doch ausgedacht, bitte sag mir, dass du dir das ausgedacht hast.« Sam sah ihn mit großen Augen an, und Knoppke fragte sich, warum sie auf einmal so besorgt um ihn war. Fast kam es ihm vor, als sei gestern eine Welt für sie zusammengebrochen, und Knoppke wunderte sich, warum eigentlich? Hatte nicht jeder dunkle Flecken in seiner Lebensgeschichte? Und warum kam ausgerechnet Sam, die Frau für die Extreme, nicht damit klar?

»Tut mir leid, dich enttäuschen zu müssen, aber die Geschichte stimmt. Ich bin nicht stolz darauf, im Gegenteil, und es war das einzige Mal, dass ich bei so etwas mitgemacht habe. Aber es ist nun mal passiert.«

»Ich kapier das nicht. Das passt so gar nicht zu dir«, erwiderte Sam leise. »Also weder das Verbrechen noch die Blödheit danach.«

»Menschen sind voller Rätsel. Gerade die, die man glaubt verstanden zu haben.«

»Vielleicht hast du recht. Wer weiß schon, wer wir wirklich sind? Man kann einen Menschen nicht in ein paar Tagen kennenlernen.« Die letzten Sätze murmelte sie fast wie für sich selbst vor sich hin.

»Ist doch völlig normal. Ich wette, du schleppst auch irgendwelche Geheimnisse mit dir rum«, sagte Knoppke und schob seinen leer geräumten Teller von sich.

»Schon möglich«, antwortete Sam, die ihr Frühstück kaum angerührt hatte. »Schon möglich.«

Als Knoppke auf die Toilette ging, vertiefte sich Sam in ihre Lektüre.

13. 9. 1990 – Seit Wochen geht das jetzt schon so. Ich robote durch den Alltag, und schuld daran bist du! Wir haben uns eine Parallelwelt erschaffen, in der mich die Schwerkraft immer wieder in deine Umlaufbahn schleudert und wie in Trance kreisen läßt. Mir ist schon ganz schwummerig, alles ist außer Kontrolle. Ich habe das Denken eingestellt, das Grübeln und Hadern. Das Treibenlassen tut so gut. In unserer Welt gibt es nur uns, alles andere ist banal. Keine nörgelnden Freundinnen, keine nervigen Eltern, keine Magenkrämpfe, nur Herz-klopfen, Küsse und Sex. Vor allem Sex, was machst du nur mit mir? Du bist so anders als Holgi, irgendwie glühender (stärkeres Wort dafür finden!). Ich hätte nie gedacht, daß mir so was mal passiert! Ich hätte das alles nicht gedacht. Ich meine, eine Hütte am Sportplatz im Wald, hast du das geplant? Wahrscheinlich hast du auch den Regen arrangiert, du hinterlistiger Schuft! Auf einem klapprigen Liegestuhl ist es dann passiert, unser erstes Mal. Der Schauer prasselte gegen das Fenster, es gab keine Heizung, aber wir waren heiß.

Wenn ich das so schreibe, liest es sich wie Kitsch hoch zehn, aber angefühlt hat es sich wie Ekstase hoch zehn. Aber nicht sofort: Beim ersten ersten Mal warst du zu nervös. Ich finde das ja süß, umso magischer war der Moment. Die ewigen Blicke, das ewige Küssen, das ewige Atmen. Und keine Erlösung. Unsere Körper so nackt und empfindsam, Hände überall. Jetzt weiß ich, welche Dimensionen Zärtlichkeit haben kann. »Liebestuhl« hast du hinterher gesagt, beim zweiten ersten Mal, dem richtigen ersten Mal. Das fand ich ja noch witzig. Aber als daraus deine Frage wurde: »Was, wenn ich dich liebe?«, da verschlug es mir die Sprache. Stattdessen

hab ich dich geküsst, hab eine neue Spielart unseres
Zungentanzes ausprobiert, und du hast angebissen –
im wahrsten Sinn des Wortes. Dann hast du die Füh-
rung übernommen, da steh ich ja total drauf. Die Hütte
im Wald wurde zu unserem Liebesnest. Zum Fixstern
unserer Parallelwelt, zu der nur wir Zutritt haben.
Die reale Welt sieht anders aus, leider. Aus ihr kann
man nicht verschwinden, zumindest nicht komplett.
Und genau das ist das Problem. Notiz für die Welt-
verbesserungsliste: Gerät zum Zappen in andere
Dimensionen erfinden, wenn einem das Programm in
der ersten Realität ankotzt. Mein Programm ist eine
Katastrophe. Ich sitze gerade in meinem Zimmer,
träume mich zu dir und könnte nur noch heulen.
Gestern hat mir Mama erzählt, daß ihre Behandlung
teurer wird als erwartet und daß die Kasse nur einen
Teil dazubezahlt. Holgi sagt, daß seine Eltern das
übernehmen würden, wenn wir denn endlich heiraten
würden. Er hat mich dann so angesehen, und ich habe
mich gefragt: War das jetzt schon sein Antrag? Viel
mehr Romantik wird es nicht geben. Pfeif auf die
Romantik, die hilft mir jetzt auch nicht weiter. Warum
ist das Leben so verdammt schwierig, kann mir das
irgendwer erklären? Manchmal kommt es mir vor
wie ein unlösbares Problem (ich habe Angst vor der
Lösung). Mit dir passiert gerade etwas Großes, das
wissen wir beide, und Tage später schlägt dir das Leben
mit der Faust ins Gesicht. Erst links, dann rechts.
Und dann noch einmal von vorn. Bis du irgendwann
k.o. gehst.
Vor einer Woche ist dein Großvater gestorben. Ich kann
nur ahnen, wie viel er dir bedeutet hat. Deinen Lieb-

lingsverwandten hast du ihn immer genannt und mir
von den Klavierstunden und Gesprächen mit ihm vor-
geschwärmt. Am Ende hatte er keine Chance, du warst
so unendlich traurig auf der Beerdigung. Mir ist auf-
gefallen, wie distanziert deine Eltern zu dir sind.
Deine Traurigkeit ist meine Traurigkeit. Wahrscheinlich
kommt daher das Ziehen im Bauch, das mich seitdem
plagt. Oder mir wird das alles zu viel. Sorry, ich muß
kotzen ...

9) Die gedrückte Stimmung lag wie Gewitterwolken
über ihnen, und es war nur eine Frage der Zeit, bis Blitz
und Donner für neue Verhältnisse sorgen würden. Neu
im Sinne von anders, nicht unbedingt von gut, aber das
ist Ansichtssache. Dass es zwischen den beiden schneller
krachte als gedacht, lag an Elias, dem jungen Wiener,
und das kam so.

Wer schon einmal durch die Highlands gereist ist, der
kennt das Phänomen, wer nicht, der darf das hier ruhig
glauben: Einigen Touristen begegnet man immer wieder,
da braucht man sich gar nicht erst zu verabreden, so
läuft das häufig in Schottland. Die einen erkunden den
Whisky-Trail und lernen sich bei der Führung durch
eine Destillerie kennen, um ein paar Tage später beim
Schlangestehen am Eingang einer Burg abermals auf-
einanderzutreffen. Hello again!

Knoppke und Sam haben auch eine Burg besichtigt,
Urquhart Castle am Westufer des Loch Ness. Weil Ruinen
ihn beruhigten, wie er sagte, und weil er selbst auch so
etwas wie eine Ruine sei. Jedenfalls haben die beiden da-

nach noch diesen Nessie-Jäger besucht, das war Teil der Abmachung. Sam hatte davon im Radio gehört und war sofort begeistert gewesen. Es gibt da tatsächlich einen Typen, der seit mehr als zwanzig Jahren in einem ehemaligen Büchereimobil am Seeufer haust, um endlich das Geheimnis des legendären Ungetüms zu erkunden. Er verkauft Tassen, Figuren und Zeichnungen, um über die Runden zu kommen, vor allem aber hält der Glaube an das Wunder seinen irren Traum am Leben. Und als Sam ihn gerade mit Dutzenden Fragen löcherte, während Knoppke mit etwas Abstand nach Bewegungen im Wasser Ausschau hielt, da bogen Milan und Elias um die Ecke, und Knoppke dachte, na servus!

Sam dagegen war außer sich vor Glück, das kann man sich leicht vorstellen. Fast hätte sie vergessen, für ihre Nessie-Tasse zu bezahlen, so arg freute sie sich, den Jungen wiederzusehen. Sie umarmte ihn, er umarmte sie, ihr Lachen war ansteckend. Nur Knoppke schien dagegen immun zu sein. Er ahnte, dass die erneute Begegnung Folgen haben würde. Er wusste, dass die Reise eine andere werden würde. Er spürte, dass er etwas spürte und dass dieses Etwas nichts Gutes bedeutete.

Man muss da ja eins und eins zusammenzählen. Dass Sam genervt war von Knoppke, dem Misanthropen und ewigen Nörgler, das hatte sich bereits abgezeichnet. Dass Sam außerdem Elias ziemlich gut fand, das war auch Knoppke nicht entgangen. Zwei urgewaltige Motoren waren das, und dann geschah, was geschehen musste.

Die Zeit für Blitz und Donner war gekommen.

Auslöser für die Entladung war die Einladung der Wiener, sie zur Party eines Freundes zu begleiten. Gatsby, so nannte sich der Gastgeber allen Ernstes, war für seine psychedelischen Siebzigerjahre-Feste über die Region hinaus bekannt. Milan erzählte, sein Landsitz sei so pompös wie riesig, Freunde von Freunden seien jederzeit willkommen und könnten selbstverständlich dort übernachten.

Sam strahlte, Knoppke nicht. Die Diskussion, die die beiden am Seeufer führten, während Milan und Elias mit dem Nessie-Forscher plauderten, konnte man sich ungefähr so vorstellen: Knoppke sagte, dass er da sicher nicht hingehen werde nach dem Absturz am Lagerfeuer, und Sam schimpfte, er sei ein Spießer, und Knoppke sagte, und wenn schon, und Sam schimpfte, na dann.

Sie stampfte mit ihren Stiefeln auf den Kiesboden, gestikulierte mit allem, was sie hatte, und nicht nur ihre Rastazöpfe gerieten außer Kontrolle. Knoppke hatte seine Begleiterin noch nie so wütend erlebt, sie schnaubte und bebte, und falls es Nessie wirklich geben sollte, dann wäre das Monster vor Neid erblasst, hätte es die menschliche Drachenkonkurrenz am Ufer erlebt, wie diese ihm die Show stahl.

»Was ist nur aus dir geworden, Mister? Früher hattest du Vorbilder, hast dich was getraut. Jetzt steckst du fest, und dir ist alles egal. Nur auf Drogen blühst du auf, wie peinlich ist das denn? Anfangs hab ich mir gedacht, okay, der ist cool, den bringt nichts aus der Fassung. Ein Fels in der Brandung, so was halt. Das hat mir schon krass imponiert, und wenn ich krass sage, dann meine ich auch krass. Aber je länger ich dir bei deinem Nichtleben zuschaue, desto mehr kotzt mich deine Verweigerungshaltung an. Echt jetzt. Die ist nämlich total egozentrisch! Wer sich allem entzieht, der nimmt keine Rücksicht auf die, denen er wichtig ist, schon mal darüber nachgedacht? Aber weißt du was? Du bist mir gar nicht wichtig.«

Sam machte eine Pause und fixierte seine Augen. Knoppke, der ihr direkt gegenüberstand, war irritiert. Er bewegte sich nicht vom Fleck und hörte zu, was da über ihn hereinbrach. Und Sam, deren Stiefel inzwischen ein Stück weit im Wasser standen, war noch lange nicht fertig, daran zweifelte er keine Sekunde.

»Und ich Idiotin dachte, du könntest mir helfen, mich irgendwie aus meinem Chaos zu befreien. Einen Scheiß kannst du! Das Einzige, das man von dir lernen kann, ist, wie man möglichst unauffällig aus dem Leben verschwindet.«

Knoppke drehte sich um.

Einerseits wollte er gehen. Andererseits auch.

»Hiergeblieben, Knoppke, du hörst dir das jetzt an!« Sam reagierte schnell und packte ihn am Ärmel. »So einfach kommst du mir nicht davon.«

Knoppke wurde schwindelig.

Sam redete weiter: »Du tust immer so, als hättest du Glück nicht verdient, als wärst du früher megaglücklich gewesen, oder sorry, fast glücklich. So ein Bullshit! Zum Glück gehört immer auch Unglück, das lernen schon die Kinder. Jin und Jan oder wie die heißen. Mich mögen diese Extreme zerreißen, aber das ist mir immer noch lieber, als sich in der Mitte einzupendeln und abzustumpfen. Mir ist klar, dass dieses Carpe Diadem nur eine Scheißfloskel ist. Na und? Ist doch egal, wenn der Sinn stimmt. Wann hast du denn zum letzten Mal irgendetwas zum ersten Mal gemacht, hm? Ich wette, das ist Jahrzehnte her und die Erinnerung daran genauso verblasst wie deine blöde Pröpper-Karte. Ich sehe das so:

Jeder Tag, an dem du nicht etwas Neues ausprobiert, etwas riskiert, vergeigt oder mit Power vorangetrieben hast, an dem du nicht auf der wackeligen Leiter der Gefühle rauf- und runter- und dann wieder raufgeschlittert bist wie ein Schizophrener auf Speed, jeder Tag, an dem du nicht auf die Fresse geflogen und aufgestanden bist, an dem du nicht geweint, gelacht, geliebt, geschrien hast, jeder Tag, an dem du nichts davon wenigstens ansatzweise versucht hast, ist ein elendiger Scheißtag, und so will ich nicht mein Leben abstottern, verdammt noch mal! Lieber will ich das pralle Leben, und du, du solltest das auch mal checken, du ausgebrannter, alter Mann. Du ausgebrannter, alter, sturer Mann. Du ausgebrannter, alter, sturer, hoffnungsloser Mann!«

»War's das, bist du fertig?« Knoppke war durchaus beeindruckt von der Ausdruckskraft der 21-Jährigen, auch wenn er einige Gedanken nicht nachvollziehen mochte und sie ohne Wenn und Aber ihrer jugendlichen Naivität zuschrieb. Und wenn er ganz ehrlich war: Sam konnte sich ihr Plädoyer für das pralle Leben sonst wohin schieben. Das dachte Knoppke, als er sich eine Fluppe ansteckte und ins Nichts stierte.

»Genau, das war's«, sagte Sam und stapfte aus dem Wasser in Richtung Matilda. »Ich hol mir jetzt meinen Rucksack, und dann fahr ich mit Elias mit. Mich bist du jedenfalls los. Langweiliges Leben noch, du Mann ohne Gegenwart!«

Knoppke ging das alles viel zu schnell. In seinem Kopf hallten noch Sams Worte nach, eindringlich und verwirrend, da wurde er schon mit dem Abschied konfrontiert. Einem Abschied, den er sich in den vergangenen Tagen zwar mehrmals vorgestellt, in dieser Form aber nicht erwartet hatte. Wie ferngesteuert schloss er den VW-Bus auf und sah Sam dabei zu, wie sie ein paar lose Teile in ihren Rucksack stopfte.

Als sie ihn hinterher flüchtig umarmte, hörte er sie leise schniefen. Ihr Gesicht verbarg sie, so gut es ging, wortlos drehte sie sich von ihm weg. Sie wirkte niedergeschlagen, traurig, wütend und entschlossen, wieder einmal alles auf einmal. Knoppke wollte noch etwas Nettes sagen, aber er fand keine Worte.

Stattdessen fragte er sich, was wohl wahrscheinlicher sein würde, das Auftauchen von Nessie oder ein Wiedersehen mit Sam. Er war sich da nicht sicher.

10) In Schottland sagt man, Inverness sei das Tor zu den Highlands. Das ist zwar einerseits Kokolores, weil die Highlands, geografisch betrachtet, schon viel weiter südlich und auch östlich beginnen als bei der Mündung des Flusses Ness in den Moray Firth, diese monströse Nordseebucht. Andererseits ist Inverness nun mal die Hauptstadt des Verwaltungsbezirks Highland, und wer von hier aus in Richtung Norden fährt, der erlebt eine Landschaft, die viel karger und viel rauer, also viel mehr Highlands ist, als es die vergleichsweise lieblichen Flecken in der Ben-Nevis-Gegend je sein können. So gesehen hat er doch wieder recht, der geschwätzige Volksmund, wenn er vom Tor zu den Highlands faselt.

Knoppke befand sich ebenfalls in einer geschwätzigen Phase, das muss man sich mal vorstellen. So verrückt das auch klingen mag, aber seit er ohne Sam unterwegs war und Matilda ihn immer weiter in den Nordwesten beförderte, war der Highlander aus München auch kommunikativ nicht zu stoppen. Es gab da keinen Anlass, es passierte einfach, so wie schweigsame Menschen auch irgendwann anfangen, sich zu artikulieren. Die Straßen wurden schmäler, die Wolkendecken dicker, als Knoppke begann, mit Diego zu sprechen.

»Nun schau dir diese Kraterlandschaft an, wie auf dem Mond, findest du nicht auch?« Knoppke nickte und blickte auf den Beifahrersitz, wo er Chelseas Silberdose platziert hatte. »Und kein Mensch weit und breit. Ja, auch kein Hund, entschuldige bitte, das interessiert dich natürlich mehr.«

Warum er die Asche noch immer bei sich trug, das wusste er selbst nicht so genau. Ursprünglich hatte er vor, Diego Nessie zum Fraß vorzuwerfen, um Chelsea mit größtmöglicher Symbolkraft zu bestrafen. »Ungeheuerlich«, würde sie schluchzend sagen, und Knoppke würde erwidern: »Ganz genau.« Auf diesen Moment hatte er sich gefreut, und er hatte die Dose bereits geöffnet, gestern am Ufer, es fehlte nur noch ein letzter Ruck. Doch dann geschah Kurioses, das gibt es auch nicht alle Tage. Sam ging gerade diesem Nessie-Forscher auf die Nerven, als bei Knoppke ein Kopfkino startete. Die schimmernde Wasseroberfläche war die Leinwand, dahin starrte er ohne Ablenkung, doch sein Gehirn schickte ihm andere Bilder als die sanften Wellen des Süßwassersees. Wie bei Spiegelungen tauchten Umrisse und Motive auf, die per se nicht in einen See gehörten, Szenen von früher, Szenen mit Diego.

Diego, wie er Knoppke ansprang und sein Lieblingshemd zerfetzte.

Diego, wie er Knoppke die Füße abschleckte, nachdem dieser barfuß Erdbeeren gepflückt hatte.

Diego, wie er die Nachbarskinder jagte und sie auf ihren Skateboards zu Fall brachte.

Diego, wie er Knoppkes Kissen zerrupfte, weshalb dieser mit Nackenschmerzen aufwachte, nachdem er von dem Kläffer um fünf Uhr irgendwas mit Zungenkuss geweckt worden war.

Diego hier, Diego da, und Knoppke hätte den kleinen Racker jedes Mal verteufeln können. Was er auch tat. Gleichzeitig kam er zu der Erkenntnis, dass seine Einstellung zu Hunden ebenso teuflisch gewesen war. Er hatte nie eine Beziehung zu ihnen aufgebaut. Tiere wie Diego hatten nie eine Chance bekommen, weil sich Knoppke um das Nichts seines Selbst drehte, sich abschottete, dichtmachte.

Das schoss ihm am Ufer von Loch Ness in den Kopf, und Knoppke klappte die Dose bei jeder Sequenz zu und wieder auf.

Zu und wieder auf.

Zu und wieder auf.

Mit jedem Quietschen, das bei ihm eine Gänsehaut auslöste, wurden neue Erinnerungen auf den See projiziert. Schließlich steckte er Diego weg. Nessie zumindest sollte ihn nicht bekommen.

So lag er nun neben ihm, also seine Asche in der Dose, und Knoppke unterhielt sich prächtig mit ihm. Hin und wieder musste er anhalten, weil Highland-Rinder die Straße verstopften. Die Tiere mit den imposanten Hörnern und den Frisuren, um die sie Clubgänger im Münchner Glockenbachviertel beneiden würden, standen mit Vorliebe in der Gegend herum, gerne auch auf der Fahrbahn, das war den Kühen offensichtlich Jacke wie Hose, oder besser: Vorder- wie Hinterbeine, Fell wie

Haut, Euter wie Schwanz. »Meinst du, mir würde eine Langhaarfrisur stehen? Ich könnte sie mir mal wieder wachsen lassen, bis über die Augen, was denkst du, Diego?« Knoppke grinste in den Rückspiegel, seine Geheimratsecken dämpften seinen aufflackernden Optimismus. Entschlossen fuhr er weiter. »Vielleicht warst du ja doch nicht so übel. Wir brauchen niemanden, wir haben ja uns, nicht wahr, mein Kleiner?« Knoppke strich mit den Fingern über die Verzierungen auf der Oberfläche der ovalen Dose, dann legte er seine linke Hand auf dem Beifahrersitz ab. »Ich weiß, du kanntest sie nicht, aber du hättest sie gemocht. Ich konnte sie ja auch gut leiden. Aber am Ende sind wir ihr zu langweilig geworden, das Mädchen ist noch voller Feuer.« Knoppke zog die Hand wieder zurück. »Du glaubst, auch mir könnte ein wenig Feuer nicht schaden?« Er wurde lauter. »Fängst du jetzt auch damit an?« Zur Strafe ignorierte er Diego, wie er ihn früher oft ignoriert hatte.

Als sie an einem Bolzplatz vorbeifuhren, drosselte Knoppke das Tempo. »Du hättest mich mal früher erleben sollen«, sprudelte es aus ihm heraus. »Ich war eine Mauer im Mittelfeld. Meine Steilpässe waren gefürchtet, sogar die Gegner sagten, ich könne das Spiel lesen. Und schnell war ich, das hätte dir gefallen.« Knoppke konnte der Versuchung nicht widerstehen und hielt an. »Soll ich wirklich?«, sicherte er sich ab. »Na gut, wenn du meinst.« Er stieg aus und tätschelte die Dose wie einen Schoßhund. Die Luft war kalt, der Nebel erdrückend. Stiller geht es nicht, dachte Knoppke, als er durch das feuchte Gras zum Anstoßpunkt stieg und außer den Schritten und seinem Atem rein gar nichts hörte. Noch mehr staunte er über das, was er sah. Das hier war eindeutig das schrägste Fußballfeld, das er je betreten hatte, und zwar in jeder Hinsicht. Die Linien waren kaum mehr zu erkennen, die Tore bestanden aus lässig zusammengezimmerten Holzbalken, und im Strafraum der linken Hälfte grasten ein paar Schafe. Das Beste aber war: Der Platz kuschelte sich an den Hang eines geduckten Hügels, einen ruhenden Ball konnte es hier nicht geben, und Knoppke fragte sich, wie man hier spielen soll.

Dann geschah etwas, das Knoppke selbst nicht erklären konnte, er machte etwas zum ersten Mal. Der Mann mit dem kaputten Knie und dem kaputten Leben legte sich mit dem Rücken auf die Reste der Markierung im Mittelkreis, das hätten die Götter des Surrealen nicht besser inszenieren können. Arme und Beine streckte er von sich, als wollte er Leonardo da Vincis Zeichnung vom vitruvianischen Menschen nachstellen oder einfach nur einen Hampelmann geben. Eine spannende Frage war das ja schon: Entsprach Knoppke dem idealen Menschen, oder war er nur ein Hampelmann? Eines war er mit Sicherheit, darüber dachte er viel lieber nach: Er war mittendrin und nicht dabei. Das Motto seines Lebens, und es kotzte ihn an. »Jetzt ist Schluss. Jetzt ist ein für alle Mal Schluss!«, brabbelte der ehemalige Fußballer auf dem verblichenen Anstoßpunkt, bevor ihn die Erinnerungen überwältigten. Erinnerungen an das Knackgeräusch, den Moment der Diagnose, den Schock. Die Begriffe vorderer Kreuzbandriss, Bruch der Kniescheibe, Karriereende waren zu Tätowierungen auf seiner Seele geworden.

Den Schrei, den Knoppke im Liegen aus sich herauswuchtete, würden sie noch in Inverness hören, darauf konnte man wetten.

Knoppke brüllte wie noch nie.

Schmerz, Verzweiflung, Selbsthass, Wut, alles steckte in diesem Schrei, aber auch Erlösung, Ironie und Erleichterung.

Ein verspielter Regisseur würde an dieser Stelle von oben filmen, Knoppkes Mund in Großaufnahme, dann sein Gesicht, immer weiter würde er herauszoomen, das ganze Spielfeld zeigen, den Hang, die Highlands. Irgendwann würde Knoppke verschwunden sein, je nach Produktionsbudget und Wahnsinn der Beteiligten würde dem Zuschauer vorgegaukelt, als blickte er vom Weltall auf die Erde, und alles käme ihm so mickrig vor. Der Film, eine tragische Komödie mit Road-Movie-Appeal, würde an dieser Stelle einen Schnitt vertragen.

Einen Filmriss hatte Knoppke nicht im Sinn, als er am Abend in Inverness ein Pub besuchte. Er wollte lediglich ein paar Bier trinken und sich über die weiteren Etappen Gedanken machen. Zunächst über die seiner Reise, später, vielleicht ein bisschen angeschickert, über die seines Lebens. Das hatte Knoppke vor, als er sich in eine Eckkneipe ohne Live-Musik schob, am Tresen Platz nahm und ein dunkles Ale bestellte.

Seine Kehle fühlte sich rau an, da muss man auch die Stimmbänder verstehen. Jahrzehntelang werden sie in Ruhe gelassen, ignoriert geradezu, und plötzlich sollen sie einen Urschrei erzeugen, das grenzt ja schon an Ausbeutung. Kein Wunder, dass sie rebellierten. Das samtige Getränk tat gut, Knoppke genoss es schweigend, obwohl der Barkeeper zweimal versucht hatte, ein Gespräch anzuzetteln. Vergeblich.

I would prefer not to.

Da musste schon eine Frau kommen, um Knoppke an diesem Tag zum Reden zu bringen. Die Frau hieß Rodina Messy, ihre blonde Kurzhaarfrisur war als Hommage an ihren Nachnamen zu verstehen. Fröhlich unordentlich war ihr gesamtes Erscheinungsbild, da passte überhaupt nichts zusammen. Der Pullover war grau und rot, der Jeansrock blau mit Aufnähern, und auch ihre Chucks geizten nicht mit Farben. Rodina bestellte sich ein Pint Cider mit Birnengeschmack, dazu eine Tüte Crisps mit Meersalz. Noch vor dem ersten Schluck sprach sie Knoppke an. Wie sich herausstellte, hatte sie Erfahrung darin, es war sozusagen ihr Beruf. Ohne Zweifel, Rodina Messy war eine Professionelle. Also ein Profi als Journalistin, nicht als Professionelle im Sinne einer Professionellen, dafür waren, mit Verlaub, ihre Strümpfe viel zu gelb. Rodina arbeitete für ein Online-Magazin, das »Highland Breeze« hieß. Die Teilzeitreporterin war zuständig für die Leute-Rubrik und deshalb immer auf der Suche nach Touristen, die sie porträtieren konnte.

»Unsere Leser lieben Normalos«, erklärte sie mit singender Stimme, das Wort »lieben« betonte sie, als stünde es seit Kurzem unter Artenschutz. »Verstehen Sie mich nicht falsch, Sie scheinen ein Mann mit Charakter zu sein, das ist mir nicht entgangen.« Sie musterte ihn mit großen blauen Augen, ihr Blick war sprunghaft, aber gründlich. »Sie wissen schon, was ich meine. Ich rücke Menschen ins Rampenlicht, die das Rampenlicht nicht kennen – und die das Rampenlicht nicht kennt, wissen Sie? Ihre Geschichten sind noch frisch. Frisch wie Cider, cheers!«

»Ich kann Cider nicht ausstehen«, entgegnete Knoppke, der sich mit jedem Tag besser in die fremde Sprache eingehört hatte. »Außerdem bin ich nicht frisch, sondern welk. Mit mir verlieren Sie noch Ihren Job.«

Rodina hoppelte auf dem Barhocker näher. Ihre Chucks berührten nicht den Boden, ihre Hand seinen Arm sehr wohl. »Das sagen viele, aber glauben Sie mir: Jeder, der in die Highlands will, hat seine Story, seine ureigene Motivation. Kommen Sie, Mr. Knoppke, die nächste Runde geht auf mich.«

Zunächst lehnte Knoppke ab, knickte beim zweiten Bier aber doch ein. Und so erzählte er der Fremden seine Geschichte. Er fing mit dem überstürzten Aufbruch in München an, sparte Silvi und Diego aus, Sam dagegen nicht. Er redete über die Rauferei auf der Fähre und Dougs Hilfsbereitschaft, er sprach über Elias' Wut und Milans Verzweiflung, über Macs Neugier und die Geschichten des Scheiterns. Sogar Matildas Lachen erwähnte er.

Und wieder einmal zeigte sich: Beim Reden formen sich die Gedanken, eins zu null für das Reden, das musste Knoppke eingestehen. Während des Erzählens also fiel ihm auf, dass das Leben um ihn herum voller Leben war. Voller lebenswerter Süffigkeit, voller süffiger Prallheit, voller praller irgendwas. Weiter kam er nicht, dann fransten die Gedanken aus. Eine Erkenntnis wie vom Bier gemacht.

Und noch etwas anderes schoss ihm durch den Kopf, das ergriff ihn noch viel mehr, die Überlegung nämlich, wie sehr seine Reise durch die Vagabundin gelenkt wurde, wie viel sie gemeinsam erlebt hatten, und Knoppke wurde auf einmal ganz traurig. Er wurde schrecklich traurig und sackte in sich zusammen. Es war, als leerte sich ein Luftballon mit Kulleraugen in null Komma nichts. Ein starkes Gefühl, dachte Knoppke, und er ließ es zu. Scheiß auf die Knoppke-Regel, ich will da jetzt durch, auch wenn es niederschmetternd war und nicht berauschend.

»Alles okay mit Ihnen?«, erkundigte sich Rodina, als Knoppke eine lange Pause machte. In Gedanken ging er jede einzelne Begegnung durch und fragte sich, ob sich diese auch ohne Sam ereignet hätte. Bei den meisten war er sich sicher, auf keinen Fall.

»Emo-Stand minus 6«, antwortete Knoppke auf Deutsch, »aber ich komme zurecht.«

»Wie bitte?«

Knoppke grinste in sich hinein. »Ist schon okay«, fuhr er auf Englisch fort. »Machen Sie ruhig weiter, Sie gefallen mir.«

»Ich gefalle Ihnen?« Rodina sah ihn zunächst verdutzt, dann hingerissen an.

»Nein, also ja. Ihre Fragen meinte ich, die gefallen mir.«

»Verstehe ich das richtig?«, wurde die Reporterin sachlich und wedelte mit dem Kugelschreiber, an dessen oberem Ende ein Schaf aus Filz befestigt war, das bei jeder Bewegung zitterte wie im Sturm. »Sie sagen, Sie kommen aus München, um bei uns im Regen die Ruhe der Einsamkeit zu suchen, lassen sich dann aber ständig in irgendwas verwickeln.«

»So sieht's wohl aus.«

»Und das alles wegen einer jungen Frau, die sich ungefragt zu Ihnen ins Auto gestohlen hat, weil es ihr Kismet so wollte? So einen Fall hatte ich auch noch nicht.«

Knoppke musste an Käsebällchen denken und bestellte sich eine Packung Crisps »Cheese & Onion«. »Und wissen Sie was?«, sagte er dann.

Rodina neigte ihren Kopf zu ihm.

»Sam fehlt mir.«

Nie hätte Knoppke gedacht, dass ihm dieser Satz je über die Lippen gehen würde. Noch beim Aussprechen kam er ihm wie ein Fremdkörper vor.

»Rufen Sie sie doch an«, schlug Rodina vor.

»Ich habe ihre Nummer nicht. Einmal, da hat sie anonym bei mir durchgeklingelt, weil ich ohne sie weitergefahren bin. Ich bin einfach abgehauen, können Sie sich das vorstellen? Aber sie hatte noch ihren Rucksack im Bus, und wenn Sam was will, dann will sie was.«

»Sagen Sie, sind Sie eigentlich ständig auf der Flucht? Kommt mir irgendwie so vor.«

»Jetzt nicht mehr. Ich habe mir vorgenommen, am Leben wieder teilzunehmen, so wie Sam, nur nicht ganz so ... wild? Bei all ihren Schwächen – und sie hat viele Schwächen –, die Kleine hat den Dreh raus.«

Rodina leerte ihr Glas und bestellte prompt das nächste. So ist das nun mal auf diesem Planeten, auch kleine Frauen haben Riesendurst. »Und was wollen Sie jetzt tun?«

»Ich werde herausfinden, wie sich das pralle Leben anfühlt. Carpe that fucking Dingdangdong, verstehen Sie?«

»Ich habe keine Ahnung, wovon Sie sprechen, aber ich drücke Ihnen die Daumen.«

Sie packte Block und Stift in ihre Tasche und ruckelte ihren Barhocker noch etwas näher an ihn heran. »Und falls Sie morgen noch nichts vorhaben«, sagte Rodina mit säuselnder Stimme, »dann zeige ich Ihnen, was Sie in Inverness auf keinen Fall verpassen sollten.« Sie zwinkerte ihm zu, und Knoppke dachte, oha!

»Sehr freundlich, Rodina, aber Sie wissen ja, erst einmal muss ich einiges auf die Reihe kriegen.«

Rodina nickte. »Schon verstanden, alles klar.« Die bunte Erscheinung erschien ihm auf einmal überhaupt nicht mehr so strahlend. Mit gedämpfter Stimme fuhr sie fort: »Wenn Sie glauben, Alleinsein ist die Lösung, bitte.«

Knoppke schwieg.

»Aber falls ich Ihnen noch einen Tipp geben darf, rätselhafter Fremder: Nichts gegen die Highlands im Norden, aber Loch Lomond im Süden ist viel schöner, vor allem das Westufer. Da fahr ich immer hin, wenn ich eine Auszeit brauche oder Probleme habe. Loch Lomond hat die Antworten, merken Sie sich das.«

Als Knoppke noch immer schwieg, weil ihn ganz andere Dinge beschäftigten als romantische Anwandlungen und dieser große See im Süden, hoppelte Rodina davon. Zunächst ein Stück auf dem Barhocker von ihm weg, dann auf ihren Chucks aus dem Pub. Offenbar war Knoppke für Dingdangdong noch nicht bereit. Außerdem hatte er sich das pralle Leben irgendwie anders vorgestellt.

Irgendwie nicht so chaotisch.

Irgendwie nicht so ciderhaft.

Irgendwie nicht so gelb.

Gelb. Das war das Stichwort. Knoppke überlegte schon die ganze Zeit, woran ihn Rodinas Kniestrümpfe erinnerten, und lange sah es so aus, als käme er wohl nie dahinter. Doch just in dem Augenblick, als die Reporterin weg war, da standen sie plötzlich vor ihm, also vor seinem inneren Auge, Grätschis Fußballerbeine, die in gelben Stutzen steckten. Das Gelb war damals schon höchst irritierend gewesen, vor allem für seine Gegner.

Instinktiv zückte Knoppke sein Handy, um seinem Kumpel aus der A-Jugend eine SMS zu schreiben. Obwohl die beiden Männer aus Wuppertal komplett unterschiedliche Leben lebten, seit der eine Profi geworden war und der andere nicht, hielt ihr Kontakt bis heute. Hin und wieder schrieben sie sich E-Mails, an Geburtstagen und Weihnachten griffen sie auch mal zum Telefon. Nun hatte Knoppke das große Bedürfnis, Grätschi, der eigentlich Ewald hieß, aber schon als Jugendspieler grätschen konnte wie ein Großer, einen Gruß von der Insel zu schicken. Von Sportsfreund zu Sportsfreund, er musste ihm einfach schreiben. Aus der einen SMS wurden fünf, Knoppke tippte sich in einen Wahn, von Kurznachrichten konnte längst keine Rede mehr sein. Er erwähnte die gelben Strümpfe und das Interview, das er wohl bald auf »Highland Breeze« im Internet nachlesen könne; er erzählte von seiner Reise durch Schottland und dass er gerade von einer ziemlich schrägen Schnalle ein ziemlich schräges Angebot bekommen und außerdem mit einer sehr interessanten jungen Frau unterwegs sei. Grätschi war früher ein Weiberheld gewesen, ein Aufreißer, der nichts anbrennen ließ. Eine kleine Prahlerei konnte nicht schaden, entschied Knoppke, während er mühevoll tippte und jedes zweite Wort falsch schrieb. Mit einem zufriedenen Grinsen bestellte er sich ein weiteres Ale und sackte ab.

Zwei Tage später war es dann so weit, es regnete. »Cats and dogs« waren Amateure dagegen, und die haben es immerhin zu Hauptdarstellern einer britischen Redensart gebracht. Knoppke war beim Spazierengehen am Flussufer überrascht worden, und obwohl er eine Jacke mit Kapuze trug, fühlte er sich durchtränkt wie ein Kater unter der Freibaddusche. Zumindest durfte man das annehmen.

Der Vormittag hatte schon seltsam begonnen. Im Frühstücksraum der kleinen Pension in Inverness hatte er sich mit einer Tasse laschen Kaffees an den Gästecomputer gesetzt, um nachzulesen, was Rodina Messy über ihn geschrieben hatte. Tatsächlich war ihr Artikel, der eher eine Hymne auf die Unberechenbarkeit Schottlands war als ein Porträt über ihn, auf »Highland Breeze« veröffentlicht worden. »The grumpy German who seeks silence in the rain and fails«, stand in der Überschrift, darunter war farbig notiert: »Highland-Besucher des Monats!«, und Knoppke dachte, der geb ich gleich grumpy!

Zerknirscht schritt er nun durch den Dauerregen, als ihm augenblicklich ein Licht aufging. Jetzt und hier, im Grau der Flusslandschaft, hatte sich doch noch alles erfüllt, von wegen gescheitert. Er war allein, er hatte seine Ruhe, er war in den Highlands. Und niemand da, der von ihm erwartete, dass ihm die Sonne aus dem Hintern schien.

Knoppke war endgültig angekommen.

Seine Reise war zu Ende.

ENDE

PS: Mal ehrlich, nicht einmal Knoppke wäre mit diesem Schluss zufrieden gewesen, so viel hatte er inzwischen gelernt. Er war sogar etwas neugierig auf das, was noch kam, obwohl er natürlich nicht wissen konnte, dass es schmerzhaft für ihn werden würde, schmerzhaft und lustig, das volle Programm. Seine Geschichte musste weitergehen, das war klar. Zurück in den Regen, neuer Anlauf.

Im Regen erwartet niemand, dass dir die Sonne aus dem Hintern scheint? Schon möglich. Im Regen erwartet sowieso kaum jemand irgendwas. Da sind die meisten damit beschäftigt, aus der Nässe schnell wieder herauszukommen. Knoppke nicht. Der blieb einfach stehen. Er hörte die Tropfen, die auf seine Kapuze prasselten, unaufhörlich, als wollten sie ihm etwas in den Schädel hämmern.

Eine Botschaft.

Platsch.

Und wieder.

Platsch.

Und wieder.

Platsch.

Und wieder.

Platsch.

Dummerweise war Knoppke mit Rhythmik und Sprache des Regens nicht vertraut, er hatte keinen Schimmer, was ihm der Tropfenhagel einzurichtern versuchte. Fahr nach Hause? Kündige deinen Job? Mach dein Ding? Er wusste nicht, was er tun sollte. Er wusste noch nicht einmal, ob er zurück in Richtung Burgschloss gehen sollte, wo im 11. Jahrhundert Macbeth regierte, oder weiter am Ness entlang und raus aus der Stadt. Knoppke fühlte sich leer. Er hatte, was er wollte, und es fühlte sich miserabel an. Emo-Stand minus 8, das hatte es noch nie gegeben.

Über die Traurigkeit sagt man, sie sei die größte Empfindung. Die Traurigkeit ist das Erdbeben der Seelenlandschaft, sie rüttelt dich durch und verschluckt dich, oder sie lässt dich am Leben und traumatisiert dich. Noch stärker ist nur ein Gemisch aus Gefühlen, diese Erfahrung stand Knoppke nun bevor. Es war der Moment, als sich zur wiederentdeckten Traurigkeit die Geschwister Wut und Selbsthass gesellten. Zu dritt zettelten sie eine wummernde Party an, einen Flashmob der Emotionen.

Knoppke war überfordert. Er grinste irr unter seiner Regen-Sound-Kapuze, weil ihn die Rückkehr der Gefühle in eine positive Stimmung versetzte. Er rieb sich mit beiden Händen das nasse Gesicht, weil es angenehmere Partygäste gab als Traurigkeit, Wut und Hass. Er war sauer auf sich selbst, weil er Sam hatte ziehen lassen, gleichzeitig zog er Motivation aus der Misere, von nun an alles anders zu machen. Mann ohne Gegenwart, hallte es in seinem Kopf, Mann ohne Gegenwart.

Als die Regenmusik einen Tempowechsel vollzog, der Beat langsamer und die Lautstärke leiser wurden, entdeckte Knoppke im Ufergras einen durchweichten Flyer. Männer im Kilt waren darauf abgebildet, Männer, die Baumstämme wuchteten und an einem Seil zogen. »Traditional Highland Games« stand darunter, daneben war ein Ort genannt, von dem Knoppke noch nie gehört hatte. Er merkte sich den Namen, setzte seinen Spaziergang fort und lauschte den Gesängen des Regens.

GLÜCK KANN, MUSS ABER NICHT

11) Der Nieselregen blieb, die Dudelsäcke waren neu. Deren mehrstimmiges Quäken konnte man bis zum Parkplatz hören, und Knoppke dachte, es müssen Hunderte sein. Eine Parade der Sackpfeifen, God save the Queen! So viele waren es natürlich nicht, Dutzende aber schon, denn anscheinend gab es bei den »Highland Games« auch einen Dudelsackwettbewerb, und die Musiker marschierten gerade als schrille Einheit auf das Festivalgelände zu.

Knoppke mochte den Klang der Dudeldinger, sie hatten einen Grundton, der niemals verschwand. Das gefiel ihm. Ohnehin war seine Stimmung besser als am Tag zuvor in Inverness, und dass er sich zu dem Ausflug in das Kaff nahe der Küste aufraffen konnte, versetzte ihn in einen Zustand aus Neugier und Gelassenheit. Diego durfte ebenfalls mit, er war in seiner Jacke von der Außen- in die Innentasche und damit in Knoppkes Gunst aufgestiegen.

Das Gedränge am Eingang war so groß wie vor den Techniktempeln mit dem unvollständigen Apfel. Während Knoppke wartete und ein paar besonders hektische Besucher passieren ließ, betrachtete er im Hintergrund die Wettkampfszenerie. Er sah tätowierte Männer im Schottenrock, die sich aufwärmten oder mit Mädchen schwatzten. Er erkannte fein behütete Herren mit Klemmbrettern in der Hand, daneben präsentierten sich die uniformierten Musiker. Ein Rummelplatz für Freaks, alle Achtung. Hinter Absperrbändern hatten sich die Zuschauer um die grün glänzende Wiese versammelt, die mit Sandgruben, Stämmen, Seilen und Hämmern gut bestückt war. Das alles sah Knoppke, während vor und hinter ihm getuschelt und gedrückt wurde. Er verstand nicht viel, zu schnell purzelten die Wörter, aber das Event schien den Einheimischen ziemlich wichtig zu sein. Aus sonst so geduldigen Schlangestehern wurden Drängler und Rempler.

Knoppke hatte alle Zeit der Welt, auch wenn das natürlich nicht möglich war, was soll das überhaupt sein, alle Zeit der Welt? Knoppke empfand es eben so. Kurz bevor er an der Reihe war, ließ er einer Familie mit drei quengelnden Kindern den Vortritt, die sich dankend an ihm vorbeischob und einheitlich grinste. Die Ticketverkäuferin nickte in Richtung Knoppke. »Ein echter Gentleman, wie charmant!«, sagte sie, während sie ihn abkassierte und seine Daten aufnahm. »Für die Statistik«, schob sie hinterher und zwinkerte ihm zu.

Knoppke mischte sich unter die Besucher und steckte sich eine Fluppe an. Die Wettkämpfe liefen bereits, das Grunzen der Sportler wurde nur durch das Raunen der Zuschauer übertönt. Das Raunen zum Staunen. Hier waren die meisten mit Volldampf dabei, daran konnte auch das Mistwetter nichts ändern. »Könnte schlimmer sein«, war der übliche Kommentar, sprach man einen völlig durchnässten Schotten auf den Regen an. Interessanter waren nur die Disziplinen. Beim »Tug o'war«, dem Tauziehen, dachte sich Knoppke, das kann ich auch. Beim

»Scottish Hammer«, einer Wurfdisziplin, dachte er, Hammer! Beim »Caber toss«, dem Baumstammwerfen, fragte er sich, welche Drogen die genommen haben. Kein naturbelassener Mensch ist in der Lage, einen Holzkoloss dieser Statur anzuheben, um ihn wenig später so in die Luft zu katapultieren, dass sich der Stamm beim Aufprall in die andere Richtung überschlug, das konnte Knoppke nicht glauben. Von dem Mann an seiner Seite erfuhr er, dass die »Highland Games« aus der Zeit der keltischen Könige stammten und dass es schon immer darum gegangen sei, die stärksten und schnellsten Kerle zu finden. Diese hätten sich durch ihre Leistungen als Leibwächter empfohlen, was ihnen Anerkennung und Respekt einbrachte.

Respekt ist wichtig, dachte Knoppke und applaudierte. Hin und wieder pfiff er auf zwei Fingern, das hatte er lange nicht gemacht. Er freute sich, hier zu sein, mittendrin und auch dabei, Emo-Stand 5, immerhin.

Wie es nun dazu kam, dass Knoppke im Regen die Sonne aus dem Hintern schien, ist eine Geschichte, die hatte wirklich keiner erwartet. Knoppke kam gerade von den Toiletten zurück, als er aus den Lautsprechern seinen Namen hörte. Zunächst dachte er, lustiger Name, der klingt ja wie meiner. Bei der ersten Wiederholung wurde er skeptisch, bei der zweiten war er perplex. »Iiiigooor Knopkiiii« hallte es über das Gelände, und die Zuschauer sahen sich neugierig um. »Iiiigooor Knopkii, wo steckt der glückliche Bursche?« Knoppke kratzte sich am Kopf und trat näher. In der Mitte des Wettkampfrasens stand einer der Herren mit Hut und hielt sein Mikrofon wie ein Schlagersänger. Knoppke zögerte noch immer. Er hatte verpasst, worum es ging, aber als er erneut seinen

Namen hörte, hob er die Hand und ging auf den Moderator zu.

»Hier bin ich. Ich bin das, ich bin Egor Knoppke.« Die Zuschauer applaudierten, Dudelsäcke quäkten, Knoppke kapierte nichts. Aber er grinste, nein, er lächelte, aus dem Lächeln wurde Lachen. Hunderte Blicke waren auf ihn gerichtet, keiner sah durch ihn durch, und er genoss die unerwartete Aufmerksamkeit.

»Und wir dachten schon, Sie hätten sich aus dem Staub gemacht«, sagte der Mann mit der dicken Brille. Sein Gesicht war ein Festival der Falten.

»Warum sollte ich?«, fragte Knoppke. »Worum geht's hier?«

»Worum es geht, will er wissen«, wiederholte der Schotte und sprach direkt zu den Zuschauern. »Da hat er wohl nicht zugehört. Wahrscheinlich hat er gerade sein Mädchen geküsst, haben Sie gerade Ihr Mädchen geküsst? Ich hätte Ihr Mädchen geküsst, Mr. Knoppkii!«

»Ich geh dann mal wieder«, entgegnete Knoppke.

»Hiergeblieben, Sie Glückspilz, das war doch nur ein Witz meinerseits.« Der grauhaarige Spielleiter packte ihn am Arm. »Auch wenn Sie es offenbar überhört haben und die vergangenen Wochen in Winterschlaf waren, meine Güte, aber Sie sind es wirklich! Sie sind der 250.000ste Besucher seit Beginn unserer Zählung. Der zweihundertfünfzigtausendste Besucher, ist das denn zu fassen? Applaus, meine Damen und Herren, Applaus!« Die Gäste jubelten Knoppke zu, die Musiker spielten einen Tusch, hier war jeder aus dem Häuschen. Der Nieselregen wehte ihnen frontal ins Gesicht, aber die Freude war pur und rein. »Sie können es ruhig glauben, mein Bester, unsere Maggie arbeitet sehr akribisch. Sie irrt sich nie, nicht wahr, Darling?« Er lächelte jene Frau an, die Knoppke einen Gentleman genannt hatte und die zur Preisverleihung ihr Kassenhäuschen verlassen hat. Maggie zeigte auf Knoppke und zwinkerte.

Knoppke verharrte regungslos. Hatte er gerade etwas gewonnen? Er hatte noch nie etwas gewonnen. Er gehörte zu jener Sorte Mensch, der Lose beim Roten Kreuz nur deshalb kaufte, weil das Geld, das er für die Nieten bezahlte, einem guten Zweck zugutekam. »Wir danken!«, diesen Satz hatte er öfter gelesen als »Ich liebe dich!«, die Worte waren zum Slogan seiner Kindheit geworden. Wir danken, dass du uns dein nicht vorhandenes Taschengeld gibst. Wir danken, dass du da bist, Egor, aber jetzt verzieh dich. »Geh kicken, geh zu Opa, was weiß denn ich?«, mischte sich seine Mutter in die Erinnerung, und Knoppke schüttelte sich, um auch sie wieder loszuwerden. Also die Erinnerungen. Und seine Mutter.

Als er realisierte, dass er jetzt und hier, als Mann Mitte vierzig an der schottischen Nordküste, ein Gewinner sein sollte, da passierte etwas mit ihm. Er riss die Arme hoch wie ein jubelnder Fußballer, zunächst verhalten, dann euphorisch, manche würden sagen, enthusiasmiert. Knoppke jubelte wie einst auf dem Platz, bevor er die Urkunde entgegennahm und auch den Kilt, den ihm der Faltenmann mit breitem Grinsen überreichte. Auf dem Rasen zeigten berockte Mädchen in Karostrümpfen, was sie in ihren Tanzkursen gelernt hatten. Hupfdohlen im Regen, I could die for it!

Nur eine jubelte noch impulsiver. Knoppke sah sie spät, und als er sie erkannte, da flog er auch schon hin. Auf seinen Allerwertesten, ins Gras gedrückt von dem heranspringenden Mädchen in Gummistiefeln. Sams Haare baumelten in sein Gesicht, sein Rücken brannte, doch ihre Freude strahlte stärker. Als sie so auf ihm drauf saß und ihm Blicke durch ihre Rastazöpfe schickte, Blicke, die als Schmerztherapie zugelassen werden sollten, da sagte sie mit ihrer Radiomoderatorinnenstimme: »Anscheinend hast du ohne mich mehr Glück. Dein Pech, dass ich wieder da bin!«

»Auf jeden Fall hab ich weniger Rücken«, ächzte Knoppke und versuchte aufzustehen.

»Ich freu mich auch, dich zu sehen, alter kranker Mann!« Sam stieg von ihm ab und half ihm hoch. Sie trug einen gelben Regenmantel, in ihren Gummistiefeln steckten blaue Jeansbeine.

»Was tust du hier?«, wollte Knoppke wissen. Seine Hose war feucht, er klopfte sie ab.

»Starke Männer sind meine Schwäche«, sagte Sam und zwinkerte. »Außerdem war ich neugierig auf diese Highland-Games, und du?«

»Ging mir genauso.«

»Ich wusste gar nicht, dass du auf Männer stehst.«

»Ich teile deine Neugier, nicht deine Schwäche«, stellte Knoppke klar.

»Ich weiß, ich weiß, war nur ein Scherz.«

»Und wo ist Elias?«

»Elias ist ein Arsch!«, platzte es aus Sam heraus. »Ein Oberarsch von einem Wiener Würstchen!« Nach einer kurzen Pause redete sie weiter: »Apropos Arsch, willst du nicht deine Hose ausziehen?« Sie blickte auf seine nasse Kleidung und kicherte. »Schlüpf doch in den Schottenrock!«

»Das könnte dir so passen, dass ich mich hier zum

Heinz mache. Lass uns lieber einen Tee trinken und du erzählst mir alles.«

»Einen Tee mit Schuss!«

»Meinetwegen.«

Je mehr Sam erzählte, desto mehr freute sich Knoppke über ihr überraschendes Auftauchen. Der Whisky im Tee, den sie in dem Festivalzelt ausgeschenkt bekamen – gratis, versteht sich, Knoppke war ja nun ein bekanntes Gesicht –, befeuerte beide. Sam berichtete von der Party und den damit einhergehenden Enttäuschungen. Gatsbys Landsitz hatte sich als Bruchbude mit Minigarten entpuppt. Psychedelisch waren lediglich die Lavalampen, pompös waren weder die Kleider der spärlichen Gäste noch das Büfett vom Lieferservice. »Milan lässt sich total leicht blenden«, sagte Sam, »er nahm diesem Hochstapler alles ab, sogar seinen bescheuerten Namen. Menschen sind so strange!«

»Und Elias? Warum ist er plötzlich ein Arsch?«

»Ach der!« Sam drehte sich zur Seite und winkte ab.

»Nun sag schon.«

»Elias hatte den ganzen Abend nur Augen für Gloria.«

»Wer ist Gloria?«

»Eine billige Bitch!«

Als Knoppke die Augenbraue hob, beugte sie sich weit über den Biertisch. »Ich sag dir was. Gloria ist eines dieser Girls, die glauben, ihre Attraktivität verhält sich direkt proportional zur Höhe ihrer Versandhaus-Heels. So eine ist das!«

»Nun«, begann Knoppke vorsichtig, »es gibt Männer, die würden das direkt unterschreiben.«

»Pah!« Sam richtete sich wieder auf und verschränkte die Arme. »Elias geht gar nicht.«

»Ach, ist das so? Da warst du wohl mal wieder zu schnell Feuer und Flamme.« Knoppke grinste.

»Von wegen armer Sohn, ist doch alles nur Masche. Eine durchschaubare Mitleidsmasche! Am nächsten Morgen bin ich abgehauen, seitdem trampe ich. Aber mit dir war's irgendwie witziger, ohne Scheiß. Ich hab dich sogar angerufen, ging aber nur die Mailbox ran.«

Knoppke nickte. »Ich geh nicht ans Telefon. Aber gib mir mal deine Nummer.«

Sam tippte sie in sein Handy, währenddessen fuhr sie fort: »Ich wollte dir sagen, dass es mir leidtut.« Nun fixierte sie seine Augen. »Ich hab mal wieder überreagiert. So langweilig bist du nicht. Also ein bisschen natürlich schon, aber irgendwie auch mitreißend.«

»Mitreißend? Du meinst wohl eher mitreisend.«

Sam verdrehte die Augen.

»Jedenfalls tut es auch mir leid«, holte Knoppke aus und steckte sein Handy wieder ein. »Mann ohne Gegenwart trifft es ganz gut. Mit so einem hält es niemand aus.«

»Das kannst du laut sagen! Aber erzähl mal, was hast du denn so erlebt? Sicher nicht viel, dir fehlte ja deine Superreisebegleitung.«

Knoppke dachte nach und erinnerte sich. Ich habe begonnen, mit der Asche des Hundes meiner untreuen Freundin zu sprechen, habe auf einem schrägen Fußballplatz gelegen und in den Himmel gebrüllt und wäre beinahe im Bett mit einer Chaostante in gelben Strümpfen gelandet.

Statt seine Gedanken zu artikulieren, sagte er: »Nichts

Besonderes. Ich habe mir den hohen Norden angeschaut, war bis in Durness, bin viel rumgefahren. Mission Reboot gestartet.«

»Na sieh mal einer an, sehr gut! Und wie geht es dir damit?«

»Um ehrlich zu sein«, er hob den Schottenrock hoch, der neben ihm auf der Bank lag. »Ein Gewinner zu sein, hat was. Und dass meine Lieblingsnervensäge wieder da ist – na ja, es hätte schlimmer kommen können.«

Sam boxte ihn auf den Oberarm. »Aber wehe, du verbockst es wieder!«

12) Wäre Knoppke ein waschechter Magier gewesen, ein Weltenlenker oder Harry Potters Praktikant, dann hätte er die Zeit angehalten. Genau hier, genau jetzt.

Sam und er spazierten durch den Regen, der schräg auf sie herabwehte wie Seidenfäden im Wind. Ihre Kapuzenjacken waren feucht, aber das machte ihnen nichts aus. Auch die Blicke der anderen Besucher von Dunnottar Castle störten sie nicht im Geringsten, und wenn ein paar von ihnen zu tuscheln begannen, dann grinsten die beiden synchron. Hören konnten sie ohnehin nicht, was die Menschen um sie herum zu quasseln hatten, sie hatten nur Ohren für die Beats, ihre gemeinsamen Beats. Rhythmisch zerhackte Elektrobeats, deren künstlerische Berechtigung Sam unter dem Genrebegriff Dubstep zusammenfasste.

Knoppke war wieder neugierig auf Musik, vor allem wollte er wissen, was Sam unter Musik verstand, das ist ja seit Jahrhunderten ein sich permanent veränderndes

Feld. Bisher hatte sich seine Begleiterin ausschließlich von ihrem dicken Kopfhörer beschallen lassen, abgeschottet und exklusiv. Aber über einen sogenannten Splitter, den Sam einst von Sören geschenkt bekommen hatte, konnte sich auch Knoppke in ihre Soundwelt einklinken. Dazu verwendete er die roten Billigflieger-Ohrstöpsel, die er in Chelseas Rucksack gefunden hatte. So konnte er hören, was Sam hörte, gleichzeitig und in Stereo. Unbelievable!

Während »The Devil's Den« von einem jungen Amerikaner namens Skrillex lief, ein pulsierender Computerstampf, aber durchaus hypnotisch, wie Knoppke befand, fühlte er sich keineswegs wie in Teufels Höhle, eher wie im Schrebergarten für Teilzeitgötter. Keine Dämonen weit und breit und das Gras roch frisch gemäht. In einem Zustand größtmöglicher Gelassenheit schlenderte das aneinandergekettete Reiseduo über das Bowling Green im Inneren der Ruine, staunte über die Kapellenreste, die steinalten Schlossmauern, die noch älteren Klippen sowieso. Die Burg thronte auf einer felsigen Landzunge, um sie herum lungerte die Nordsee.

Hin und wieder kam Knoppke aus dem Tritt, weil ihn der zappelige Rhythmus aus dem Takt brachte. Gleichwohl breitete sich ein Gefühl immenser Zufriedenheit in ihm aus. Eine Ruhe ohne Reue. Knoppke und Sam hatten Dreck an den Schuhen und Meersalz in der Nase, sie waren verbunden in einer durch und durch körperlichen Musik.

Sie waren.

Knoppke war.

Knoppke war zufrieden.

Und eines muss man auch festhalten: Die Tage nach der unerwarteten Wiedervereinigung waren die schönsten, die Knoppke seit Jahren erlebt hat. Knoppke wollte wieder was. Er wollte Dinge tun, die ihm Freude bereiteten. Sich wieder einlassen auf das, was ihm das Leben vor den Latz knallte respektive was er sich selbst vor den Latz knallte. »Carpe that fucking Dingeldangeldongdong«, wie er sagte, als sie in einer Herde Highland-Cows feststeckten. Sie befanden sich auf dem Weg von Dunnottar Castle in Richtung Süden, hatten sich auf herrliche Weise im Landesinneren verfranst, als Knoppke Matildas Motor ausschaltete. Die Kühe zeigten keinerlei Interesse, die schmale Fahrbahn noch in diesem Sommer freizugeben, warum sollten sie auch, es war ja ihr Revier. Also fügte sich Knoppke in den Rhythmus der Tiere, und da standen sie nun. Umringt von einem Dutzend Hochlandrindern, eingehüllt in Nebelkringel. Der Himmel hatte sich verändert, wie er sich in Schottland minütlich zu verändern scheint. Zwischen dicken grauen Wolkenschichten hatte sich eine ovale blaue Fläche aufgetan, aus der Sonnenstrahlen herausschossen, die die eintönigen Hügel in ein violettes Feierabendlicht tauchten. Mehr noch als das Farbspektakel bewunderten Knoppke und Sam die Tiere. »Der da sieht aus wie du, nur mit cooler Frisur«, sagte Sam und deutete auf einen Bullen mit besonders imposantem Pony.

Die Szene kam ihm irgendwie bekannt vor. Doch im Unterschied zu neulich saß nicht Diego auf dem Beifahrersitz, sondern Sam, und das hob Knoppkes Laune mehr als erwartet. Er stieg sogar aus und machte ein Selfie von sich und seinem animalischen Lookalike. Keine Sekunde hatte er gezögert, »fast« war nicht mehr gut genug. Furchtlos und langsam näherte Knoppke sich dem Tier, ging für das Foto ein Stück weit in die Hocke, und beinahe sah es so aus, als wollte der Bulle Knoppkes bärtige Wange abschlecken. Auf dem Bild wirkte die Pose wie ein sich anbahnender Kuss, und Sam kommentierte: »Voll animalisch!« Sie lachten lang und laut, bis die Herde irgendwann genug von den komischen Menschen zu haben schien und lässig zurück ins Gras trottete.

Knoppke und Sam ließen sich treiben. Sie ließen sich treiben, wohin Matilda sie chauffierte. Sie kurvten in der Landschaft herum und übernachteten auf Campingplätzen. Unterwegs lösten sie Wolkenrätsel, wann immer der Himmel ihnen welche schenkte. Eine besonders schöne Spielrunde, die sich bei Inverarity im Morgendunst ereignete, konnte man sich in etwa so vorstellen:

Er: »Ein Stein.«

Sie: »Quatsch, das ist Einstein.«

Er: »Maximal ein Stein mit Gesicht.«

Sie: »Ach, und wem ähnelt das Gesicht?«

Er: »Sicher nicht Einstein.«

Sie: »Und wem bitte dann?«

Er: »Wenn, dann Angelina Jolie.«

Sie: »Hey, du hast recht! Welche Muse hat dich denn geküsst?«

Ob ihn eine Muse geküsst hatte, das darf bezweifelt werden. Knoppke wusste überhaupt nicht mehr, wie sich ein Kuss anfühlt, von wem auch immer. Seinen letzten hatte er von Diego bekommen, und der war eher in die Kategorie Gesichtswäsche einzuordnen, mit etwas Fantasie auch zugeneigte Schlabberei. Dabei wäre Knoppke durchaus in Stimmung gewesen, und wäre ihm jetzt

eine Rodina Messy über den Weg gelaufen, Dingdangdong ein Ding der Möglichkeit. Es ist ja schon so, dass
Menschen als Sexualpartner aktiver und auch attrak-
tiver werden, je selbstzufriedener sie in die Welt blicken.
Gut, da gibt es immer auch jenen Typus Frau, der sich
zum unnahbaren Aussteiger hingezogen fühlt, zum
knurrigen Einzelgänger, zum leidgeprüften Grübler.
Aber in aller Regel hat mehr Chancen als Mann, wer
das pralle Leben bejaht und das Lachen nicht vergisst.
Das Portemonnaie auch nicht, aber das ist ein anderes
Thema.

Nun dachte Knoppke weder an Geld, noch dachte er
an Sex, höchstens indirekt und ins Gegenteil verkehrt,
als er und Sam St Andrews erreichten, die Heimat der
Golfer. Das Wort Golfsport vermied er, weil es ihm ähnlich unsinnig vorkam wie das Wort Liebesheirat. Knoppke
hatte sich in den Kopf gesetzt, unbedingt die elitäre Stu-
dentenstadt an der Ostküste zu besuchen, in der sich
einer der ältesten Golfclubs und der vielleicht bekann-
teste Platz der Welt befanden. Golf war für ihn der In-
begriff des falschen Lebens im falschen, das Gegenteil
von Blutgrätsche, das Symbol für Impotenz. Von dieser
eingebildeten Hölle wollte er sich ein eigenes Bild machen. Kennst du deine Feinde, dann weißt du, wie Ver-
lierer aussehen, alte Knoppke-Regel. Das alles hatte er
Sam beim fünften Whisky ins Gesicht gelallt, vorgestern
war das, nach der Führung durch eine dieser Destille-
rien, zu der Knoppke doch tatsächlich seinen Kilt an-
gezogen hatte, und Sam hatte erwidert: »So gefällst du
mir!«

Nachdem sie ein bescheidenes B&B gefunden und
ihre Einzelzimmer mit Etagenbad bezogen hatten,

schlenderten sie durch die Stadt, über die man sagt, hierher pilgern nicht nur Golfer, richtige Pilger tun das auch. Das Andreaskreuz in der schottischen Flagge geht nun mal auf den Apostel Andreas zurück, dessen Reliquien an diesen Ort gebracht worden sein sollen, zu einer Zeit, als hier noch eine keltische Siedlung die Hauptattraktion war und nicht eine Grünfläche für Tiger-Woods-Jünger. Die Ruinen der Kathedrale, wuchtige gotische Himmelskratzer, prägen bis heute das Bild dieser Stadt, und Knoppke dachte, Pluspunkt. Verfall und Zeugen der Zerstörung, Seite an Seite mit Noblesse und Elitenförderung, Pole des Lebens, why not?

Ihr Spaziergang führte die beiden durch giggelnde Studentenhorden und japanische Touristen, vorbei an den Frühaufstehern unter den Pubnasen und Familien mit Kindern. Alle schienen fröhlich zu sein, dabei erdreistete sich die Sonne zu einer ihrer Auszeiten, am Sonntag, ausgerechnet.

Und dann standen sie plötzlich vor dem Grauen in Grün. Sie hatten die St Andrew Links erreicht, auf die jeder Besucher früher oder später stößt, immerhin sind die Grünflächen der Golfanlage um ein Vielfaches größer als der Stadtkern. Zu Knoppkes Überraschung war das Grauen gar nicht so grauenvoll, im Gegenteil. Irgendetwas lief hier gewaltig schief beziehungsweise verdammt richtig. Statt Golfbällen flogen Drachen durch die Luft, in den Bunkern mühten sich keine Pullunder-Träger mit ihren Schlägern ab, sondern kleine Windel-Träger mit ihren Schaufeln. Ein Freizeitpark für alle war das hier, und Knoppke kratzte sich am Kopf. Sein Weltbild war eben erschüttert worden, das kann man schon so sagen.

Wie Sam von einem Einheimischen erfuhr, ist Sonntag der einzige Tag, an dem hier nicht geputtet und ge-chippt wird. Da dürfen auch Menschen ohne Handicap den Rasen betreten, weil dieser nun mal der Stadt ge-hört, also dem Volk.

»Doch, doch, Golf hat was«, sagte Knoppke und deu-tete auf eine Gruppe junger Menschen, die sich zwischen einem Loch und einem Bach eine Frisbeescheibe zu-warfen. Er ließ seinen Blick zum Meer schweifen, über das Clubhaus wieder zurück und entdeckte irgendwann die kleine alte Steinbrücke, von der ihm sein Boss in der Sicherheitsfirma vorgeschwärmt hatte. Sie war mehr als siebenhundert Jahre alt, und jeder, dem Golf nur ein bisschen mehr bedeutet als Knoppke, sehnt sich nach einem Foto von sich und dieser Brücke über den Swilcan. Der zehn Meter lange römische Bogen, der den Bach auf dem Old Course überspannt, ist das absolute Lieblings-motiv für Fanatiker des Nicht-Sports.

»Lust auf ein Picknick?«, fragte Knoppke wie aus dem Nichts.

Sam schüttelte langsam den Kopf.

»Wieso denn nicht?«, hakte er nach.

»Wie? Doch, große Lust! Das wird bestimmt lustig.«

»Warum schüttelst du dann den Kopf?«

»Wegen dir. Allmählich wirst du mir unheimlich mit deinem Aktionismus. Sag, hast du wieder was genom-men?«

Nun war es Knoppke, der den Kopf schüttelte. »Lass uns einkaufen gehen«, sagte er und winkte ab.

Sam erwiderte, sie wolle lieber zurück ins Hotel. Sie müsse endlich ihre Mutter anrufen, bei der sie sich seit Wochen nicht gemeldet habe. Außerdem wolle sie sich ausruhen und noch ein bisschen lesen. »Wenn's recht ist.«

3. 10. 1990 – Stell dir vor, es ist der Tag der Deutschen Einheit, und du hast dich noch nie so zerrissen gefühlt. Gut möglich, daß ich gerade durchdrehe. Aber ich habe das Gefühl, mein Herz ist Berlin und die Mauer wird gebaut. Ich bin drin, du bist raus. So viel zum Thema Wiedervereinigung! Die wird es definitiv nicht geben, zumindest nicht für uns. Und warum? Weil ich so bescheuert war und so verflucht vernünftig, ich hasse mich dafür. Und du so gottverdammt feige, ich kann dich nicht hassen! Aber wenn du nur halb so couragiert um mich gekämpft hättest, wie du dich auf dem Platz für deine Mannschaft reinhaust, stünden wir jetzt nicht da, wo wir stehen. Wo stehen wir eigentlich, sag du es mir! Am Abgrund hinten links im Loch der Gefallenen? In der Ausnüchterungszelle für Liebestrunkene? Am Arsch der Realisten? Es war doch unser Sommer, es hätte auch mehr werden können. Wir waren mehr.

Ich weiß noch genau, wie du mich auf dem Ölberg geküßt hast mit deinen ungestümen Cuba-Libre-Lippen, nachdem du auf jeder Stufe des Tippen-Tappen-Tönchens eine Sache aufgezählt hattest, die du an mir auch in dreißig Jahren noch mögen wirst. Du Schuft von einem Lügner, die Treppe hat 103 Stufen! 103 Gründe, mich ewig zu lieben – bester Stoff für eine Schnulze (ob ich Schnulzen schreiben sollte?). Diese hier hat sich so verdammt gut angefühlt, zumindest bis zum Unhappy End. Du warst so lebendig und spontan, so voller Gier und verrückter Gedanken, außerdem warst du drauf und dran, den Profivertrag zu kriegen, von dem du immer geträumt hast.

Vor ein paar Tagen war ich im Krankenhaus, heimlich. Die Ärzte wollten mich nicht zu dir lassen. Alles mutiert

zu nichts. Nichts weiß ich. Ich habe keine Ahnung, was
du in jener Nacht gemacht hast, nachdem ich dir Holgis
Antrag gebeichtet habe und daß es schwierig werden
wird. Scheiße, Knoppke, das Leben ist nun mal eine
bipolare Schlampe! Ich bin eine bipolare Schlampe!
Notiz für die Weltverbesserungsliste: das Mut-Gen
züchten und allen Menschen einpflanzen, nein, nicht
allen, nur den Guten, der Rest wäre Verschwendung.
Ich könnte mich verfluchen, aber so war die Sache nun
mal.
Natürlich hätte ich dir früher von ihm erzählen sollen,
ja, ja, ja, ich hätte es tun müssen, auch von den Hoch-
zeitsplänen meiner Eltern und ihren psychotischen
Wunschvorstellungen von einem schuldenfreien Leben.
Ich hasse sie dafür! Ich hasse mich, wie oft hab ich es
versucht? Aber glaubst du ernsthaft, für mich ist das
alles leicht? Aber du mußt ja gleich Amok laufen wie so
ein durchgeknallter Idiot, was hast du dir nur dabei ge-
dacht? Wir hätten schon eine Lösung gefunden. Irgend-
wie. »Wir wuppen das!«, hast du immer gesagt, wenn
ich Probleme in der Arbeit oder Streß mit Mira hatte,
und auch als ich die Prüfung vergeigte, schon vergessen?
Und was sagst du jetzt? Hast mir einen Brief geschrie-
ben, daß du nach München gehst. Willst dort neu an-
fangen. Mußt alleine sein. Schiebst dich einfach so aus
meinem Leben, wie dich die Scheißschwebebahn in mein
Leben schob.
Was soll ich noch groß schreiben?
Stell dir vor, es ist Liebe und du kriegst es nicht auf die
Kette.
Das also ist es: fast das Leben, fast das Glück.
Fast ist scheiße!

Ein paar Sandwiches und Scones, zwei Äpfel und eine Flasche Rotwein, das war alles, was sich Knoppke für das Picknick wünschte. Während er in die Stadt ging, um die Sachen zu besorgen, kam er ins Grübeln. Nachdem er sich gefragt hatte, warum nicht auch in Deutschland mehr Läden sonntags geöffnet haben, überlegte er, ob er Diego nicht einfach auf dem heiligen Rasen verstreuen sollte. Die Golf-Snobs würden die Vorstellung mit Sicherheit hassen, dass sich auf ihrer Kultstätte der Geist eines professionellen Grubengräbers herumtrieb, ein Gedanke, der Knoppke ein irres Grinsen ins Gesicht zauberte. Dann aber erinnerte er sich daran, dass auch Chelsea mit diesen »Lackaffen« nicht viel anfangen konnte, und Knoppke dachte, dann lieber nicht.

Lackaffen waren auf dem Old Course nicht zu sehen, vielmehr war der Golfplatz auch am Abend eine lackaffenfreie Zone. Das mag auch daran gelegen haben, dass diesem ersten Junisonntag im Laufe des Nachmittags irgendwann die warme Luft ausgegangen war, infolgedessen die meisten der 18-Loch-Flaneure ein Pub mit Feuerstelle dem frischen Open-Air-Erlebnis vorzogen. Knoppke und Sam ließen sich davon nicht beirren. Sie saßen, eingehüllt in ihre Jacken, auf einer Decke mit Blick auf die Brücke und gossen Wein in Pappbecher, die mit Golfballmustern verziert waren.

»Cheers, my dear«, sagte Knoppke und zwängte sich in den Schneidersitz, eine Übung, die ihm aufgrund des gesteigerten Bauchvolumens schon einmal leichter vorgekommen war. »Saufen, wo Tiger Woods schwitzte – geil!«

»Wer ist Tiger Woods?«

»Unwichtig. Erzähl mir lieber, was du nach unserer

Reise vorhast. Irgendwann wird dieser Doug sich melden, ob wir wollen oder nicht. Dabei komme ich gerade erst in Urlaubsstimmung.«

Sam nippte an ihrem Becher und sah Knoppke an. »Keine Ahnung, erst mal zurück nach Hause? Dinge regeln. Was du übrigens auch tun solltest.«

»Vielleicht hast du recht. Ich kann Chelsea nicht ewig hinhalten. Ich werde mit ihr reden.«

»Geigst du ihr dann mal so richtig die Meinung? So wie ich dir am Loch Ness?«

»Versprochen.« Knoppke grinste. »Womöglich mache ich Schluss mit ihr, vielleicht sollte ich das wirklich tun. Die Reißleine ziehen, bevor sie mich wieder einseift mit ihrer schleimigen Art. Aber sag du mal. Was hast du in der Heimat zu regeln?«

»Ach, meiner Mutter geht's gerade nicht so gut. Sie hat Stress mit ihrem Typen, never ending story. Außerdem hat ihr Verlag die Zusammenarbeit beendet, diese geldgeilen Wichser!«

»Sie schreibt Bücher?«

»Ja, Nackenbeißer.«

»Wie bitte?«

»Na, Liebesromane. Viel zu kitschige und viel zu schlüpfrige Frauenfantasien. Erkennst du sofort an den ekelhaftesten Umschlägen, die schlecht sortierte Bahnhofsbuchhandlungen hergeben.«

»Muss ja eine aufregende Frau sein, deine Mutter. Vielleicht sollten wir sie gemeinsam besuchen.«

»Hä?«

»Ernsthaft. Ich habe nichts gegen Nackenbisse.«

Sam verdrehte die Augen und stopfte sich einen halben Scone in den Mund.

Nachdem sie die Sandwiches und alle Apfelschnitze verdrückt hatten, waren auch die letzten Touristen verschwunden. Die Dunkelheit der hereinbrechenden Nacht lullte das Picknick-Pärchen ein.

»Wie geht's eigentlich deiner Hand?«, wollte Knoppke wissen, als sein Blick auf den Verband fiel, den Sam offenbar im Hotel gewechselt hatte.

»Ganz okay«, schmatzte Sam und sah ihn mit verrutschtem Silberblick an. »Du hattest recht, war doch nur ein Kratzer.«

»Mit Verletzungen kenne ich mich aus.«

»Erzählst du mir endlich, wie es passiert ist?«

Knoppke legte die Stirn in Falten. Er konnte sich nicht daran erinnern, Sam gegenüber je seine Verletzung erwähnt zu haben.

»Komm schon, Egor Knoppke, hältst du mich für so bescheuert? Du hast Fußball über alles geliebt, wolltest mal der neue Pröpper werden. Jetzt verteufelst du das Thema, stattdessen macht dir dein Knie zu schaffen. Da besteht doch ein Zusammenhang, Hashtag Sherlock.«

»Also schön«, sagte Knoppke und drehte sich zu ihr. Er trank den restlichen Wein direkt aus der Flasche, atmete mehrmals ein und aus, bevor er anfing zu erzählen. Er begann mit dem Horror der Kreuzbandgeschichte, die seine Laufbahn vor zweiundzwanzig Jahren beendet hatte. »Ob du es glaubst oder nicht, ich war kurz davor, einen Profivertrag zu bekommen.« Er schluckte. »Im zweiten Probetraining sagte mir der Übungsleiter, das kann was werden, mein Großer.«

Er stockte. Die Erinnerungen waren Nadelstiche. Noch immer.

Sam legte ihre Hand auf sein Knie, das in den zerrissenen Jeans von der Überfahrt auf der Fähre steckte. »Wie ist es passiert?«

Knoppke zögerte.

»War es ein Foul?«

»Nein, es war kein Foul«, fuhr Knoppke sie an. »Es war meine eigene Scheißblödheit!«

Sams Pupillen waren nun ständig in Bewegung.

»Kennst du dich in Wuppertal aus?«, fragte Knoppke etwas ruhiger.

»Äh, ein wenig, wieso?«

»Dann sagt dir das Tippen-Tappen-Tönchen was?«

»Du meinst diese Treppe in Elberfeld.«

»Genau, 103 Stufen hat das Teil, einhundertdrei! Kannst du dir vorstellen, was passiert, wenn man auf der nassen Treppe ins Straucheln gerät?«

Sam starrte ihn mit offenem Mund an.

»Ich war hackedicht in dieser verregneten Nacht, hab mich ordentlich zulaufen lassen, ich Idiot. Natürlich ging es um eine Frau, das kannst du dir sicher denken.«

»Ja, das kann ich«, murmelte Sam. Aus ihrem linken Auge schoss eine Träne.

»Ich konnte nicht in Wuppertal bleiben. Ich war fertig mit der Welt, mit dem Fußball, mit den Frauen sowieso.«

»Und dann bist du nach München gezogen. Warum ausgerechnet München?«

»Weil ich München nie leiden konnte.«

»Aha.«

»Und München mich nicht, wie ich herausfinden sollte.«

»Fuck, Knoppke, warum hast du nicht um deine Perle gekämpft?«, fragte Sam mit energischer Stimme. »Gemeinsam hättet ihr es schaffen können. Ihr hättet euch was Neues aufbauen können.«

»Woher willst du denn das wissen? Ich hätte alles für Tiffi getan, alles! Aber sie hatte ja einen anderen. Einen Versicherungsfuzzi mit Karrierechancen, der auch für ihre Eltern gut genug war, verdammte Scheiße!«

Knoppke bebte, Knoppke zitterte, Knoppke hatte genug. Er rang nach Luft, um sich zu beruhigen.

»Du hattest übrigens ebenfalls recht«, sagte er, während er aufstand. »Diesen Tierquälern an der Raststätte musste unbedingt jemand eins auswischen. Ich bewundere deinen Mut!«

»Echt jetzt? Das klang neulich ganz anders.«

»Man sollte viel öfter Zeichen setzen.«

Und dann schnappte sich Knoppke seinen Rucksack und schritt damit zur Swilcan-Bridge. »Komm mit«, rief er seiner Begleiterin zu, »oder hast du Schiss?«

Sam wischte sich Teigbrösel von ihrem Rock und folgte Knoppke zu der steinernen Touristenattraktion, die einem aus der Nähe noch winziger vorkam, als ohnehin schon vermutet. »Sag mal, spinnst du, was machst du da?«

»Das, was ich seit Jahren machen wollte«, antwortete Knoppke. Er war auf der Brücke in die Hocke gegangen und schüttelte eine Spraydose, die er aus dem Rucksack hervorgekramt hatte. Knoppke sah sich um. Ein Seitenwind blies ihm ins Gesicht, einer, der filigrane Regentropfen spazieren trug. Außer ein paar Fußgängern am Parkplatz konnte er niemanden entdecken. Die Seitenmauern der Brücke reichten Sam nicht mal bis zu den Kniekehlen. Reflexartig ging auch sie in die Hocke.

»Vergiss es, Knoppke, das bringst du nicht. Das kannst

du nicht bringen!« Sam hielt ebenfalls in alle Richtungen Ausschau. Sie atmete viel schneller als Knoppke.

Als schließlich das Zischgeräusch zu hören war, riss Sam ihre Augen auf, und als Knoppke tatsächlich das erste Wort auf die Innenseite des flachen Brückenbogens sprühte, ein kleines, aber deutlich und in schwarzer Schreibschrift zu entzifferndes »You«, da murmelte die unfreiwillige Komplizin: »Er bringt es doch.«

Knoppke sprühte sich in einen Rausch. Er glaubte, seinen Herzschlag im rechten Nasenflügel zu spüren, gleichzeitig hatte sich ein wahnwitziges Grinsen in seinem Gesicht festgesetzt. Er sprühte, als hätte er in seiner Jugend nichts anderes getan, als hätte er jeden Wagen der Schwebebahn mit Dutzenden Botschaften verziert, tagein, tagaus, bis ganz Wuppertal zum Freiluftmuseum für Knoppke-Kunst geworden wäre.

»You better play«, war inzwischen auf der Mauer zu lesen, dort, wo in den vergangenen Jahrzehnten Golfgrößen aus aller Welt in die Knie gegangen waren, nicht wenige hatten die Brücke euphorisch geküsst, und Knoppke dachte, armselige Clowns. Beim Wort »soccer« hatte er etwas Schwierigkeiten, weil Bruchstellen und Unebenheiten in der Oberfläche seine Street Art behinderten. »Un-fucking-fassbar!«, kommentierte Sam, die reglos neben ihm kauerte und dabei zusah, wie der Satz zu Ende ging. Nach dem »soccer« sprühte Knoppke ein Komma, danach ein weiteres Wort und dann ein Ausrufezeichen.

»Snobs schreibt man aber mit B«, sagte Sam, als Knoppke fertig war.

»Echt?«, fragte Knoppke. »Scheiße!« Er stand auf und half Sam hoch. Gemeinsam betrachteten sie jenen

Schriftzug, über den man nicht nur in Schottland noch lange sprechen würde.

»Und wenn schon, Potschaft angekommen«, scherzte Sam und rempelte ihn an. »Können wir jetzt bitte abhauen?«

»Snobs«, murmelte Knoppke, während er zunächst die Dose und dann die Picknicksachen in den Rucksack stopfte. »Klingt irgendwie komisch. So sensationell lasch. Aber das passt ja auch zu denen.«

Und dann rannten die Vandalen. Sie rannten, so schnell sie konnten. Runter vom Rasen, rein in die Stadt, einfach nur weg.

Am nächsten Morgen brachen sie in der Dämmerung auf, und als sie St Andrews hinter sich ließen und Matilda schnurrte wie eine Weltmeisterin, da war es, als würde Knoppke und Sam die Sonne aus dem Hintern scheinen.

Im Regen.

Ganz ohne Erwartungen.

13) Aber wie das immer so ist mit der Harmonie, irgendwann funkt einer dazwischen. Harmonie ist das Aufwärmbecken für Dumpfbacken, das hatte Knoppke vor ein paar Jahren am Tresen daherphilosophiert, und es wäre ihm nicht im Traum eingefallen, je daran zu zweifeln. Aber nun, als Highland-Punk kurz vor dem Abheben, hätte er seinen Satz gerne korrigiert, wenn es nicht ohnehin schnell wieder vorbei gewesen wäre mit dem Hochgefühl. St Andrews war sein persönlicher Brückenschlag, der Brückenschlag in die Gegenwart, zum guten Leben. Zum guten wilden Leben. Zum guten wilden intensiven Leben. Blöd nur, dass nichts auf dieser Welt von Dauer ist, auch nicht ein Aufwärmbecken, ein Hochgefühl schon zweimal nicht.

Es passierte auf einer dieser Single Roads, über die nicht nur SUV-Fahrer schimpfen, weil die Straßen schmaler sind als ihr Statussymbol breit, als Knoppke eine Vollbremsung hinlegte, dass es nur so quietschte. Matilda ruckelte und zuckelte, kam aber für ihre Verhältnisse rasch zum Stehen. Knoppke stieg aus und lief ein paar Autolängen zurück. Die Straße führte durch einen Mischwald, der das wolkengetrübte Nachmittagslicht nahezu vollständig verschluckte. Es roch nach Moder, und es war kalt, kein Grund, sich länger aufzuhalten als gar nicht. Wenn da nicht das Bündel am Boden gewesen wäre. Knoppke erkannte es sofort. Die Katze lag im Matsch am Fahrbahnrand und bewegte sich nicht. Als er sich über das Tier beugte, entdeckte er Blut auf dem getigerten Fell. Viel zu viel Blut. Das linke Hinterbein zitterte heftig, mit einem stotternden Schnurren versuchte sich das arme Ding in seinem Elend zu beruhigen.

»Ach, du Scheiße, was ist denn hier los? Waren wir das?« Inzwischen war auch Sam herbeigeeilt und kniete sich neben Knoppke auf den Asphalt.

»Ich hoffe nicht! Ich glaube, sie lag da schon. Wir müssen ihr helfen.«

»Was sollen wir denn tun? Sie ist so groß! Ist das eine Wildkatze?«

»Was auch immer«, sagte Knoppke und holte eine Decke aus dem Bus. Vorsichtig griff er unter den schlaffen Körper, ignorierte das müde Fauchen und die scharfen Krallen, die sich trotz der Kraftlosigkeit des Tieres in das Fleisch seines Armes bohrten, und hob ihn hoch. Sam sah Knoppke mit einem bewundernden Blick an.

Knoppke tat, was er tun musste. Ohne zu zögern, bettete er die triefende Katze auf ein paar Kissen und bat Sam, sich zu ihr auf die Rückbank zu setzen. So fuhren sie los, das Wimmern, das längst kein Fauchen mehr war, im Ohr, Knoppkes Fuß auf dem Gaspedal. Und während Sam mit ihrem iPhone recherchierte, wo in der Gegend der nächste Tierarzt zu finden war, wurde Knoppke von düsteren Gedanken heimgesucht. Aus irgendeinem Grund musste er dieses Tier retten, schoss es ihm durch den Kopf, und es drängte sich die Frage auf, ob er womöglich Schuld hatte, dass Diego im Frühjahr auf die Straße gelaufen war. Er hatte nie darüber nachgedacht, und sosehr er sich auch anstrengte, er wusste es nicht. Seine Erinnerungen verschwammen im Sumpf jener Gleichgültigkeit, in dem er sich damals gesuhlt hatte. Noch nicht einmal Chelseas Gesicht hatte er vor Augen, als sie die Nachricht aus der Tierklinik erreichte, dass man ihren Hund gefunden habe beziehungsweise das, was davon übrig war. Knoppke verfluchte sich. Er ließ seinen Frust am Gaspedal aus, auf das er fester stieg, als nötig gewesen wäre. Matilda hatte längst verstanden.

Die Tierärztin reagierte sofort, das musste man der alten Dame lassen. Bereits am Empfang hatte ihre Assistentin spekuliert, dass es sich um einen Highland-Tiger handeln könnte, eine besonders gefährdete Art hierzulande, und dass es richtig übel aussehe, oh my Gosh! Vor Aufregung hatte die Auszubildende ihr Handy fallen gelassen und war in das Behandlungszimmer geplatzt, wo

Dr. Mouth die Ohren eines Kaninchens ausleuchtete. Dr. Mouth schnappte sich ihre Krücken und schleppte sich ins Wartezimmer. Wenige Blicke genügten, um die Situation einzuschätzen. Sie gab ihren Kolleginnen zackige Anweisungen, vertröstete die anderen Tierhalter, führte ein paar Telefonate, dann wandte sie sich den beiden Rettern zu. Sie bedankte sich für ihr besonnenes Handeln und erklärte ihnen mit herbem schottischem Akzent, dass es für einen Transport in die Tierklinik leider zu spät sei und dass sie nun selbst versuchen werde, die Katze durchzubringen. »Wünschen Sie mir Glück«, sagte Dr. Mouth, »das hier wird nicht einfach.«

Sam sah Knoppke traurig an. Zögernd legte er einen Arm um sie und drückte sie an sich.

»Wussten Sie«, fuhr die Ärztin im Gehen fort, »dass es schätzungsweise nur noch vierhundert dieser wunderbaren Tiere gibt? Menschen bekommen so gut wie nie einen Highland-Tiger zu sehen – es sei denn, sie fahren ihn über den Haufen. Gott schütze Sie beide, ohne Sie wäre das Tier elendig verendet.« Dann humpelte Dr. Mouth zum Operationszimmer. »Auf geht's, meine Lieben, fangen wir an!« Knoppke und Sam verabschiedeten sich flüchtig und schoben sich ins Freie. Sie gingen durch den Ort, dessen Namen sie nicht aussprechen konnten. Sie fühlten sich aufgekratzt und durcheinander, und bevor sie zu einem ansatzweise klaren Gedanken fähig waren, besorgten sie sich erst einmal ein paar Bier zur Beruhigung.

Mit der Einkaufstüte in der Hand stiegen sie einen Hügel hinauf, dessen Ausläufer sich bis in die Häuserreihen hinter der alten Hauptstraße erstreckten. Oben angekommen, atmeten sie durch. Sie blickten auf Wiesen und Wälder, am Horizont raffte sich die untergehende Sonne zu einer letzten Glanzleistung auf.

Und dann heulte der Mann, der niemals weinte, und er wusste nicht, warum.

Knoppke lag im Gras und zitterte, und es streifte ihn die Frage, ob er vor Freude schluchzte oder aus Schmerz, aus Erleichterung ob der guten Tat oder aus Kummer, vermutlich war die Ursache ein bittersüßes Gemisch, das die Wahrheit verschleierte wie einer dieser Morgennebel die schottischen Seen. Aber er heulte, so viel stand fest, und diesen urmenschlichen Vorgang erlebte er wie ein erstes Mal.

Wie schottisches Meersalz, dachte Knoppke, als sich eine satte Tränenperle in seinem Bart verirrte, um auf seiner Zunge zu zerfließen und sich größtmöglich auszubreiten. Knoppke war verwirrt. Mit dieser Implosion der Gefühle konnte er nicht umgehen. Er versuchte zu reden, aber es ging nicht. Außer »aber«, »ich« und »was« brachte er nichts heraus. Etwas blockierte ihn. Dieses Etwas schüttelte ihn, schnürte ihm die Kehle zu, nahm von ihm Besitz. Ein Zustand, der ihn elektrisierte, der ihn paralysierte und lähmte. Ein Zustand, der ihn fertigmachte. »Blut ... verdammt ... Schnurren«, stotterte er. »Hilflos ... Tiger ... verrecken.« Beim Wort »verrecken« hustete er, gleichzeitig floss eine weitere Träne.

»Wieso das denn jetzt?«, fragte Sam.

»Hm«, machte Knoppke, zuckte mit den Schultern und wischte sich mit dem rechten Oberarm über das linke Auge. Dann im Wechsel die andere Seite.

»Hm ist als Antwort inakzeptabel!« Sam stand dicht bei ihm und sah von oben auf ihn herab. »Okay, Knoppke, Emo-Stand?«, versuchte sie es auf eine andere Weise.

»Neeeeeijn«, schluchzte Knoppke.

»Doch«, bellte Sam, »wenn nicht jetzt, wann dann?« Sie sah ihn mit einer Strenge an, die nicht zu ihrer lieblichen Erscheinung passen wollte, nicht zu den rosa Gummistiefeln, die sie an diesem Tag trug, und auch nicht zu der bunten Regenjacke.

»Neeeeeijn«, wiederholte Knoppke, diesmal mit etwas gespitzteren Lippen.

»Ach, sieh an, eine Neun?«

»Ja.«

»Echt jetzt?«

Beim Versuch zu nicken, schabte Knoppkes Hinterkopf am Boden. Er hatte keine Ahnung, warum das so war, aber alle Gefühle auf einmal waren bei Weitem besser als gar keine, so empfand er das. Er wusste nicht, was genau ihn übermannte, aber er ließ es zu.

»Krass! Wegen der Katze?«

»Wer weiß, ob sie es schafft«, keuchte Knoppke. »Wir hätten schneller sein müssen.«

»Hey, du warst großartig«, sagte Sam und ging in die Hocke. »Wenn du sie nicht entdeckt hättest, wär sie jetzt bestimmt schon tot. Und by the way: Die Tränen stehen dir ausgezeichnet, lass einfach laufen.« Sam grinste und setzte sich zu ihm ins Gras. »Willkommen in der Gegenwart, Knoppke. All you need is now!«

Knoppke zog seinen Oberkörper hoch und sah sie verblüfft an. Manchmal war ihm die Kleine unheimlich mit ihren Weisheiten.

»Bier?«, fragte Sam.

»Bier«, sagte Knoppke.

Sie tranken die Dosen zügig leer und sahen dem Tag dabei zu, wie er verschwand.

»Ich wünschte, ich hätte für Diego auch etwas empfunden.« Mit diesen Worten brach Knoppke die Stille der Dunkelheit, seine Stimme hatte wieder an Stabilität gewonnen. Seine Arme hatte er um die Knie geschlungen, und er blickte in die hereinbrechende Nacht.

»Diego? Who the fuck is Diego?«

»Diego war der lustigste Hund, den ich kannte. Der lustigste Hund, den ich nicht kannte. Scheiße!«

Sam sah ihn irritiert an.

»Er war ungefähr so groß«, sagte Knoppke und hob seine Hände, als wollte er zeigen, wie knapp ein guter Stürmer am Tor vorbeigeschossen hat. »Er war ganz weiß und fransig wie ein Schafsfell, nur seine Nase und seine Augen waren schwarz. Und dann hatte er noch diese dunkle Fellstelle um das rechte Auge herum wie eine viel zu große Augenklappe.«

»Wie eine viel zu große Augenklappe«, murmelte Sam vor sich hin. »Klingt doch süß«, sagte sie etwas lauter. »Wieso mochtest du ihn nicht, den kleinen Piraten?«

Knoppke stierte dorthin, wo er längst nicht mehr hinwollte: ins Nichts. »Diego war Chelseas Hund«, begann er zu erzählen. »Sie hatte ihn schon, als wir zusammenkamen. Ich habe in ihm immer nur einen Störenfried gesehen, mich nie wirklich mit ihm beschäftigt – nur er sich mit mir, und ich blieb stur. Er hatte keine Chance, der kleine Kerl. Dabei war er doch so arm. Ein spanischer Straßenhund, den Chelsea von den Kanaren mitgebracht hatte, als er noch ganz klein war und schon ziemlich kaputt gewesen sein muss.«

Sam musterte Knoppke von unten bis oben und dann wieder zurück. »Ein Hund würde dir super stehen. Du bist voll der Hundetyp, Hashtag Männerliebe.«

»Findest du? Na ja, für Diego ist es nun zu spät. Er kam im April unter die Räder, und ich ...« Knoppke stockte. »Ich bin womöglich schuld. Ich kann mich einfach nicht erinnern, ob ich es war, der das Gartentor offen gelassen hat. Daran muss man sich doch erinnern!«

Sam legte ihren Arm um Knoppkes Schulter. Im Hintergrund trillerte ein Auerhahn, der klang, als wäre er bei der Balz übrig geblieben. »Jetzt mach dich nicht so fertig. Unfälle sind scheiße, Unfälle passieren.«

Knoppke nickte. »Diego hätte auf jeden Fall etwas Besseres verdient als Chelsea. Wie die den immer behandelt hat, wie ein Püppchen! Im Winter hat sie ihm einen Ganzkörperanzug gestrickt. Mit Herzchen drauf, kannst du dir das vorstellen?«

Sam grinste. »Lieber nicht.«

»Wie gut, dass ich jetzt auf ihn aufpasse«, murmelte Knoppke. Er griff in die Innentasche seiner Lederjacke, fummelte die ovale Silberdose heraus und klappte den Deckel auf. Seine Augen glänzten, als er auf die Asche blickte, und Knoppke dachte, da bist du ja.

»Ist es das, was ich denke?« Sam sprang auf und entfernte sich ein paar Schritte von ihm. »Du fährst den toten Hund deiner Freundin spazieren? Das ist voll krank, Knoppke!«

»Jetzt komm mal wieder runter.«

»Ich will aber nicht runterkommen! Krass, jetzt sehe ich es erst. Ist das nicht deine Schnupftabakdose? Das ist doch deine Schnupftabakdose! Scheiße, Knoppke, weißt du eigentlich, was du am Lagerfeuer getan hast?« Sam legte ihre Hände auf ihren Hinterkopf.

»Das war, ähm, ein Versehen. Sorry, alter Knabe!«

»Das glaub ich jetzt echt nicht.«

Knoppke zuckte mit den Schultern.

Als Sam sich wieder beruhigt und sich nach dreimaligem Bitten zu ihm gesetzt hatte, erzählte Knoppke ihr die ganze Geschichte. Als er fertig war, sagte Sam mit gefasstem Ton: »Du musst ihn ihr zurückgeben. Sosehr du Chelsea gerade hasst – was ich gut verstehen kann –, aber Diego lag ihr am Herzen, also sollte sie entscheiden, was mit der Asche passiert.«

Knoppke dippte seinen Finger in die Dose.

»Und auf keinen Fall sollte erneut ein Teil von ihm in deiner Nase landen!«

»Ich bleibe dabei«, sagte Knoppke. »Diego soll hier auf der Insel seine Ruhe finden und nicht dort, wo man ihn getreten und verstoßen hat!«

»Mensch, Knoppke, Chelsea will ihn lediglich dorthin zurückbringen, wo sein Ursprung ist. Das ist doch eine schöne Geste.«

»Der Jack Russell Terrier kommt ursprünglich aus Großbritannien und nicht aus Spanien. Ein Pfarrer und Hundezüchter namens Russell hat die Rasse im frühen 19. Jahrhundert begründet. Hashtag thereyouhaveit!«

»Ach, und das gibt dir das Recht, über Diegos Überreste zu verfügen? Ich glaube, es hackt!« Sams Nase pulsierte wie die eines Baby-Drachen. »Und überhaupt: Machst du jetzt einen auf Wikipedia oder was?«

»Wikiwas?«

»Ach, vergiss es«, sagte Sam und verschränkte ihre Arme. »Du wirst Chelsea die Asche zurückbringen. Diego war ihr Hund, und dass du dich um ihn kümmern willst, wenn es zu spät dafür ist, das ist mal wieder typisch!«

»Das werden wir ja sehen. Wenn ich die richtige Stelle

gefunden habe, lasse ich ihn ziehen. Darauf kannst du dich verlassen. Blowing in the wind, you know?«

Knoppke stand auf, um den Hügel hinabzusteigen. Ein paar Meter dahinter folgte Sam, und irgendwie hatte er das Gefühl, als zeigte sie ihm den Mittelfinger. Oder sogar zwei.

14) Geistesblitze sind eine faszinierende Sache, hin und wieder hatte auch Knoppke das Vergnügen. Aber einen wie letzte Nacht hatte er noch nie gehabt, der war im doppelten Sinne bemerkenswert. Es ist ja nun mal so, dass Geistesblitze mit Blitz und Donner nichts zu tun haben. In diesem Fall aber schon, denn von einem Moment auf den anderen saß Knoppke senkrecht in seinem Bett in dem plüschigen B&B, das sie in der Nähe von Stirling entdeckt hatten. Aufgeschreckt durch ein heftiges Gewitter, war der Tiefschläfer sofort hellwach, und sein erster Gedanke hatte nichts mit dem Wetter, mit Sam oder Chelsea zu tun, sein erster Gedanke war die Antwort auf die Frage, wohin nur mit Diego.

Loch Lomond gilt nicht nur als schönster See Schottlands, er ist auch der größte. Fast wie ein Meer, dachte Knoppke um drei Uhr nachts, nur nicht in Spanien, sondern in Großbritannien. Er erinnerte sich daran, wie gern Diego im Wasser geplanscht hatte, wie er mit heraushängender Zunge in den Feringasee gesprungen war, um sich hinterher beherzt trocken zu schütteln. Neben Knoppke, versteht sich. Am Loch Lomond sollte er seine Freiheit zurückbekommen, Loch Lomond war die Lösung.

Knoppke war begeistert von dem menschlichen Gehirn, wie es sich die Dinge zusammenschustert, wenn man nicht krampfhaft darum bittet. Gestern hatte er mal wieder sein Handy angeschaltet. Chelseas SMS-Terror hatte er ignoriert, die verpassten Anrufe auch, nur den einen, von Doug, den hatte Knoppke ernst genommen. Als er den Mechaniker zurückgerufen und dieser ihm fröhlich verkündet hatte, dass sein Ford Transit wieder fahrtüchtig sei, da kamen die Männer ein wenig ins Plaudern. Was Sam und er erlebt hätten, wollte Doug wissen, und dass sie sich unbedingt noch Loch Lomond anschauen müssten, wenn sie schon in der Gegend seien. Auf ein paar Tage käme es nicht an, von Dorothy fehlte noch immer jede Spur. »Jede Stunde zählt«, hatte Doug gesagt, in seiner Stimme lag theatralisches Mitgefühl. Knoppke hatte geschwiegen und sich geschämt.

Nun kam das Knoppke-Gehirn ins Spiel, und zwar gewaltig. Es hatte sich den Tipp von Doug gemerkt, der sich verblüffenderweise mit dem Ratschlag von Rodina Messy deckte, an den er sich ebenfalls erinnerte, und auf wundersame Weise verknüpfte es Loch Lomond mit dem Diego-Problem, ausgerechnet bei den Donnern und Blitzen dieser zerrissenen Nacht.

Zerrissen war auch das Netzhemd, das Sam über ihrem schräg geschnittenen Shirt trug, als sie am Westufer des Sees standen und auf ihr Ruderboot warteten.

»Ein Fischernetz, wie praktisch«, war Knoppkes erster Kommentar. »Du weißt aber schon, dass es dafür zu löchrig ist. Den einzigen Fang, den du damit machen wirst, sind ungenießbare Jungs.«

Sam gähnte ihn an, es war neun Uhr morgens. »Wann

checkst du's endlich, alter Mann, das nennt sich Cut-out-Style. Und im Gegensatz zu dir klammere ich mich nicht an die Mode aus dem letzten Jahrtausend. Mal ehrlich, wie lange trägst du diese olle Lederjacke schon?«

Knoppke kratzte sich am Bauch und überlegte. Da er Sam keinesfalls recht geben wollte, weil sein Lieblingsteil womöglich älter war als sie, verweigerte er ihr die Antwort.

»Ein Wunder, dass sie dir noch passt«, fuhr Sam fort. »Den Bauch hattest du beim Kauf bestimmt noch nicht. Wie viel DM musstest du dafür hinblättern?«

»Für den Bauch? Der war teuer.«

»Für die Jacke, du Clown!«

Knoppke winkte ab und ließ sie reden. Dass die rote Lederjacke ein Geschenk war, verschwieg er ihr ebenso wie die Tatsache, dass er den Reißverschluss vorne schon seit Jahren nicht mehr schließen konnte.

Inzwischen war auch das Boot am Start, ein junger Verleiher mit Vollbart hatte es vorbereitet und half den beiden beim Einsteigen. Sam ging er dabei mit viel mehr Körpereinsatz zur Hand als Knoppke, und dieser dachte, Cut-out wirkt!

Und dann ruderte Knoppke, er ruderte wie ein Leistungssportler, und weder das Ziehen in den Oberarmen noch das Schwärmen von Sam für den Aushilfsjobber konnten seine Freude trüben. So schaukelten sie durch ein Idyll in der Morgensonne, das friedlicher war als alles, was sie bisher auf der Insel erlebt hatten. Selbst gestern, als sie Loch Lomond und den Nationalpark zunächst mit Matilda und dann zu Fuß erkundet hatten, erschloss sich ihnen der Zauber dieser Region nur bedingt, womöglich weil der Nebel das Einzige war, das sie vor Augen hatten. Nun aber spiegelten sich wenige Wolken im klaren Wasser, der See so weit, die Hügel so grün, Doug hatte wahrlich nicht zu viel versprochen.

Da sich Knoppke zunächst einen Überblick über den Ort verschaffen wollte, in dem sich ihr Campingplatz befand, steuerte er das Boot recht nah am Ufer entlang in Richtung Norden. Luss, so hieß das Kaff, hatte Knoppke auf Anhieb gefallen. Bestimmt auch deshalb, weil es auf den gälischen Begriff für Kraut zurückging, wie Sam ihm von ihrem iPhone vorgelesen hatte. »Krauts welcome!«, hatte Knoppke erwidert, so müsste man hier die Touristen empfangen.

Und als er so dahinschipperte, über dieses und jenes staunte und grundsätzlich bester Laune war, da begann er plötzlich zu halluzinieren. Zunächst dachte Knoppke, was stimmt nicht mit meinen Augen, dann dachte er, so beginnt der Wahnsinn, dann dachte Knoppke, gleich höre ich Stimmen, dann dachte er, scheiße, Chelsea!

Die blond gelockten Haare waren das Erste, das er erkannte, und anders als beim letzten Mal hingen sie richtig herum. Auch was er darunter sah, kam ihm auf Anhieb vertraut vor, weil es zu Chelsea passte wie zerrissene Klamotten zu Sam. Seine Noch-Freundin steckte in einem dieser Bademäntel, mit denen Wellness-Menschen verschmolzen zu sein scheinen, dazu weiße Schlappen, die nie richtig passen. So stand sie im Sandstrand vor einem dezent geduckten Hotelkomplex und streckte die Arme in die Luft. Soweit Knoppke das erkennen konnte, hatte sie die Augen geschlossen.

Er bekam es mit der Panik zu tun, wie zur Hölle hatte sie ihn gefunden? Knoppke riss das Ruder herum und wollte gegensteuern, weg vom Ufer, raus auf den See, irgendwohin. Doch seine hektischen Bewegungen, die unkoordinierter nicht hätten sein können, bewirkten nur das Gegenteil. Sein Boot schwappte zum Ufer, es drehte sich seitlich, was Sam die Spitze entlockte: »Cooler Move, Knoppke!«

Aber Knoppke war nicht in Stimmung für Späße, er kämpfte gegen die Wasserkräfte und die Dämonen seines Lebens. Um seinen kürzlich erlangten Frieden kämpfte er am meisten.

Dass er schließlich kapitulierte und Chelsea sozusagen in die Arme schipperte, lag an dem pinkesten Pink, das je auf seiner Netzhaut für Verstörung bei den Zellen gesorgt hatte. Den Anblick würde er nie vergessen. Als Chelsea ihren Bademantel öffnete, um das fluffige Teil fallen zu lassen, da stellte Knoppke das Rudern ein. Geblendet von der bemerkenswertesten Badeanzugsfarbe, die er je gesehen hatte, überrumpelt von dem spontanen Striptease und auch ein bisschen fasziniert von dem Chelseakörper, dessen Rundungen er schon immer gut fand, vor allem die im oberen Drittel, verfiel Knoppke in eine Schockstarre, aus der er nicht mehr herausfand. Erst als Chelsea schrie und Sam es ihr gleichtat, da war er wieder bei sich. Da wurde ihm bewusst, dass auch er schrie.

Als Erstes reagierte Chelsea. Die zornige Nixe stapfte ins Wasser, um das Boot direkt zu entern. Sie klammerte sich an die Backbordseite und zog sich zu den beiden Insassen ins Trockene. »Hab ich dich, du Schuft!« Während Knoppke auf das tropfende obere Drittel glotzte und Sam irgendwas mit »hossa«, »wow« und »kennst du die?« stammelte, war Chelsea nicht zu bremsen: »Hätte nicht gedacht, dass die Suche so einfach wird, aber bitte, der Mann war ja immer eher so der Unkomplizierte.«

Während Chelsea auf der Holzbank neben Sam Platz nahm, was das Boot kurzzeitig ins Wanken brachte, warfen sich Knoppke und Sam ratlose Blicke zu. »Worauf wartest du noch? Können wir dann bitte losfahren? Das wird bestimmt lustig«, keifte Chelsea und hüllte sich in Handtücher und Decken, die sie auf dem Boden neben Sams Tasche gefunden hatte. Knoppke, verdutzt, wie er war, griff zu den Rudern und zog kräftig durch. Ihm schwante nichts Gutes, im Gegenteil, er hatte das dumpfe Gefühl, dass dieser Morgen kein sonniges Ende nehmen würde.

Dass diese Reise kein sonniges Ende nehmen würde.

Dass diese Beziehung kein sonniges Ende nehmen würde.

Dann aber dachte er, wer braucht schon etwas Sonniges, wenn er ein Ende hat?

Und dann ruderte er, als wäre dies ein vergnüglicher Sonntagsausflug und kein Höllentrip ins Ungewisse. Als sie ein Stück weiter draußen waren und sich der See ihnen in all seiner Größe offenbarte, war es erneut Chelsea, die das Wort ergriff.

»Ein hübscher Fleck Erde, hätte ich nicht gedacht. So friedlich und ruhig. Ganz so, wie es der Mann mag. Einen Scheiß geb ich auf deinen Frieden, Knoppke! Und was Sie betrifft, Fräulein, sind Sie dafür nicht viel zu jung?« Sie drehte sich ruckartig zu ihr.

Sam: »Wofür soll ich zu jung sein?«

Chelsea: »Na, für diese Langeweile. Für dieses Nichts, das er Ihnen bietet.«

Sam: »Jetzt weiß ich, wer Sie sind. Krass! Sie sind genau so, wie ich Sie mir vorgestellt habe.«

Chelsea: »Oh, interessant! Mir hat er nämlich nicht erzählt, dass seine Reisebegleitung ein Flittchen ist.«

Knoppke: »Sie ist kein ...«

Sam: »Im Gegensatz zu Ihnen springe ich nicht gleich mit jedem Mann in die Kiste, wenn sich die Gelegenheit bietet.«

Knoppke: »Sam, lass ...«

Chelsea: »Unverschämtheit!«

Sam: »Und wenn wir schon dabei sind. Sie haben Knoppke gar nicht verdient!«

Knoppke: »Nun ist aber gut ...«

Chelsea: »Ach, und das können Sie beurteilen? Wer sind Sie überhaupt, Sie junges Ding?«

Sam: »Besser ein junges Ding als eine alte Schachtel.«

Knoppke: »Kinder, bitte ...«

Was dann geschah, hätte Knoppke im Leben nicht erwartet, und erneut zog er eine Halluzination in Betracht, aber nur für einen Moment. Als er das Wasser im Gesicht spürte, das beim Eintauchen der Frauen in die Luft spritzte, war er klarer bei Verstand als jemals zuvor. Vorsichtig stand er auf und blickte neben das Boot. Im Wasser rangelten Chelsea und Sam, ein Bild für die Göttinnen, und Knoppke dachte, gibt's doch gar nicht. Eine nach der anderen zog er nun an Bord, er packte richtig zu, sanft war anders.

Wie zwei mies gelaunte Otter saßen die beiden vor ihm, eingehüllt in Handtücher und schlechte Aura.

Knoppke: »Schluss mit dem Scheiß! Am besten, wir fangen noch mal ganz von vorne an. Sam, das ist Chelsea. Chelsea, das ist Sam. Sam und ich reisen zusammen, mehr nicht, kapiert?«

Chelsea: »Wer ist Chelsea?«

Sam: »Silvi, das ist Chelsea. Chelsea, das ist Silvi.«

Chelsea: »Ihr habt sie doch nicht mehr alle!«

Knoppke: »Du etwa? Ich kann es immer noch nicht glauben, dass du mir hierhergefolgt bist. Nicht einmal im hohen Norden hab ich meine Ruhe vor dir. Wie hast du mich überhaupt gefunden?«

Chelsea: »Lange Geschichte.«

Sam: »Blablabla.«

Knoppke: »Sam, lass sie gefälligst erzählen! Wir haben Zeit, viel Zeit.« Er packte die Ruder ins Boot und verschränkte die Arme. Er war ehrlich gespannt auf Chelseas Geschichte, auch wenn er wusste, dass es schwer zu verstehen sein würde, was Chelsea von sich gab. Sie war eine schlechte Erzählerin, aber sie hielt sich für die beste.

Chelsea: »Der entscheidende Tipp kam von Rodina, eine quirlige Erscheinung, o mein Gott! Etwas zu quirlig vielleicht, aber nicht uninteressant. Sie ist übrigens ziemlich sauer auf dich, weil du mich in deinem Reisebericht nicht erwähnt hast.«

Sam: »Wer ist Rodina? Welcher Reisebericht?«

Chelsea: »Da fragst du am besten Knoppke. Der Mann ist ja immer soooo geheimnisvoll. Stille Wasser sind tief. Ivanca wusste das von Anfang an.«

Knoppke zündete sich eine Fluppe an. Die Gedanken an Rodina und ihren Artikel machten ihn nervös. Die Gedanken an Rodina, ihren Artikel und Ivanca machten ihn nervöser.

Sam: »Wer ist Ivanca?«

Chelsea: »Meine beste Freundin. Eine Freundin, die mich nie beklauen und hintergehen würde, im Gegensatz zu einer gewissen Person hier im Boot. Außerdem ist sie die Königin im Zumba und weiß alles über Historienfilme von der BBC. Hach, meine Ivanca.«

Sam: »Okay, ich bin raus. Das wird mir jetzt zu schräg!«

Chelsea: »Bitte, dann geh doch! Oder soll ich sagen: Schwimm doch!«

Knoppke: »Herrgott noch mal, bleib bitte bei der Sache!«

Chelsea: »Schon gut, schon gut, der Mann ist immer so ungeduldig. Und wenn ich immer sage, dann meine ich immer.«

Knoppke: »Ich lass uns alle absaufen, ich schwör's!«

Chelsea: »Rodina, so weit waren wir, hat mich hierhergeschickt. Sie meinte, sie hätte zwar keine Ahnung, wo genau du dich herumtreibst, aber die Gegend hier hätte sie dir bei eurem Treffen in der Bar ans Herz gelegt. Sonst hörst du ja nie auf Frauen, diesmal scheinbar schon, Glück gehabt!«

Knoppke: »O ja, lucky me.«

Chelsea: »Als sie mir vom Westufer vorgeschwärmt hat, hab ich mich gleich in der besten Lodge einquartiert, die Luss zu bieten hat. Eigentlich wollte ich heute die Gegend abklappern, aber dass du mir schon vor dem Frühstück in die Arme ruderst, das ist ja fast schon wieder romantisch.«

Sam: »Bam!«

Knoppke verfluchte sich. Er verfluchte sich in vielerlei Hinsicht. Dann fragte er sich, warum Rodina Chelsea geholfen hatte. Sie hatten sich doch gut verstanden, nun ja, bis zu seiner Abfuhr, und Knoppke dachte, Weiber!

Knoppke: »Und wie bist du auf den Artikel gestoßen?«

Sam: »Von dem du mir nichts erzählt hast, Hashtag bytheway.«

Chelsea: »Spricht die immer so?«

Knoppke: »Bitte, Chelsea, antworte mir.«

Chelsea: »Das, mein Lieber, habe ich dir zu verdanken, dir und deinem nächtlichen Mitteilungsdrang. Ich habe ja selten mehr als eine SMS von dir bekommen, aber dass du neulich gleich fünfmal hintereinander konntest, alle Achtung!«

Knoppke kratzte sich am Kopf.

Sam sah ihn ratlos an.

Chelsea: »Okay, vielleicht sollte ich dazu sagen, dass die Nachrichten gar nicht an mich, sondern an Grätschi gehen sollten. Gelesen habe ich trotzdem gerne, dass du bei gelben Damenstrümpfen an deinen Kumpel denken musst!«

Sam: »What the fuck?!«

Knoppke: »Das kannst du laut sagen.«

Chelsea: »Und mal ehrlich, bist du nicht selber schuld, wenn du statt Grätschi mich als Empfänger wählst?«

Sam: »Moment mal, du hast keinen Eintrag zwischen C und G?«

Knoppke: »Nix, dazwischen ist nix.«

Sam: »So wenig Freunde?«

Knoppke: »Weiter jetzt!«

Chelsea: »Ja nun, äußerst hilfreich war dann auch, dass du das Interview erwähnt hattest. Interessanter Text, muss ich schon sagen, aber dein Foto, ich weiß ja nicht. Schlecht siehst du darauf aus, so unglücklich und aufgedunsen, als hättest du verdorbene Muscheln gegessen.«

Knoppke: »Mir wird schlecht.«

Sam: »Seekrank?«

Knoppke: »Nein, beziehungskrank.«

Chelsea: »Jedenfalls hat mich dieses Interview zu Rodina geführt, mit der ich erst einmal ein Hühnchen zu rupfen hatte, weil sie dich ja offenbar angegraben hat!«

Sam: »Wird ja immer besser!«

Chelsea: »Tags darauf bin ich nach Inverness gereist. Flug nach Edinburgh, dann mit dem Mietwagen, kinderleicht.«

Knoppke: »Schon klar, wie's weitergeht, danke.«

Chelsea: »Du wolltest es doch wissen! Meine Güte, der Mann ist immer so barsch.«

Knoppke: »Kommen wir zur wichtigsten Frage.«

Sam: »Warum wir noch immer auf dem Scheißsee herumschaukeln? Mir ist kalt.«

Chelsea: »Sind Sie aus Zucker oder was?«

Knoppke: »Ruhe noch eins! Warum bist du hier, Chelsea, was willst du?«

Chelsea: »Was ich will? Fragt der mich doch glatt, was ich will! Ich will Diego, meinen geliebten Diegoschatz, und das weißt du ganz genau.«

Nun war der Zeitpunkt also gekommen, Knoppke spürte das, und er war bereit. Er hatte sich vorbereitet, schon seit gestern. Immer wieder war er in Gedanken die Handlung durchgegangen, und es hatte sich stets gut angefühlt. Aber was nützt der Emo-Stand in Gedanken, es waren Taten, die nun folgen mussten. Knoppke holte Luft, und noch ehe er antworten konnte, stand er auf. Er war etwas wackelig auf den Beinen, als er aus der Innentasche seiner Jacke die Silberdose herausholte. »Diego wird es gut haben«, sagte er und öffnete die Dose. »Am friedlichsten Ort, den es gibt, im schönsten See in seiner Heimat Großbritannien.«

»Nein«, schrie Chelsea und versuchte aufzustehen.

»Nein«, schrie Sam und versuchte das Boot zu stabilisieren.

»Ja«, schrie Knoppke und versuchte erst gar nicht,

sich von irgendwem oder irgendwas aus der Ruhe bringen zu lassen. »Wir müssen alle loslassen lernen!«

Knoppke reckte die Dose in die Höhe und drehte sie um.

Diego war frei.

Da wehte er dahin.

Diegos Asche im Wind.

Aber nur kurz.

Die Windrichtung hatte Knoppke nicht berechnet, da offenbarten sich Mängel in der Vorbereitung. Denn wie es der Luftstrom wollte, zog die Aschewolke nicht auf Knoppkes Seite auf den See hinaus, sondern zum größten Teil ins Boot hinein. In die Gesichter der beiden Frauen.

Sam hustete, Chelsea würgte. Besser mal die Klappe halten, war Knoppkes erster Gedanke, aber dann sah er das volle Ausmaß des Schlamassels, und dann dachte er überhaupt nichts mehr. Er setzte sich wieder hin, blickte in nasse und verstaubte und geschockte und ratlose Gesichter und sagte schließlich: »Er hängt wohl noch sehr an dir.«

»Du blödes Arschloch!«, brüllte Chelsea und strich sich Diegopartikel von ihrem Badeanzug. Tränen kullerten über das eingeäscherte Gesicht, und Knoppke musste an die umgekehrte Glücksträne denken, die um einiges langsamer unterwegs gewesen war als diese hier. Ob es Glück nicht so eilig hatte wie Unglück, dieser Frage wollte er sich später widmen. Jetzt hatte er keine Zeit dafür.

Als Chelsea gerade auf Knoppke losgehen wolte, sie fuhr bereits die Krallen aus, im wahrsten Sinne, ihre Fingernägel waren raubtiertauglich, da war es Sam, die sich lautstark einmischte. »Halt. Stopp! Ganz ruhig«, sagte sie und schob sich balancierend zwischen die beiden. Sie hielt sie auf Abstand, das Boot schaukelte wild.

»Nennen Sie mir einen Grund«, schluchzte Chelsea, »warum ich diesen Oberarsch nicht auf der Stelle erwürgen, vierteilen und den grässlichsten Fischen zum Fraß vorwerfen sollte.«

»Weil«, begann Sam, und Knoppke glaubte zu wissen, dass ihr kein Gegenargument einfallen würde. »Weil«, wiederholte Sam und blickte zu Boden. »Weil das gar nicht Diegos Asche war.«

»Wie bitte?«, sangen Knoppke und Chelsea im Chor. »Das glaub ich jetzt nicht«, fuhr Knoppke fort, und Chelsea sah zuerst ihn und dann Sam an.

Sam, deren Arme vor Kälte zitterten, wandte sich an Knoppke. »Ich konnte nicht zulassen, dass du das tust. Ich hab die Asche umgefüllt, noch an dem Abend, als du mir von Diego erzählt hast. Ich wusste ja, was du vorhattest.« Zu Chelsea sagte sie: »Diego ist in Sicherheit.«

Chelsea: »Womöglich hab ich Sie unterschätzt, junge Frau.«

Knoppke: »Ich fasse es nicht.«

Sam: »Sorry, es ist besser so.«

Chelsea: »Und was haben wir dann eben geschluckt?«

Sam: »Stinknormale Zigarettenasche.«

Chelsea: »Na wunderbar.«

Sam: »Knoppkes stinknormale Zigarettenasche.«

Chelsea: »Wär ja nicht das erste Mal. Seine Wohnung ist ein einziger Aschenbecher.«

Als sich die erhitzten Gemüter beruhigt hatten und die Damenwäsche trocknete, saßen eine geduschte, umgezogene und nicht mehr ganz so pinke Chelsea sowie ein unveränderter Knoppke im Barbereich ihres Hotels und hörten dem Feuer beim Knistern zu. Sam hatte sich zurückgezogen, damit die beiden ungestört reden konnten, außerdem wollte sie »den richtigen Diego« holen, wie sie es formulierte. Chelsea trank Schwarztee, Knoppke einen Single Malt, als ihn seine Freundin mit einem Satz konfrontierte, mit dem er nie und nimmer gerechnet hätte.

»Das mit Frieder tut mir leid«, sagte Chelsea und blickte ihn mit ihren blaugrünen Augen an, »aber manchmal bist du so ...«

»Frieder?«, unterbrach er sie. »Ist das dein Ernst?«

»Lass das, Knoppke, ich versuche mich gerade bei dir zu entschuldigen.«

»Frieders Eltern sollten sich bei ihrem Sohn entschuldigen.« Knoppke drehte sich in seinem Ledersessel von der Feuerstelle weg, um Chelsea frontal gegenüberzusitzen. »Wer ist der Kerl, habt ihr ein Verhältnis? Sag mir die Wahrheit, wie lange geht das schon mit euch?«

»Frieder ist mein Zumba-Lehrer. Es war ein einmaliger Ausrutscher, das musst du mir glauben.« Chelsea versuchte, ihre Hand auf Knoppkes Hand zu legen, aber er schob sie zurück.

»Zumba zumba zumba tätärä!«, murmelte er vor sich hin, aber sein Zynismus erwies sich als Sackgasse. Stattdessen ging Knoppke in die Offensive. »Zwei Tage vor unserem Urlaub, das war echt scheiße von dir!«

Chelsea rang mit den Tränen. »Ich war so einsam in letzter Zeit, und du warst nicht da. Und wenn du da warst, dann warst du gedanklich ganz woanders. Du hast mich doch schon lange nicht mehr beachtet. Mensch, Knoppke, du weißt genau, wann wir das letzte Mal miteinander geschlafen haben.«

Knoppke wusste es nicht. Irgendwann im Sommer, redete er sich ein, allerdings nicht in diesem Sommer. »Und deshalb gehst du gleich mit Frieder in die Kiste?«

»Er war da, verdammt noch mal.« Chelsea wurde lauter und musste ihre Stimme zügeln. »Im Gegensatz zu dir hat er mich getröstet, als das mit Diego passierte. Dich hat das ja nicht interessiert, dich hat ja nie irgendetwas interessiert. Er war einfach nur da für mich. Und dann ist es eben passiert. Und weißt du was? Ich habe geheult beim Sex. Aber nicht vor Glück, sondern wegen Diego, wegen uns, wegen dir. Der Sex hat gutgetan, ja, das hat er. Aber er war bedeutungslos. Kannst du das verstehen?«

Knoppke schluckte. Damit hatte er nicht gerechnet, seine Tränentheorie war hinfällig. Andererseits wollte er sich nie mehr einlullen lassen, also blieb er distanziert. Er wusste genau, dass diese Beziehung schwer zu retten war, und er wollte sich nicht aus dem Moment heraus zu irgendetwas überreden lassen, von dem er selbst nicht überzeugt war. »Irgendwie kann ich dich sogar verstehen, Silvi«, sagte er und wunderte sich noch beim Aussprechen über den Klang ihres Namens, den er so lange nicht mehr in den Mund genommen hatte. »Ich war ein Beziehungsphantom. Irgendwo und irgendwann haben wir uns verloren, falls wir jemals richtig glücklich waren. Waren wir jemals richtig glücklich? Sag du es mir.«

»Aber Brummbär, was redest du da?«

»Sei doch mal ehrlich, Silvi. Du hast dich an Diego und Ivanca geklammert und ich an meine Vergangenheit. Wir haben uns arrangiert, weil ein Leben zu zweit bequemer war.«

»Du wolltest ja nie über deine Vergangenheit reden.«
Silvi lehnte sich zurück und verschränkte ihre Arme.

»Ich weiß«, reagierte Knoppke sofort. »Ich sage ja nicht, dass ich keine Schuld habe. Wir haben beide Schuld, vielleicht hatten wir auch nie eine Chance?«

»Was ist damals in Wuppertal passiert?«, fragte Chelsea und beugte sich zu ihm vor. »Was hat dich so aus der Bahn geworfen? Es wird Zeit, dass du endlich darüber sprichst.«

Knoppke seufzte und holte zwei Gläser Whisky von der Bar. Eines für Chelsea und eines für sich. Dann erzählte er seiner Freundin von Tiffi.

Knoppke erzählte ihr von der Frau, die er ihr gegenüber nie erwähnte, von der Frau, die er so abgöttisch liebte, von der Frau, die ihm den Mut gab, gegen seine Eltern zu rebellieren, von der Frau, die ihn zur Beerdigung seines Großvaters begleitete, von der Frau, mit der er an einem Wochenende siebenundvierzig Stunden und vierzehn Minuten im Bett verbrachte, von der Frau, deren Muttermale auf ihrem Rücken er mit Zahnpasta zur schönsten Sternschnuppe verband, die je in Wuppertal gesichtet wurde, von der Frau, die ihm wichtiger war als der WM-Titel 1990, von der Frau, die für ihn alle Spielernamen des WSV auswendig lernte, von der Frau, die bei Zungenküssen immer kichern musste, von der Frau, die beim Sex öfter kam als er, von der Frau, die das beste Kartoffelpüree der Welt kochte, von der Frau, die Bierflaschen mit ihrem Lippenstift öffnete, von der Frau, die das Edelste aus ihm herausholte, von der Frau, die ihn nie schonte, von der Frau, die er glaubte, schon ewig zu kennen, von der Frau, die ihm das Herz brach, von der Frau, die einem anderen versprochen war, von der Frau, um die er nicht kämpfte, von der Frau, die er verlor, von der Frau, die ihn aus der Umlaufbahn warf, von der Frau, die ihm den Fußball nahm, von der Frau, wegen der er nach München musste, von der Frau, wegen der er die Gefühle einstellte, von der Frau, für die er noch immer etwas empfand, von der einzigen Frau, die er je geliebt hatte.

Das alles erzählte Knoppke seiner Freundin, und als er den Vortrag nach einer halben Stunde beendet hatte, da schwieg Chelsea einfach weiter. Sie schwieg so leidenschaftlich, wie Knoppke gesprochen hatte. Eine weitere Whisky-Runde schwiegen sie sich an, bis Chelsea irgendwann aufstand, ihn ansah und sagte: »Na, wenn das so ist.«

Und dann ging die Frau, die noch nie so wenig erwidert hatte, und kurz darauf ging auch der Mann, der noch nie so viel zu sagen hatte, und das Feuer, das sie bis eben noch wärmte, war erloschen.

Kein Knistern.

Nur noch Asche.

Am nächsten Morgen trennten sich die Wege der drei Touristen, und es wäre eine gottverdammte Lüge zu behaupten, mit der Entscheidung wäre jeder glücklich gewesen. Chelsea vielleicht noch am ehesten. Sichtlich gezeichnet von der überraschenden Offenheit ihres Freundes, manche bevorzugen den Begriff Demütigung, kündigte sie an, ein paar Tage Urlaub dranzuhängen. Ihr gefalle es hier, und Knoppke dachte, da schau her!

Sie nahm die Nivea-Dose, in die Sam Diegos Asche gefüllt hatte, und verabschiedete sich von den beiden. »Danke, junge Frau, danke vielmals«, sagte sie und reichte

Sam die Hand. »Und du, Knoppke, bring zu Ende, was du begonnen hast. Wir sehen uns dann in München. Und wehe, du vergisst, mir meinen Schmuck zurückzugeben. Dann hetze ich dir die Kleine hier auf den Hals.«

Mit »der Kleinen«, wie er Sam lange nicht genannt hatte, hatte Knoppke noch ein Hühnchen zu rupfen. Als Chelsea sich zurückgezogen hatte, sagte er Sam, wie enttäuscht er von ihr war. »Dass du mir so in den Rücken fällst, das hätte ich echt nicht von dir gedacht.«

»Jetzt komm mal wieder runter. Du weißt genau, dass es besser ist, wie es ist«, entgegnete Sam. »Und war es nicht mein Move, der dazu geführt hat, dass ihr euch endlich ausgesprochen habt? Eben. Gern geschehen.«

»Du fühlst dich wohl besonders toll, wie?«

»Ging mir schon mal schlechter, Hashtag lovemylife.« Sam grinste, und Knoppke schüttelte den Kopf. Dann grinste er mit, er konnte gar nicht anders.

Beim Kaffee auf dem Campingplatz erklärte er Sam, dass es für ihn noch eine Sache zu tun gebe, bevor sie Matilda am Ende der Woche zu Doug bringen würden, und die müsse er alleine machen. »Für einen gelungenen Reboot«, sagte er und eröffnete ihr seine Pläne, den Ben Nevis besteigen zu wollen. »Der höchste Berg der Insel, ich muss da rauf. Seit ich ihn in Fort William aus der Nähe gesehen habe, muss ich da rauf. Jetzt ist der Zeitpunkt gekommen. Kopf frei kriegen, frische Gedanken, du weißt schon.«

»Ein Mann muss tun, was ein Mann tun muss?«

»Wie auch immer«, sagte Knoppke und zündete sich eine Fluppe an, »Ben Nevis ruft!«

»Heißt das, wir fahren noch mal nach Fort William?«

»Wenn das für dich okay wäre.«

»Cool! Ich werde gleich Brittany kontaktieren, vielleicht ist sie ja noch in der Gegend.«

»Das war Blondie aus Cleveland, richtig? Die Frau, die unbedingt in die ›Rock and Roll Hall of Fame‹ möchte, ich erinnere mich. Toughes Mädchen!«

»Kann aber sein, dass sie nichts mehr von mir wissen will. Du hast ihr im Drogenrausch gezeigt, wie man sich Schnupftabak reinzieht.«

Knoppke hob die linke Augenbraue. »Hat sie etwa auch?«

»Sie hat. Und die Niesattacke wird sie nie vergessen.«

»Verdammt!«

15) Unvergesslich können auch Déjà-vus sein, vorausgesetzt, sie taugen was, es gibt ja solche und solche. Das Besondere an einem lupenreinen Déjà-vu ist, dass man fest davon überzeugt ist, etwas schon mal erlebt zu haben, und dass man auch bei größter Anstrengung nicht dahinterkommt, wo und wann das war. Dass man das Gefühl hat, etwas Magisches geht hier vor.

Als Knoppke den Regenbogen sah, hatte er so etwas Ähnliches wie ein Déjà-vu, allerdings konnte er sich noch genau daran erinnern, warum er sich erinnerte. Mit seinem Großvater war er hin und wieder wandern gewesen, gemeinsam hatten sie alle Erhebungen bestiegen, die das Bergische Land zu bieten hat. Zugegeben, für jemanden, der aus Bayern kommt, aus Österreich oder der Schweiz, sind die Homert bei Gummersbach und der Unnenberg bei Marienheide Übungshügel für Ski-Zwergerl. Wem aber nun mal keine Zugspitze, kein Großglockner und kein Matterhorn die Sicht versperrt, der ist auch für eine Homert dankbar. Knoppke war stets dankbar gewesen, mit seinem Großvater Ausflüge zu machen, und einer davon ist ihm bis heute in Erinnerung geblieben. Es geschah beim Aufstieg zur Silberkuhle, als sich vor Knoppke der herrlichste Regenbogen präsentierte, den er je bestaunen durfte, und er und sein Großvater hatten das Gefühl, sie wanderten direkt hinein.

Nun war der Ben Nevis in den Highlands auf jeden Fall steiler und imposanter als die Silberkuhle im Oberbergischen Kreis, da braucht man nicht erst Google zu bemühen. Seit fünf Stunden war Knoppke bereits unterwegs, den Kopf in den Wolken, die Nase im Eiswind, und keine Regentropfen dieser Welt würden ihn davon abhalten, den Gipfel zu erklimmen.

Aber dann war da dieser Regenbogen, er hatte den Eindruck, er wandere direkt hinein, hinein in sein Déjàvu, und als der Regenbogen sich mitsamt dem Nebel in Luft auflöste, war da zwar kein Eimer Gold, aber ein Klavier. Knoppke wollte es zunächst auch nicht glauben, aber mitten am Berghang, knapp unterhalb des Gipfels, in eintausenddreihundert Meter Höhe, wuchs die Ruine eines Klaviers aus dem nasskalten Boden. Abseits der Touristenpfade, womöglich wirklich am Ende des Regenbogens, wer wusste das schon? Und damit fingen sie an, die Probleme, das kann man sich denken.

Eine mächtige Kraft zog Knoppke zu dem Fundstück, einige Tasten fehlten, das sah er sofort. Das Klavier muss schon länger hier herumstehen, dachte er und staunte. Das Holz war verwaschen und erdig, der Korpus hatte sich ein Stück in den Boden gedrückt. Knoppke musste in die Hocke gehen, aber das war es ihm wert. Mit zitt-

rigen Beinen stand er da und erinnerte sich an die Lieder, die ihm sein Großvater in Vohwinkel beigebracht
hatte. Ohne lästige Gedanken, im Zustand des reinen Bewusstseins, legte Knoppke seine klammen Finger auf das
schwarz-weiße Ensemble, und dann spielte er »Stairway
to Heaven«. Der Klang war eine Katastrophe, Led Zeppelin würden ihn dafür in die Hölle prügeln, aber Knoppke
war selig wie lange nicht. Auf dem Barometer der Gefühle ganz weit oben, Emo-Stand 10, das war Rekord!
Wie in Trance bediente er das Instrument, dem das hohe
C und mehrere Fis fehlten. Doch er bestieg die Treppe
zum Himmel, immer weiter, immer lauter. Und merkte
nicht, dass ihm der Boden unter den Füßen entglitt. Aus
dem Gleiten wurde Rutschen, aus dem Rutschen wurde
Schlittern, das Klavier verstummte, Gestrüpp und Felsen
schossen an ihm vorbei, und seine Hände griffen ins
Nichts.

Knoppke fiel, er fiel viel zu lang, schließlich ein
Schlag, dann kamen die Bilder. Bilder, die ihm durch den
Schädel flimmerten wie Kopfkino mit analoger Projektion. Es lief eine Dokumentation, rückwärts erzählt wie
von einem überambitionierten Filmhochschüler, und
Knoppke dachte, das bin ja ich, bevor er Bilder eines himmelblauen Bullis sah, der in einer Horde Kühe feststeckte,
die lustige Frisuren trugen. Er erblickte Landschaften
mit magischem Licht, Umrisse einer fluchenden Frau,
der er eine Blutwurst unter die Nase hielt, dann senkte
sich ein Vorhang aus gold gelocktem Haar, und Knoppke
sah jubelnde Menschen in der Münchner Arena, blaue
Fans, die völlig aus dem Häuschen waren, die sich umarmten, auszogen, niederknutschten, alles.

Das Glück der anderen war das Letzte, das er sah, bevor es um ihn herum schwarz wurde, und fast kam es Knoppke so vor, als würde am Rande seines Blickfeldes noch einmal ein Regenbogen aufblitzen, der schönste, den er je gesehen hatte, in den Farben seines Lieblingsvereins.

Dann verlor Knoppke das Bewusstsein, und seine Reise war zu Ende.

ENDE

PS: Niemand, allen voran Knoppke, wäre mit diesem Versuch von einem Schluss einverstanden gewesen, so durfte es nicht zu Ende gehen. Er war gerade mit sich ins Reine gekommen, hatte Probleme gelöst und Mut gefasst. Seine Geschichte musste weitergehen, alles andere wäre fatal. Und überhaupt: Welche Story endet denn mit dem Prolog? Eben. Zurück in die Schlucht, neuer Anlauf.

Am Anfang war die Stimme. Eine Stimme wie aus dem Radio, und weil Knoppke zu nichts anderem fähig war, als zuzuhören, lauschte er dieser Stimme, er lauschte ihr ganz genau. Eindeutig eine Frauenstimme, dachte Knoppke, so jung und sinnlich und irgendwie naiv, dennoch hatte sie diese Reife, die nur selbstbewusste Menschen haben. Vielleicht etwas hektisch, hin und wieder schluchzend, formte die Stimme Worte, die keinen Sinn ergaben. Zumindest für ihn.

Knoppke verstand »Gott«, und er dachte, jetzt schon? Er verstand »Scheiße«, und er dachte, so schlimm gleich? Er verstand »Hilfe«, und er dachte, meine Rede. Sosehr er sich auch Mühe gab, einen Hauch von alledem zu kapieren, des Rätsels Lösung lag in weiter Ferne. Er hatte keine Ahnung, was das hier sollte, ob er war und wenn ja, wo?

Schwarz war es noch immer um ihn herum, außerdem waren da diese Schmerzen, nicht nur im Knie, überall. Sein Schädel drohte zu zerbersten, die Hüfte brannte, die Arme konnte er überhaupt nicht bewegen. Knoppke wusste weder, wo er war, noch, was passiert war, nur auf die Frage nach dem Wer bekam er peu à peu eine leise Ahnung. Auch deshalb, weil ihm die Stimme auf die Sprünge half. »Sam« hörte er heraus, immer wieder »Sam«, auch »Knoppke« fiel und: »Ich bin ja bei dir.« Und allmählich, ziemlich zäh und furchtbar langsam, verstand er immer mehr.

Immer mehr Wörter.

Immer mehr Wörter, die sich zu Sätzen verknüpften.

Immer mehr Wörter, die sich zu Sätzen verknüpften, die Sinn ergaben.

Sinnvolle Sätze, zumindest ein bisschen.

»Hilfe ist unterwegs«, sagte die Stimme, und Knoppke dachte, kann nicht schaden.

»Was machst du auch für Sachen?«, fragte die Stimme, und Knoppke dachte, sag du es mir.

Da lag er also im schwarzen Irgendwo und hörte Sams Stimme, die Frau, die ihn ins Leben zurückgeholt hatte, daran erinnerte er sich vage. Aber was genau war das Leben? War er noch am Leben? Warum war alles schwarz?

Knoppke wollte reden, aber es ging nicht. Er spürte Finger, die ihm durchs Gesicht strichen, er hörte das Knistern seines Bartes, und dann spürte er, wie eine Träne auf seine Wange tropfte. Ihre Träne. Und noch eine.

»Du kannst nicht gehen, hörst du? Ich hab dich doch

eben erst gefunden.« Noch eine Träne. »Ich will dir noch so viel erzählen, Dad.«

Knoppke glaubte sich verhört zu haben.

Also doch ein Traum, das Jenseits, irgendwas.

Er versuchte, sich bemerkbar zu machen, sich irgendwie herauszureißen oder zu brüllen, um aufzuwachen aus diesem trügerischen Elend. Vergeblich.

»Ich weiß, es war nicht richtig, dir so lange nichts zu sagen. Aber ich wollte dich doch einfach nur kennenlernen, ohne Stress, ohne Verpflichtung. Scheiße, Knoppke, es tut mir so leid! Halt durch!«

Wieder tropfte eine Träne in sein Gesicht, diesmal in sein Auge, und Knoppke dachte, Tränentausch. Ihm schwante, was Sams Worte bedeuten könnten. Er hätte nun gerne geschluckt, wenn es ihm denn möglich gewesen wäre.

Und auf einmal wusste er wieder alles. Er war zufrieden, er war wandern, er war abgestürzt. Als er sich fragte, ob Sam tatsächlich seine Tochter sein konnte, verlor er erneut das Bewusstsein.

Am Anfang war die lila Strumpfhose. Als Knoppke im Krankenhaus zu sich kam, lag sein Kopf nach links geneigt, und er blickte auf Sams übergeschlagene Beine. Sam saß auf dem Stuhl neben dem Bett und blätterte in ihrem zerfledderten Büchlein. Dabei wippte sie mit den Stiefeln. Reflexartig zogen sich Knoppkes Mundwinkel nach oben, er atmete ruhig, die Schmerzen waren erträglich. Es musste spät am Abend sein, denn durch das Fenster waren die schwarzen Umrisse der Bäume zu sehen, die in den noch schwärzeren Himmel ragten. Um ihn herum war alles lichtweiß – und lila.

»Interessante Strümpfe. Und ganz ohne Löcher.«
Knoppkes Stimme klang wie die eines Heavy-Metal-Sängers nach der After-Show-Party im Backstagebereich, wo Mucker und Groupies bis zum Morgengrauen was auch immer geraucht, was auch immer gesoffen und was auch immer miteinander getan hatten.

»Da bist du ja!«, rief Sam. Sie ließ ihr Buch fallen und warf sich ihm an den Hals.

Er umarmte sie und tätschelte ihr Schulterblatt. Sie zu drücken, war eine wunderbare Sache, dennoch fühlte es sich anders an als zuletzt, irgendwie sonderbar. Das mag zum einen an seiner einbandagierten linken Hand gelegen haben, zum anderen an ihrer Offenbarung, an die er sich augenblicklich erinnerte. »War ich lange weg?«, fragte er.

Sie setzte sich aufs Bett und blickte in seine Augen. Seinen Kopf zierte ein Stirnverband, den Knoppke abtastete, während er auf Sams Antwort wartete.

»Lange genug, um sich Sorgen zu machen. Aber du hattest Glück. Die Ärzte sagen, du wirst bald schon entlassen. Du hast eine gar nicht mal so leichte Gehirnerschütterung, etliche Prellungen und Verstauchungen, aber hey, es hätte viel, viel schlimmer ausgehen können.«

Knoppke spürte die Verbände am Fuß, am Bein und um die Hüfte. »Ich weiß noch, dass ich Klavier gespielt habe.«

Sam legte ihre Stirn in Falten und ihre faltenfreie Hand, die legte sie auf seine Stirn. »Hast du Fieber? Du fantasierst ja. Du hast nicht Klavier gespielt, du bist einen Berghang runtergeschlittert.«

»Weiß ich doch. Aber da oben, da gab es wirklich ein

Klavier«, brummte Knoppke und versuchte, sich aufrecht hinzusetzen, eine Übung, die nur unter Ziehen, Brennen und Scheuern an diversen Stellen zu absolvieren war. Kurz verzog er sein Gesicht, dann sprach er weiter: »Wie hast du mich gefunden?«

»Das war gar nicht ich, sondern ein Pärchen aus Deutschland, ich glaube sogar aus München, ja genau. Du hattest echt Glück, dass du neben einem Wanderweg zum Liegen kamst.«

Den zweiten Satz hatte Knoppke überhört. Viel mehr drängte sich ihm die Frage auf, ob er die Szene im schwarzen Irgendwo nur geträumt hatte. Ob Sam also nicht neben ihm kniete, ob ihre Tränen nicht in sein Auge tropften, und vor allem: Ob Sam sich nicht als seine Tochter geoutet hat. »Du warst also gar nicht bei mir? Ich hatte das Gefühl, du wärst bei mir gewesen.«

»Das hast du gespürt? Voll magisch«, sagte Sam und lächelte ihn an, bevor das Lächeln plötzlich verschwand. »Ich kam, so schnell ich konnte, und wie sich herausstellte, war ich schneller als der Notarzt.«

Knoppke wurde mulmig zumute. Er entschied sich deshalb für weniger brisante Fragen. »Woher wussten die von dir?«

»Juli und Emma, so heißen deine Retter, waren so schlau, nicht nur den Notruf zu wählen, sondern auch enge Vertraute von dir zu verständigen. Dazu gingen sie einfach deine letzten Gespräche auf dem Handy durch, und so kamen sie auf mich.«

»Und auf Doug und Chelsea«, erwiderte Knoppke. »Ich nehme an, die beiden wissen auch Bescheid?«

»Chelsea war voll süß! Sie hat sich total Vorwürfe gemacht, weil sie in der Sauna war, als der Anruf kam.

Bis vor einer Stunde saß sie an deinem Krankenbett. Wir haben uns quasi abgewechselt.«

»Und Doug?«

»Der war auch super. Als er zurückgerufen hat, war ich zwar bereits vor Ort, aber er hat sofort Hilfe angeboten. Der Arzt, der dich behandelt hat, ist sein Stiefbruder, das hat er sofort eingefädelt. Und ich soll dir sagen, du kannst dir ruhig Zeit lassen mit dem Fahrzeugtausch. Alles nicht so wichtig. Total netter Kerl! Allmählich kriege sogar ich ein schlechtes Gewissen.«

»Das solltest du auch!«

»Ich weiß«, sagte Sam und rollte mit den Augen.

»Und diese zwei Frauen blieben bei mir, bis du sie abgelöst hast?«

Sam prüfte erneut, ob Knoppke Fieber hatte. »Welche zwei Frauen?«

»Du hast von Juli und Emma gesprochen.«

Sam grinste. »Ach so, ja, die blieben, bis ich zur Stelle war. Sie haben sich ziemlich gut um dich gekümmert. Aber zu deiner Information: Juli ist ein Mann, und wenn du mich fragst, ist er viel netter als diese Emma. Die wusste immer alles besser, hat ihn voll bevormundet und so. Ich habe ihre Nummern, falls du dich bei ihnen bedanken willst.«

»Das werde ich«, sagte Knoppke und legte seine rechte Hand auf ihre. »Danke, Sam, danke für alles!«

»Gern geschehen, alter Mann.«

Als sie sich erneut berührten und ihre Blicke sich trafen, da beschlich Knoppke abermals dieses eigentümliche Gefühl, dass irgendetwas zwischen ihnen stand. Etwas, das geklärt werden musste. Ein Knoten, der gelöst werden musste. So was in der Art. Also stellte Knoppke die Frage, die ihn am brennendsten interessierte, schon die ganze Zeit: »Hast du das eigentlich ernst gemeint, Sam?«

Sam zog ihre Hand zurück und sah ihn mit gespielter Seriosität an. »Na, aber sicher doch. Du bist nun mal ein alter Mann.«

Ihr Gegenüber – oder soll man sagen: Gegenunter – blieb sachlich. »Ein alter Mann vielleicht, aber sicher nicht dein Dad.«

Knoppke fixierte ihr Gesicht. Er bemühte sich, jede Regung, jedes Zucken, jede Pupillenbewegung zu beobachten, doch Sam entzog sich seinen Blicken. Sie sprang auf und ging zum Fenster. Da sie schwieg, sprach er weiter: »Ich konnte hören, was du an der Unfallstelle zu mir gesagt hast. Dass alles geplant war, dass du mich kennenlernen wolltest, dass es dir leidtut.«

Knoppke versuchte in der Spiegelung im Fenster zu erkennen, wie Sam auf seine Worte reagierte, aber er sah nur Umrisse und Schatten. »Ehrlich gesagt, fand ich dein Kismet-Gefasel von Anfang an ziemlich verrückt, aber dass du in München ganz gezielt zu mir in den Bus gestiegen bist, das hätte ich nie und nimmer gedacht. Aber das erklärt natürlich so einiges. Zum Beispiel, warum du mich mit Fragen gelöchert hast. Und warum du so hartnäckig an mir drangeblieben bist, an der Raststätte, auf der Fähre, was weiß ich noch wann. Nur beim Streit an Loch Less, das muss knifflig für dich gewesen sein. Warst du deshalb so aufgebracht? Was, wenn wir uns danach nicht wiedergetroffen hätten, was, wenn ich mein Handy nicht wieder angeschaltet hätte?«

Knoppke geriet ins Plappern, und wenn er nicht plapperte, dann hing er seinen Gedanken nach. Da ging er dann die Reise durch, die auf einmal in einem ganz anderen Licht erschien, und Knoppke dachte, starkes Stück! »Es stimmt also wirklich, ich glaub's ja nicht. Was für ein hinterhältiges Spiel du treibst.«

Er sah, wie Sam nach draußen starrte. Mit verschränkten Armen stand sie da, ihre Schultern hoben und senkten sich, viel schneller als normal. Knoppkes Hirn fühlte sich wie ein Pfund Matsch an, was nur zu einem geringen Teil mit seinem Absturz in den Bergen zu tun hatte. Immer wieder erschien ihm das Wort Vater, und er musste an Jennifer und Sabrina denken, seine Kurzzeitfreundinnen aus den frühen Neunzigerjahren. Zu beiden hatte Knoppke keinen Kontakt mehr, theoretisch könnte Sam ihre Tochter sein, sehr theoretisch allerdings. »Sag mir, warum. Warum hast du das gemacht?«

»Weil ...«, setzte Sam zu einem Satz an. »Weil Tiffi meine Mutter ist!«

Sie drehte sich zu ihm um. Ihre Augen waren verquollen, der Silberblick war phänomenal. »Die Frau, wegen der du ins Unglück beziehungsweise diese Scheißtreppe hinuntergestürzt bist. Die Frau, wegen der wir uns nicht früher ...« Sie stockte. »Fuck, ich wollte wissen, wie du so bist! Und herausfinden, warum ich so bin, wie ich bin.«

Knoppke schluckte, sein Herz raste, das Denken fiel ihm schwerer. Tiffis Tochter, er konnte das nicht glauben. Noch viel weniger wollte er glauben, dass sie von ihm und nicht von Holger, nein, das konnte erst recht nicht sein. Das alles konnte nicht sein. »Wann bist du geboren, Sam?«, fragte er mit zittriger Stimme.

»Am 5. Mai 1991. Und du brauchst erst gar nicht nachzurechnen. Es muss im Sommer nach der Weltmeisterschaft passiert sein. Im Sommer Neunzig in Wuppertal. In eurem Sommer.«

Knoppke verstummte. Was folglich in seinem gehirnerschütterten Kopf passierte, entzieht sich jedem Beschreibungsversuch. Knoppke dachte nicht, denn das wäre ja ein aktiver Vorgang, vielmehr wurde er gedacht. Ihm wurde gedacht. Etwas dachte für ihn, schickte ihm Signale, Impulse, was auch immer.

Flucht? Ging nicht.

Fluchen? Zu erschöpft.

Fluppe? Schön wär's.

Flunkern? Genau, sie flunkert!

»Also heißt du Samantha Döbring?«, fragte er und ließ sie keine Sekunde aus den Augen.

»Äh, nein«, sagte Sam, die sich wieder auf den Stuhl gesetzt hatte und ihren gesenkten Kopf nach oben hob. »Ich heiße Samantha Kippling, und das weißt du ganz genau!«

Knoppke fühlte sich ertappt, er wollte ihr eine Falle stellen, doch der Plan misslang. Was, wenn sie tatsächlich Tiffis Tochter war? Sein Herz raste. »Angenommen, ich glaube dir. Warum hast du nicht früher was gesagt? Verdammt noch mal, du hättest mich doch auch so kennenlernen können.«

»Ich wollte ja! Immer wieder wollte ich es dir sagen. Aber anfangs warst du so verschlossen, das hätte überhaupt nichts gebracht. Sei doch mal ehrlich, du wärst auf der Stelle abgehauen, Hastalavista, Knoppke! Und später, in den Highlands, da hast du mich menschlich so auf die Palme gebracht mit deiner Sturheit, da wollte ich nur noch fort von dir.«

Knoppke wusste nicht, was er von der Geschichte halten sollte. Er fühlte sich hintergangen, benutzt, aber irgendwie auch bedeutungsvoll. »Was war in St Andrews, als ich dir von meiner Verletzung erzählt und Tiffi zumindest indirekt erwähnt habe? Moment mal, du hattest ja sogar mit ihr telefoniert an diesem Tag.«

»Ich weiß, ich weiß, aber ich konnte nicht! Da lief es doch so gut mit uns. Du warst so voller Energie! Da wollte ich so viel unbeschwerte Zeit wie möglich mit dir verbringen. Die letzten Tage waren die schönsten, die ich seit Langem hatte. Ich wollte nicht, dass sich daran etwas ändert. Ich hatte endlich was, das hält.« Sam blickte auf den Boden. Wieder tropften Tränen.

»Woher weißt du von unserem Sommer?«, fragte Knoppke nach einer Weile. Seine Stimme hatte sich ein wenig normalisiert, seine Gedankenwelt nicht. »Was hat Tiffi dir erzählt? Tiffi ist deine Mutter, ich fasse es nicht.«

»Sie hat mir gar nichts erzählt, das ist ja das Problem. Sie hat nie über dich gesprochen, und diesen Holger, den hat sie auch nie erwähnt. Immer wenn ich nach meinem Vater gefragt habe, ist sie ausgewichen. ›Dein Vater ist weg‹, sagte sie dann immer. ›Irgendwann wirst du verstehen.‹ ›Glaub mir, es ist besser so.‹ Ich wäre beinahe verrückt geworden. Je älter ich wurde, desto mehr Fragen hatte ich. Das ist doch voll normal, oder? Und dann, eines Tages, hab ich das Tagebuch in ihren Sachen gefunden.«

Knoppke senkte seinen Blick. Neben Sams Stiefeln, eine Schuhlänge neben der Stelle, wo ihre Tränen eine winzige Pfütze bildeten, lag das zerschlissene Buch, und Knoppke dachte, ist nicht wahr! Er spürte seinen Herzschlag im Hals, und was er spürte, war ein viel zu schneller pulsierender Rhythmus. Fast wie dieses Dubstep.

»Ist es das?«, fragte Knoppke, obwohl er die Antwort

längst kannte. »Geschrieben hat sie immer gern«, murmelte er vor sich hin. »Schreiben war ihr großer Traum.«

Als Sam nickte und das Notizbuch aufhob, hakte er nach: »Und da steht drin, dass ich dein Vater bin? Tut mir leid, Sam, aber ich kann das nicht glauben.«

»Nicht direkt«, sagte sie und strich über den schwarzen Umschlag. »Die entscheidenden Seiten fehlen.«

»Ach komm.«

»Entweder hat Mom nie darüber geschrieben, oder sie hat die Stelle nachträglich entfernt. Jedenfalls sind Risse zu erkennen, und der letzte Eintrag ist massiv verschmiert. Freudentränen waren das nicht, so viel steht fest.«

Knoppke und Sam schauten sich tief in die Augen. »Ich will gar nicht wissen, was sie über mich geschrieben hat«, sagte er, der nun ebenfalls den Tränen nahe war. Erinnerungen an jenen Sommer keimten auf, Bilder, die er längst verdrängt und in der dunkelsten Museumskammer seiner Seele verborgen hatte. »Aber ich muss herausfinden, ob du ... ob wir ... ach, du weißt schon.« Während er so dahinstammelte, musste Knoppke an die heißen Nächte im August 1990 denken, und natürlich hatten sie verhütet, keine Frage. Aber waren sie dabei stets konsequent gewesen? Knoppke kannte die Antwort nicht, aber er wusste, doch, es könnte sein. Sam könnte sein.

»Soll ich dir ihre letzten Worte vielleicht vorlesen?«, fragte sie.

»Ihre letzten Worte, wie das klingt!«

»Du weißt schon, was ich meine. Also, soll ich?«

»Würdest du?«

»Ja, ich denke, das wäre gut. Ich habe die Zeilen schon

Dutzende Male gelesen, aber ich werde daraus nicht schlau. Also pass auf.« Und dann blätterte Sam in dem Büchlein und fing an zu lesen. Laut zu lesen.

10. 11. 1990 – Irgendwann sieht mein Bauch wie ein Fußball aus. Mich erschreckt das. Dir würde es bestimmt gefallen (ich wünschte, dir würde das jetzt gefallen). Wenn ich meine Hände an der richtigen Stelle anlege, da, wo du mich so gerne berührt hast, dann kann ich die Kleine spüren. Bilde ich mir zumindest ein. Sie wird mal eine Wilde, das würde ich mir wünschen. Eine wilde, unabhängige Frau, die ihren Weg geht. In dieser Welt voller Idioten überleben nur die Unabhängigen! Ich werde mich jetzt voll und ganz auf sie konzentrieren, sie soll es einmal besser haben. Notiz für die Weltverbesserungsliste: Es gibt keine Weltverbesserung. Punkt. Diese Liste kann man sich schenken.
Scheiße, ich fühle mich so einsam. Und hilflos. Und wütend! Ich meine, wer hat das bitte verdient? Schwanger zu sein, und der Vater ist weg. Hat sich einfach so davongestohlen und will mich nicht mehr sehen. Meine Eltern zeigen keinerlei Verständnis, das war klar. Das wird dauern. Wenn es jemals wieder wird.
Wo bist du? Komm zurück! Du fehlst mir so, ich hasse ...

WOANDERS SIND DIE MENSCHEN AUCH NICHT GLÜCKLICHER

16) Wenn jemand vor drei Wochen mit Knoppke gewettet hätte, dass dessen Reise in die Highlands in Wuppertal enden würde, dann hätte Knoppke nicht nur den Wetteinsatz, womöglich Karten für das nächste Champions-League-Spiel der Bayern, verloren, er hätte auch das Zocken eingestellt, darauf kann man seine Schwiegermutter setzen. Nichts war ihm bis vor ein paar Tagen unwahrscheinlicher erschienen, als jemals wieder über die Wupper zu gehen, also wortwörtlich, nicht sprichwörtlich, weil sprichwörtlich war Knoppke beinahe am Ben Nevis über die Wupper gegangen, auch wenn das ziemlich schräg klingt, zugegeben. Und doch brauchten Knoppke und Sam nicht lange zu diskutieren, ob sie einen Abstecher nach Nordrhein-Westfalen unternehmen sollten, sobald sie wieder den europäischen Kontinent unter ihren Füßen hatten, genauer gesagt: unter den Reifen von Knoppkes repariertem Ford.

Die Vorteile waren offensichtlich: Sam hatte ohnehin vor, ihre Mutter zu besuchen, und auch für Knoppke war es an der Zeit, mit Tiffi zu sprechen. Die Frage, wer Sams Vater war, musste ebenso geklärt wie Knoppkes Langzeittrauma therapiert werden. Vor der Begegnung mit seiner unglücklichen Überliebe hatte er Muffensausen, alles andere wäre gelogen, dennoch fühlte er sich bereit dafür.

Bereit mit breiter Brust.

Bereiter als jemals zuvor.

Carpe that fucking Dingeldangeldingdangdong.

Außerdem lag Wuppertal nicht am Arsch der Welt, sondern in der Leber Deutschlands, wenn man sich die Umrisse des Landes schon als menschlichen Körper vorstellte, und da gab es beileibe abseitigere Regionen, die Milz zum Beispiel respektive Dresden oder die Harnblase beziehungsweise Würzburg, die von der französischen Küste viel weiter entfernt waren als die Stadt der trinkfreudigen Schwebebahnfahrgäste.

Knapp eine Stunde war vergangen, seit die beiden die Autofähre und Calais hinter sich gelassen haben, um durch Frankreich und Belgien in Richtung Leber zu fahren. Es war kurz vor Brügge, und die Mittagssonne posierte ohne Wolkenbegleitung, als Sam auf den Abschied von Chelsea zu sprechen kam.

»Ich finde trotzdem, sie hat komisch reagiert, meinst du nicht auch?«, fragte sie und warf ihrem Beifahrer einen langen Blick zu. Nachdem Knoppke aus dem Krankenhaus entlassen worden war, einigermaßen wiederhergestellt, wenngleich noch zu lädiert, um Auto zu fahren, hatte Sam das Steuer übernommen. Ohne Murren, dafür mit Musik aus dem Radio. Zunächst brachten sie Matilda zu Doug, der sie herzlich begrüßte und alles, wirklich alles über ihre Abenteuer wissen wollte, dann rauschten sie mit Knoppkes Fast-Bulli durch die Lowlands und England in Richtung Süden.

»Würdest du bitte nach vorne schauen, wie oft soll ich das noch sagen?«, ermahnte Knoppke seine Chauffeurin. »Die Umstellung von Links- auf Rechtsverkehr ist nicht zu unterschätzen. Und mein Bus fährt sich nun mal anders als Matilda.«

»I know«, entgegnete Sam und grinste durch die Frontscheibe. »Ich lache heute noch über deine Kreiselaktion bei Ashford. Ich meine, hallo, das muss man erst mal schaffen, falsch herum in einen Roundabout einzubiegen. Hashtag Männersinddiebesserenfahrer.«

»Sehr witzig«, knurrte Knoppke und rutschte mit dem Steißbein an die Lehne. Sein linker Arm hing in einer Schulterschlinge, und auch seine Beine gehorchten ihm noch nicht so, wie es der Schöpfer für die Menschen vorgesehen hatte. »Was meintest du eben mit Chelsea?«, ächzte er.

»Vielleicht täusche ich mich ja, aber ich hatte den Eindruck, sie war dagegen, dass du Mom triffst.«

»Sie hat doch gesagt, es wäre okay. Außerdem befinden wir uns in einer Auszeit, da muss ich sie nicht um Erlaubnis bitten.«

»Frauen sagen so einiges«, entgegnete Sam. »Ich hatte jedenfalls das Gefühl, dass da noch mehr zwischen euch ist, als du vielleicht denkst.«

»Kann sein«, sagte Knoppke und blickte aus dem Beifahrerfenster. Er dachte an das Gespräch vor zwei Tagen, als er aus dem Krankenhaus entlassen worden war. Chelsea, die wie Sam viele Stunden an seinem Bett verbracht hatte, wollte die Tochter-Story ebenso wenig glauben wie er, gleichwohl zeigte sie Verständnis für den Trip nach Wuppertal. »Ich sage nur, stille Wasser«, hatte sie gesagt, bevor sie Knoppke eine gute Reise wünschte und noch auf der Parkbank vor dem Krankenhaus mit Ivanca telefonierte.

»Sie hat sich wirklich anständig verhalten, seit sie auf

der Insel ist«, fuhr Knoppke fort. »Das hätte ich so nicht erwartet.«

»Eben.«

»Mal abgesehen von eurer Catcheinlage im Wasser«, Knoppke grinste, »das war ganz die alte Silvi!«

»Das hat dir gefallen, du alter Chauvi! Zwei Frauen, die wegen dir aufeinander losgehen, schon klar.« Sam sah Knoppke böse an. Etwas zu lange, schon wieder.

»Schau nach vorne!«, plärrte Knoppke.

Sam blieb gelassen. »Versprich mir, dass du ihr eine Chance gibst.«

»Wem jetzt? Tiffi oder Chelsea?«

»Wenn möglich, beiden.«

Als sie hinter Roermond die holländische Grenze passiert hatten, um in Richtung Mönchengladbach zu fahren, steuerten sie die erstbeste Raststation an. Knoppke wollte sich mit Apfelschnitzen und einer Kippe begnügen, aber Sam zerrte ihn in einen dieser Läden, wo ausschließlich variantenreich beschmierte Bagels auf die Teller kamen. »Bin ich deine Pflegerin?«, schimpfte sie beim Betreten des Lokals. »So weit kommt das noch, dass ich dir deinen Apfel schneide. Äpfel sind sowieso überschätzt. Du kriegst jetzt einen Bagel, den kannst du mit der rechten Hand essen.«

Sie nahmen in einer Nische mit knallroten Polstern Platz und machten sich über ihr aufgemotztes Gebäck her – sie mit Erdnussbutter und Marmelade, er mit Lachs und Frischkäse. »Hm«, brummte Sam, »Mom liebt diese Dinger.«

»Ach, wirklich?«, fragte Knoppke. »Früher stand sie auf meine Apfelschnitze.«

»Sind ja auch nur über zwanzig Jahre vergangen.«

Knoppke sah in Sams Gesicht. In diesem Moment wurde ihm bewusst, wie lange er Tiffi nicht gesehen hatte, nämlich ungefähr so lang wie Sam. Die ausgewachsene Herumtreiberin war für ihn das personifizierte Verpassen. Jeder Geburtstag, jeder Wachstumsschub, jeder gottverdammte Pickel hatte seine Distanz zu Tiffi vergrößert, jedes Fältchen in Sams Gesicht, das man allerdings mit der Lupe suchen musste, kam einem Symbol der Abwesenheit gleich, und Knoppke dachte, Scheiße!

»Wie ist sie denn so?«, wollte Knoppke wissen. »Ich meine, was ist sie für ein Mensch geworden?«

»Was willst du jetzt hören, du Spaßvogel, ihr Leben im Schnelldurchlauf?« Sams rechter Mundwinkel war voller Erdnussbutter.

»Für den Anfang, warum nicht? Du hast da was.« Knoppke deutete auf die braune Stelle, und Sam griff sofort zur Serviette. Während sie sich putzte, fuhr er fort: »Sie ist also jetzt Schriftstellerin und schreibt Liebesgeschichten, richtig?«

»Genau. Anfangs lief es holprig, und sie musste nebenher jobben. Sie hat extra eine Ausbildung zur Hundetrainerin gemacht, um über die Runden zu kommen. Sie hatte ja nie einen verlässlichen Partner.«

»Hundetrainerin«, murmelte Knoppke und musste an Diego denken, wie untrainierbar dieser Hund doch gewesen war.

»Aber am Ende hat sie sich durchgebissen«, fuhr Sam fort.

»Mit Nackenbeißern.«

»Yes. Wenn jetzt nur nicht der Verlag so rumzicken

würde. Als Autor hast du ja nie eine Sicherheit, es sei denn, du heißt Stephen King. Oder Rosamunde Pilcher.«

»Na, wenigstens hat sie diesen Versicherungsjob gekündigt«, schmatzte Knoppke. »Der hat sie fertiggemacht damals.«

Sam nickte. »Sie kann nicht gut mit Autoritäten.«

»Immerhin weißt du, von wem du das hast«, sagte Knoppke und rempelte sie an. »Autsch, mein Arm.«

»Selber schuld, alter Mann!«

»Kann ich dich noch was fragen?« Ohne auf Sams Antwort zu warten, redete Knoppke weiter: »Warum hast du sie nicht einfach auf ihr Tagebuch angesprochen? Sie hätte Antworten gehabt, auf alles.«

»Sag mal, bist du eigentlich bekloppt?« Mit einem Ruck schob sie ihren leeren Teller von sich. »Die wär voll ausgerastet und hätte mir gar nichts erzählt. Das Vater-Thema war tabu, wie oft soll ich das eigentlich wiederholen? Da musste ich schon selbst aktiv werden.«

»Hast du Holger auch schon ... wie soll ich sagen, einen Besuch abgestattet?« Knoppke hob seine linke Augenbraue. »Wenn ich dich neulich richtig verstanden habe, dann hat ihre Beziehung die Schwangerschaft nicht überlebt. Herrschaftszeiten, dabei wollte sie ihn heiraten! Sie sollte ihn heiraten, um genau zu sein.«

»Nein, ich habe Holger nie kennengelernt. Ich wollte bei dem Mann ansetzen, den Mom wirklich geliebt hat und der mein Vater sein muss.« Sam sah ihn unsicher an.

»Ach, und das hast du alles aus dem Tagebuch?«

»Du weigerst dich ja, es ganz zu lesen.«

»Weil man das nicht macht. Wenn jemand ein Buch über uns schreiben würde, dann würde man die Tagebuchnotizen auch nicht abdrucken. So!«

Sam machte »pff« und fingerte auf ihrem iPhone herum. »Warum sollte jemand ein Buch über uns schreiben? Du bist echt schräg!«

Nachdem Knoppke zwei Becher Cappuccino von der Theke geholt hatte und damit beschäftigt war, das Schokopulver auf dem Milchschaum abzukratzen, sprach er seine Begleiterin auf eine Sache an, die ihm eingefallen war, als er an Wuppertal denken musste. »Sag mal, kann es sein, dass du mir vor ein paar Jahren Postkarten geschickt hast?«

»Postkarten? Wer schreibt denn noch Postkarten?« Sam hielt seinem prüfenden Blicken stand.

»Ich hab welche bekommen, vier Stück. Vorne drauf waren Wuppertal-Motive, echt schöne Schwarz-Weiß-Fotografien. Aber kein Absender und kein Hinweis auf irgendwen.«

»Und die Handschrift?«, hakte Sam nach. »Wenn wir schon von der Oldschool-Welt sprechen.«

»Meine Anschrift war mit dem Computer auf Etiketten gedruckt worden, da wollte jemand gänzlich anonym bleiben. Du vielleicht?«

»Ehrlich, Knoppke, was sollte das bringen?«

»Keine Ahnung, ein verzweifelter Versuch, mich nach Wuppertal zu locken?«

»Seh ich so verzweifelt aus?«

»Also«, Knoppke musterte sie eindringlich, »man kann ja vieles über dich behaupten, aber das mit Sicherheit nicht.«

»Meine Rede. Fahren wir dann?« Sam sprang auf.

»Fahren wir dann.« Knoppke zog sich hoch.

Ein flaues Gefühl wuchs in seinem Magen, und das hatte nichts mit dem womöglich nicht mehr ganz so fri-

schen Frischkäse oder mit dem Vollfett in der Vollfett-
milch zu tun, sondern war allein der Tatsache geschuldet, dass es für ihn nun kein Zurück mehr gab.

Sie fuhren ja nicht nur nach Wuppertal.

Sie fuhren in seine Vergangenheit.

17) Mit der Vergangenheit ist es so eine Sache, keiner
weiß, wie sie wirklich war, wenn es sie überhaupt gegeben hat und sie nicht nur als Ergebnis eines Illusions-
spiels der Götter in unsere Köpfe projiziert wird wie ein
manipulativer Psychothriller. Selbst wenn man dabei
war oder glaubt, dabei gewesen zu sein, vergisst oder ver-
klärt man sie auf Teufel komm raus, weshalb auch diesen scheinbaren Erinnerungen auf keinen Fall zu trauen
ist.

Zunächst traute Knoppke seiner Fahrerin nicht über
den Weg, als diese behauptete, das Luisenviertel liege
nördlich der Wupper und nicht südlich, und genau hier
täuschte sich der Wuppertal-Emigrant, obwohl er die
Stadt in seiner Jugend besser zu kennen glaubte als jede
andere auf diesem Planeten der Ignoranten.

Vielleicht lag seine Verwirrung auch einfach an der
gestiegenen Nervosität. Als Sam einen Parkplatz direkt
vor dem Haus ihrer Mutter gefunden hatte und diese
zunächst allein auf die Überraschung des Jahrhunderts
vorbereiten wollte, verging im Bus keine Minute, in der
Knoppke nicht an die Siebziger und Achtziger denken
musste. Er wagte sich nicht aus dem Wagen und schob
die MC »Hard Rockers I« in den Kassettenschlitz im
Radio. Durch die staubige Windschutzscheibe sah er sich

jedes Wuppertal-Detail an, das auch nur ansatzweise in Blickweite lag. Er betrachtete die dicht aneinandergebauten Häuser der Luisenstraße, und Knoppke dachte, früher waren dort weniger Läden, er sah Bäume, die aus dem Kopfsteinpflaster herauszuwachsen schienen, und Knoppke dachte, Highlands gehen anders, er entdeckte Graffitis an bröckelnden Fassaden, und Knoppke dachte, trist bleibt trist, Szeneviertel hin oder her. »Koksen ist Achtziger« stand auf einem Aufkleber an einem Laternenmast, und Knoppke dachte, Schnee von gestern. Verflucht sei die Vergangenheit, resümierte er in Gedanken und tippelte mit seinem rechten Fuß in einem Tempo, das doppelt so schnell war wie der Beat von The Clash in ihrem Hit »Should i stay or should i go«.

Ein Wuppertal-Detail veränderte alles. Knoppke stellte das Denken ein und auch das Erinnern, und aus dem Tippeln wurde eine Schockstarre. Zunächst war da ein spitzes Kläffen, das lauter war als Joe Strummer in Bestform, dann schob sich ein weißes Etwas in Knoppkes Blickfeld, schließlich sahen ihn zwei schwarze Augen an. Knoppke verstand nun gar nichts mehr, er glaubte, er träumte, er spürte den Wahnsinn. Als er Diego erkannte, diagnostizierte Knoppke eine Spätfolge der Gehirnerschütterung, aber als das Bellen des Hundes nicht nachließ, wie eine Erinnerung an die Wirklichkeit, die wir Realität nennen, zweifelte er auch an dieser Theorie.

Ohne weiter nach dem Sinn zu fragen, geschweige denn an Sam und Tiffi zu denken, schaltete er das Radio aus, schnappte sich seine Jacke und stieg aus. Knoppke ließ seine Augen nicht von dem kleinen Jack Russell Terrier, der sich in Bewegung setzte, als sich der Mensch mit dem verdatterten Gesichtsausdruck ihm näherte. Wie in

Trance folgte Knoppke dem Tier, das ein Stück durch die Luisenstraße lief und plötzlich links eine kleine Anhöhe hinauf, um gleich wieder rechts abzubiegen. Knoppke war schneller aus der Puste, als er zugeben würde, Diego entwischte ihm dennoch nicht. Erst als der kleine Terrier eine steile Treppe hochjagte, war für den Fast-Fußballprofi a. D. Schluss.

Knoppke blieb stehen, stemmte die Hände in die Hüften und schnaufte durch. So stand er ein paar Minuten da, die Junisonne brannte auf seiner Stirn, und Knoppke kapierte nichts. Doch, er kapierte, wo er war. Er befand sich am Fuße des Ölbergs, am Fuße des Tippen-Tappen-Tönchens, an jener Freitreppe, mit der er sowohl sein größtes Liebesglück als auch den größten Höllenschmerz in Verbindung brachte, und Knoppke dachte, was zum Teufel.

Und dann passierte etwas, das ihn vollständig an seinem Verstand zweifeln ließ. Als wäre die Diego-Erscheinung nicht schon mysteriös genug gewesen, tauchte nun noch ein zweiter Geist aus der Vergangenheit auf. Schob sich einfach so neben ihn und blinzelte ihn an. Als er sich zu ihm drehte, diesem wehenden Geist im grünen Sommerkleid, verschlug es Knoppke die Sprache.

Tiffi indes nicht. »Du hast die Lederjacke immer noch, ich glaub's ja nicht.«

Knoppke schwieg. Immerhin brachte er ein Nicken zustande. Ansonsten war er damit beschäftigt, die Frau zu mustern, die er ein Sam-Leben und ein paar Monate lang nicht mehr gesehen hatte. Die Frisur war neu, das erkannte Knoppke sofort. Ihre kastanienfarbenen Haare trug Tiffi inzwischen kurz und fransig, und hätte Knoppke Ahnung von Styling gehabt, dann wäre ihm das

Wort Bob in den Sinn gekommen. Ihr Gesicht war klein und schmal wie damals, und die paar Falten machten es nur noch interessanter. Das Grübchen links war auch noch da, klar, wohin sollte es auch verschwinden, ebenso wie das Muttermal auf der rechten Wange. Muttermale hatte sie viele gehabt, daran erinnerte sich Knoppke genau. Und in ihren grünbraunen Augen konnte man sich noch immer verlieren, was der Betrachter auf der Stelle tat. Mit ihrem Silberblick hatte Knoppke noch nie Probleme gehabt, im Gegenteil, er hat ihn stets als Special Effect aus Steven Spielbergs Zauberkiste betrachtet.

»Hast ein bisschen zugelegt, sieht gemütlich aus.«

Zwar hörte er, was Tiffi sagte, ihre Stimme hatte diese offensive Freundlichkeit, der jeder erliegen musste, der funktionsfähige Ohren hatte, dennoch fühlte er sich nicht imstande, etwas zu erwidern. Vielmehr befand sich Knoppke in einem bipolaren Gefühlsextrem, Emo-Stand 10 hoch 2 im Quadrat der Quersumme der Wurzel aus irgendwas mal tausend, genauer gesagt: plus 10 und minus 10 zur selben Zeit. Das Ziehen im Bauch erinnerte ihn an die Wut über sich und auf sie und all die anderen, das Herzklopfen verwandelte ihn zurück in den Träumer, der er früher mal gewesen war.

»Tiffi, du bist es wirklich. Gut siehst du, ich meine, schön, dich zu sehen!« Knoppkes Blicke ließen sie nicht los. Gleichzeitig ärgerte er sich über den Müll, der gerade seinen Mund verlassen hatte.

»Danke«, erwiderte Tiffi und musterte seinen Arm in der Schlaufe, die unter der übergeworfenen Lederjacke zu erkennen war. »Tut's noch sehr weh? Samantha hat mir von deinem Absturz erzählt, meine Güte, du machst ja Sachen!«

»Halb so wild«, erwiderte Knoppke, noch immer gebannt von Tiffis Anblick.

»Wie oft habe ich mir vorgestellt, wie es wohl wäre, dir jemals wieder zu begegnen.«

»Und wie hast du es dir vorgestellt?« Knoppke fühlte sich unwohl, aber er wollte es wissen. Unwohl, weil er nicht auf offener Straße über solche Dinge sprechen wollte. Unwohl, weil das gleißende Licht der Sonne den wohl unpassendsten Kommentar zu diesem Wirrwarr schickte. Unwohl, weil er die Situation nicht im Griff haben würde.

Tiffi sah ihm in die Augen. »Anfangs war es mein größter Wunsch, dich links und rechts zu ohrfeigen, nein, regelrecht zu schlagen. Ja, ich wollte nichts sehnlicher, als dich durchzurütteln und anzuschreien wegen deiner gottverdammten Sturheit.«

Knoppkes Pupillen waren ständig in Bewegung.

»Aber die Wut hat nachgelassen«, fügte sie hinzu, und Knoppke dachte, so ist es wohl. »Eines aber hätte ich mir nie vorgestellt.« Tiffi hielt inne. »Dass wir uns ausgerechnet hier wiedersehen. Ich meine, was soll denn das? Samantha meinte, du wartest beim Wagen. Als du dort nicht warst, hab ich geahnt, dass du vielleicht hier steckst.«

»Ich war ja auch im Auto. Aber dann ... ach, egal.«

»Aber dann wolltest du wieder weglaufen. Wär ja nicht das erste Mal, hab ich recht?«

»Lass das, Tiffi, so war es nicht.«

»Wie auch immer. Gehen wir ein Stück? Wenn du es schon dramatisch magst, dann nehmen wir doch einfach die verfluchte Treppe. Wie wäre das?«

Knoppke wusste nicht, was er davon halten sollte.

Einerseits Horror, andererseits nicht. Vielleicht war das ja genau der Leidensweg, den er beschreiten musste? Womöglich war das Tippen-Tappen-Tönchen seine persönliche Passion. Eine Art Therapie, und er wollte sich ihr stellen. »Ist schon komisch«, begann Knoppke zu erzählen, »seit der Beerdigung meines Vaters war ich nicht mehr in Wuppertal. Hier hat sich ja einiges getan.«

»Die Dinge verändern sich eben. Die Leute schauen nach vorn«, sagte Tiffi und setzte ihren linken Ballerinafuß auf die erste Stufe des untersten Abschnitts. »Das mit deinem Vater tat mir leid, ich hab davon gehört. Ich war sogar da, aber ich blieb auf Abstand. Es war groß von dir, Haltung zu bewahren, ich wusste ja, wie sehr du ihn gehasst hast.«

»Du warst da?«, fragte Knoppke, der sich ebenfalls in Bewegung setzte. »Ehrlich gesagt, hatte ich gehofft, dich auf dem Friedhof zu sehen, so wie damals bei meinem Großvater. Ich weiß noch, wie ich mich immer wieder umgedreht habe zu den Büschen, wo wir uns in den Armen lagen.«

»Lange her.«

»Zweiundzwanzig Jahre.«

»Und deine Mutter? Die hab ich beim Begräbnis nicht gesehen.«

»Wir haben schon lange keinen Kontakt mehr. Soweit ich weiß, ist sie eines Tages auf und davon, weil sie meinen Vater nicht mehr ertragen konnte. Wen wundert's? War vielleicht auch besser so, für alle. Ich weiß nicht mal, ob sie noch lebt. Ist mir auch egal.«

»Das tut mir leid, Knoppke.«

»Ist schon gut. Am schlimmsten war es, als Großvater ging. Er war mein Hafen in dieser kaputten Familie, aber das weißt du ja.« Zum ersten Mal seit damals kämpfte Knoppke mit den Trauertränen. Seit einer gefühlten Ewigkeit hatte er nicht mehr an das Hospiz in Vohwinkel denken müssen, in dem sein Lieblingsverwandter von ihm gegangen war.

»Ich weiß. Scheißkrebs!«

Knoppke bemühte sich um Fassung, und wie so oft gelang ihm das auch. »Wie geht es deinen Eltern?«

»Sagen wir mal so«, begann Tiffi und verlangsamte das Tempo, als sie von einer weiteren Plattform aus den Treppen in eine andere Richtung folgten. »Mama und Papa leben noch immer in der Bruchbude in der Sonnborner Straße. Das Gute ist: Sie ist stabil, seit endlich eine Behandlung angeschlagen hat. Die schlechte Nachricht: Ihr Traum vom schuldenfreien Leben hat sich zerschlagen, eigentlich schon damals, als das mit Holger nicht mehr funktioniert hat.«

Knoppke konnte sich ein Grinsen nicht verkneifen, ein Grinsen, das wehtat, weil es mit Schmerzen verbunden war. »Ihr habt euch also getrennt«, wiederholte er und versuchte, jeglichen Anflug von Spott aus seiner Stimme zu verbannen.

Vergeblich.

»Wie du das sagst«, empörte sich Tiffi und imitierte Knoppke beim Wiederholen des Satzes. »Ja, wir haben uns getrennt. Kurz nachdem du fort bist, um genau zu sein. Und sag jetzt bloß nicht, du hast es immer schon gewusst.«

Hab ich's doch gewusst, dachte Knoppke und schwieg. Er genoss den persönlichen Triumph und konzentrierte sich auf das Treppensteigen. Die Schritte fielen ihm schwer, und Knoppke dachte, früher war leichter.

»Samantha hat mir von eurem Trip erzählt«, brach Tiffi das Schweigen. »Wenn ich dich jetzt und hier nicht mit eigenen Augen sehen würde, dann hätte ich ihr kein Wort geglaubt. Sie ist manchmal ein wenig, wie soll ich sagen, über der Spur?«

»Deine Tochter ist genau richtig.«

»Richtig? Soll ich dir sagen, was richtig ist?« Inzwischen war auch der Rest von Freundlichkeit aus Tiffis Stimme gewichen. »Samantha ist *meine* Tochter, damit das gleich mal klar ist. Richtig wäre, wenn du dich nicht in Angelegenheiten mischst, die dich nichts angehen, kapiert? Schlimm genug, dass Samantha mein Tagebuch gelesen hat. Ich meine, wer macht denn so was?«

Knoppke kratzte sich am Bauch. Er spürte, dass die Stimmung mit jeder Stufe bedrückender wurde, und er fragte sich, ob es eine gute Idee gewesen war, überhaupt herzukommen. Tiffi führte nun ihr eigenes Leben, sein plötzliches Erscheinen musste sie komplett aus der Bahn werfen. Dennoch war da dieses Kribbeln, wenn er Tiffi reden hörte, da konnte sie sagen, was sie wollte. Und er hatte den Eindruck, ihr ging es ähnlich.

»Meinst du nicht, sie hat ein Recht darauf, zu wissen, wer ihr Vater ist? Sie ist alt genug, wenn du mich fragst.«

»Ich frag dich aber nicht!«, schallte es ihm entgegen. »Ich frag dich überhaupt nichts, Knoppke! Das Einzige, was ich mich frage, ist, was du hier willst.« Tiffi blieb auf der nächsten Plattform stehen und sah ihn an. »Was willst du?«, wiederholte sie. »Einfache Frage, Knoppke, aber damit hattest du ja schon früher deine Schwierigkeiten.«

»Moment mal, ich wusste damals sehr genau, was ich wollte, im Gegensatz zu dir!« Knoppkes Hand zitterte, folgte jedoch einem Impuls und griff nach ihrem Arm. »Ich wollte dich, Tiffi, ich wollte immer nur dich. Und du weißt das.«

»Warum bist du dann abgehauen? Kannst du mir das endlich erklären? Ich verstehe es nämlich noch immer nicht. Das mit Holger war nicht in Ordnung, ich weiß. Das war der größte Fehler meines Lebens! Aber deshalb muss man doch nicht gleich Gräben hinter sich ziehen.«

Knoppke wandte sich von Tiffi ab, um sich die Plattform mit den Zäunen und Betonpfosten genauer anzusehen. Die beiden hatten inzwischen etwa ein Drittel der Strecke zurückgelegt, hin und wieder wurden sie von anderen Fußgängern überholt. »Warte mal«, sagte Knoppke und versuchte sich zu orientieren. »Irgendwo hier bin ich zum Liegen gekommen.« Er deutete auf einen der Betonpfosten, die das Ende der Zäune markierten. »Genau hier ist es passiert.«

»Was ist hier passiert? Wovon redest du?«

Knoppke hielt einen Augenblick inne, bevor er Tiffi von dem Aussetzer seines Lebens erzählte, von der verregneten Herbstnacht, als er von Holger erfahren hatte und durchdrehte. Er erzählte ihr von dem Sturz beim Herunterlaufen, vom Überspringen mehrerer Stufen, von den Schlitter-, Knack- und Schnalzgeräuschen. Das alles erzählte Knoppke ausführlicher und anschaulicher, als er es Sam in St Andrews geschildert hatte. Er erinnerte sich, wie er auf den glitschigen Stufen den Halt verlor, wie er fiel und sich überschlug und wie er am Ende mit seinem linken Fuß in dem Geländer einfädelte. Er erinnerte sich an den Moment, wie er mit dem Knie gegen den Pfosten schlug und nur noch schrie. »Als die Ärzte mir sagten, ich werde nie wieder Fußball spielen können, hab ich dich dafür verantwortlich gemacht. Ich war ein Wrack und wollte nur noch weg.«

Am Ende war es Tiffi, die nach seinem Arm griff. »Mir tut das so unendlich leid«, sagte sie mit leiser Stimme. »All die Jahre hab ich mich gefragt, was um Himmels willen du in dieser Nacht angestellt hast. Ich wünschte, du hättest es mir damals erzählt, aber du wolltest ja nicht mehr mit mir reden. Die Ärzte haben mich nicht zu dir gelassen und mir kaum etwas gesagt. Du warst für mich nicht mehr erreichbar. Ich habe dich verloren, dabei waren wir uns so nah.« Nach einer kurzen Pause fuhr sie fort: »Weißt du noch, wie du mir 103 Gründe nanntest, mich ewig zu lieben? Jede Stufe ein Grund, erinnerst du dich?«

Knoppke nickte. »Wie könnte ich das vergessen? Immer wieder bin ich die Liste im Krankenhaus durchgegangen. Immer wieder. Und rate mal, was der Grund Nummer 33 war?«

»Meinst du die Stufe, wo es passierte?« Tiffi deutete auf den kantigen Absatz mit dem Betonpfeiler.

»Genau.«

»Ach komm, das kannst du dir unmöglich gemerkt haben. Was war denn Grund Nummer 1? Nur so als Beispiel.«

»Das ist leicht. Weil du immer meine Nummer eins bist.« Er lächelte sie an.

»Und die Nummer 2?«

»Weil du bist, wie du bist.«

»Grund Nummer 95?«

»Warte mal«, sagte Knoppke und blickte in das Himmelblau zwischen den Häusern. Als sich sein Blick wieder auf Tiffi richtete, fuhr etwas in ihn. »Ich hab's. Weil dein Silberblick Gold wert ist.«

»Das hast du gesagt?« Tiffi musste lachen. »Und Nummer 100?«

»Weil wir uns niemals schonen werden.«

»Okay«, sagte sie, »daran erinnere ich mich. Das habe ich zunächst nicht verstanden und dir vorgeworfen, du würdest ab Nummer elf nur noch Blödsinn erfinden. Meine Güte, was hatten wir Spaß!« Dann wurde sie leiser. »Und die Nummer 33?« Ihr Blick suchte seinen.

Knoppke zögerte, obwohl die Antwort fest in seinem Langzeitgedächtnis verankert war. »Weil wir immer ehrlich zueinander sind.«

»Wie bitte? Das hast du dir doch ausgedacht.«

»Wenn du meinst. So war es aber.« Knoppke tastete den Zaun an der Stelle ab, wo sich sein Fuß seinerzeit verhakt hatte, und sofort lief ein eiskalter Schauer über seinen Rücken. Dann stand er auf und sah sie an. »Sei wenigstens jetzt ehrlich, Tiffi, hast du Holger jemals geliebt?«

Tiffi war den Tränen nahe, da genügte ein flüchtiger Blick. »Liebe, was ist schon Liebe?« Sie wirbelte ihre Arme durch die Luft und sah in eine andere Richtung. »Liebe ist doch nur eine romantische Vorstellung. Eine Idee. Der Stoff kitschiger Romane.« Ihre Stimme gewann wieder an Kraft. »Holger war eine Kopfentscheidung, was soll ich sagen? Ich war jung und eingeschüchtert, und Holger hat mir und vor allem meinen Eltern die Zukunft ausgemalt. Darin war er echt überzeugend. Ich konnte ja schlecht wissen, dass er sich in ein Arschloch verwandelt.«

»Was ist mit euch passiert?«, fragte Knoppke vorsichtig.

»Statt sich auf unser gemeinsames Kind zu freuen, hat er mich verlassen, der Idiot!«

Knoppke suchte Tiffis Blick. »Sam ist also ...«

»Natürlich ist Samantha von ihm, was denkst du denn?«

»Nun ja, es hätte durchaus sein können, dass ...«

»Red keinen Mist, Knoppke, wir haben aufgepasst, Holger und ich nicht immer. Ich wünschte, es wäre andersherum gewesen. Außerdem habe ich zurückgerechnet, da gibt es keine Zweifel.«

Knoppke strich sich mit der Hand durch den Bart. Er musste an Sam denken und stellte sich ihre Reaktion vor. Hashtag verdammterkackmist, so was in der Art. Gleichzeitig war auch er enttäuscht, alles andere wäre gelogen. Die Vorstellung, Vater einer derart faszinierenden Tochter zu sein, hatte ihm in den vergangenen Tagen immer besser gefallen, auch wenn die Wahrscheinlichkeit gering war, das wusste er längst. Knoppke schnaufte durch. Als er sich etwas gefangen hatte, fragte er: »Ich kapier das noch nicht ganz. Wie kommt der Typ dazu, dich schwanger sitzen zu lassen? Welche Pfeife macht denn so was?«

»Weil er karrieregeil war«, reagierte Tiffi sofort. »Weil in seiner ausgeklügelten Lebensplanung ein Kind nicht vorgesehen war, zumindest nicht so früh. Er hatte gerade ein Angebot aus Shanghai bekommen, und er wollte, dass ich mit ihm komme. Von Wuppertal nach Shanghai, was für eine Schnapsidee! Natürlich ohne Kind. Das sollte ich schleunigst wegmachen lassen.«

»Er ist ein noch größerer Arsch, als ich dachte.«

»Als ich ihm eröffnete, dass ich so etwas niemals tun würde, hat er mit mir Schluss gemacht. Vielleicht hat er auch etwas von uns geahnt, keine Ahnung. Die Stimmung war jedenfalls davor schon angespannt. ›Sieh zu, wie du alleine klarkommst‹, hat er noch gesagt. Er war sich so verdammt sicher, dass ich tue, was er will. ›Sieh zu, wie du alleine klarkommst.‹ Ich werde diese Worte nie vergessen, sie wurden zu meinem Mantra.«

»Du bist ja auch alleine klargekommen, du hast es geschafft, Tiffi, in jeder Hinsicht. Sam hat mir von deinen Büchern erzählt, alle Achtung.«

»Na ja.«

»Jetzt verstehe ich auch, warum du deiner Tochter gegenüber Holger nie erwähnt hast.«

»Ich wollte Samantha immer nur schützen. Lieber keinen Vater als einen Arsch von Vater. Holger hat sich bereit erklärt, Unterhalt zu zahlen, immerhin. Aber ich wollte das nicht. Seitdem haben wir überhaupt keinen Kontakt mehr. Aus den Augen, aus dem Sinn.«

»Weiß sie es?«, fragte Knoppke. »Ich meine, hast du es ihr vorhin erzählt?«

Als Tiffi nickte, nickte auch Knoppke.

Zwei entfremdete Liebende im Team.

Als sie schweigend oben angekommen waren und sich gegen das Geländer lehnten, um Elberfeld zu überblicken, nahm Knoppke ein Kläffen wahr und dachte, nicht schon wieder. »Ach, hier seid ihr«, hörte er Sam rufen und drehte sich zu ihr um. Was er dann sah, brachte ihn beinahe um den Verstand, denn zu seiner Überraschung führte seine Fast-Tochter Diego an der Leine, oder besser gesagt: Fast-Diego.

Bei näherem Mustern fiel Knoppke auf, dass dieser Jack-Russell-Mischling den schwarzen Fellfleck um das linke Auge herum hatte und nicht um das rechte so wie Diego. Erleichtert darüber, dass seine Erscheinung gar keine Erscheinung war, sondern lediglich ein Diego-Lookalike, huschte ihm ein verrutschtes Lächeln über das Gesicht. Der Freudezucker verschwand augenblicklich, als Sam weiterredete: »Egor, darf ich vorstellen, das ist Egor. Egor, das ist Egor.«

Sam und Tiffi grinsten synchron, Knoppke verharrte regungslos. Was dann geschah, hätte Knoppke gerne verschwiegen, aber da es nun mal zu den kurioseren Dingen gehörte, die sich zu dieser Stunde in Wuppertal zutrugen, sollte es unbedingt Erwähnung finden.

Der kleine Rabauke, den Tiffi während ihrer Zeit als Hundetrainerin aufgenommen hatte, stürzte sich wie ein Wilder auf seinen Namensvetter. Egor kläffte, wedelte mit dem Schwanz und sprang ihn an. Also der Hund den Menschen, nicht umgekehrt. Letzterer musste natürlich sofort an Diego denken, den alten Wildpinkler. Vorsichtshalber tippelte Knoppke mit den Füßen, so wie jemand, der über heiße Kohlen geht. Sein Tanz dauerte eine ganze Weile, bis der eine kapierte, dass der andere gar nicht musste. Infolgedessen streichelte Knoppke das flauschige Tier, was diesem offenbar so gut gefiel, dass es sich wenig später vor ihm auf den Boden warf und seinen Bauch anbot. Knoppke ging in die Knie, um das weiße Fell mit fünf Fingern zu kraulen, währenddessen Tiffi und Sam Blicke tauschten.

»Egor also, soso«, sagte Knoppke und sah zu Tiffi hoch.

»Ich hab dir damals schon gesagt, was ich von deinem Vornamen halte.«

»Du sagtest, Egor sei ein Hundename, ich erinnere mich.«

Tiffi grinste. »Dann bring ich den kleinen Ausbüxer

mal wieder nach Hause. Kommt ihr mit? Ich könnte jetzt einen Gin vertragen.«

Sam sah zunächst Knoppke an und dann ihre Mutter. »Geh ruhig schon vor, wir kommen gleich nach.«

Als die beiden alleine waren, kam Knoppke sofort auf den Punkt. »Und, wie geht es dir damit?« Er sah Sam betroffen an, eine Spur zu betroffen vielleicht, er hatte darin wenig Erfahrung.

»Ach, ich find's cool, dass er heißt wie du.«

»Das meine ich doch nicht. Aber wenn wir schon bei den Hunden sind: Warst du deshalb so perplex, als du bei Doug meinen Namen erfahren hast?«

»Jep. Mom sagte immer, Egor heiße Egor, weil er eben Egor heiße.«

»Im Schwindeln seid ihr beide gut, das muss man euch echt lassen.« Knoppke grinste, aber nur kurz. »Nun sag schon, bist du arg enttäuscht wegen Holger?«

»Ehrlich gesagt, schon ein bisschen.« Sie lehnte sich an ihn und drückte ihren Kopf an seine Schulter. »An dich könnte ich mich gewöhnen, alter Mann.«

Knoppke legte seinen Arm um sie und hielt sie fest. »Wir können uns doch auch so wiedersehen, Vater hin, Vater her.«

»Das wäre schön«, sagte Sam und lächelte. »Es wäre toll, wenn ihr euch aussöhnt, Mom und du. Wie lief denn euer Gespräch? Hashtag justcurious.«

»Schwierig. Die Wunden sind tief. Aber wenigstens haben wir uns alles gesagt. Das war befreiend. Und könnte ein Anfang sein.«

»Hat sie dir auch von der fehlenden Seite im Tagebuch erzählt?«

»Nein, dir?«

»Klaro.«

»Und?«

Sam grinste schelmisch. »Ob du's glaubst oder nicht, aber da standen nur Flüche drauf, übelste Beschimpfungen auf Holger, diesen Nicht-Vater und geldgeilen Feigling. Hat sie zumindest gesagt.«

»Okay«, erwiderte Knoppke. »Das hätte Klarheit gebracht.«

»Mom meinte, sie habe die letzte Seite herausgerissen, weil sie ihr Karma-Konto nicht belasten wollte. Sie wollte versuchen, Frieden zu schließen, um sich ganz auf mich zu konzentrieren. Kurz gesagt: Sie wollte das Tagebuch nicht fluchend beenden.«

Knoppke rieb sich den Bart und nickte. »Gute Entscheidung. Tückisch für uns war halt, dass sie Holger am Ende des Buches mit keinem Wort erwähnt hat.«

»Und mit der Notiz, der Vater sei weg, hat sie natürlich nicht dich gemeint, sondern ihn.«

»Worauf wir aber nicht kommen konnten, weil uns die Info fehlte, dass auch Holger die Stadt verlassen hatte.«

»Ganz genau.«

»Es war gut, wie es war«, sagte Knoppke. »Andernfalls hätte ich nie erfahren, was dieses Carpe diem alles bewirken kann.«

»Carpe Diadem, es heißt Carpe Diadem!«

»Heißt es nicht, Himmel noch eins! Es heißt carpe diem, das weiß doch jedes Kind!«

»Never ever!«

»Wenn du meinst.« Knoppke grinste. »Jedenfalls hätten wir uns ohne das alles nie kennengelernt. Oder glaubst du, dein Kismet hätte uns auch so zusammengeführt?«

Sam verzichtete auf eine Antwort. Lieber ließ sie ihren Finger sprechen. Ihren Mittelfinger.

Auf dem Weg zu Tiffis Haus, ein paar Schritte vor der blauen Eingangstür mit der aufgemalten Hausnummer, packte Sam Knoppke am Arm, sie packte richtig fest zu. »Eine Sache noch«, sagte sie und sah ihn unsicher an. »Weil ich mir vorgenommen habe, nicht mehr zu schwindeln ...«

Knoppke blieb stehen und legte seine Stirn in Falten. Ihm schwante nichts Gutes, warum sollte es auch. »Ich bin ganz Ohr.«

»Die Sache ist die«, begann Sam und drehte mit dem Zeigefinger einen ihrer Rastazöpfe auf. »Es gibt da etwas, das du nicht weißt. Und Chelsea auch nicht«, stammelte Sam.

»Raus damit«, wurde Knoppke lauter, »was hast du angestellt?«

»Eigentlich geht es eher darum, was ich nicht angestellt habe.«

»Spuck's aus, Sam!«

Sie blickte ihm in die Augen und holte tief Luft. »Diegos Asche«, begann sie, und Knoppke legte seinen Kopf schief. »Ich hab die Asche gar nicht vertauscht. Ich wünschte, ich hätte, aber ich hab das nur so gesagt.«

Knoppke verschlug es die Sprache.

Nicht vertauscht, dachte er, und sein Gehirn holte sich die Bilder zurück. Bilder von Chelsea und Sam im Ascheregen. Bilder von dem triumphierenden Blick seiner Noch-Freundin. Bilder von der Übergabe der scheinbar richtigen und tatsächlich falschen Asche. Bilder, die es neu zu interpretieren galt.

Nachdem sein Kopfkino geendet hatte, wurde Knoppke von einem Lachanfall ergriffen, so etwas hatte es lange nicht gegeben. Er lachte und lachte und lachte und lachte. Schließlich lachte auch Sam und lachte und lachte. Und dann lachten sie gemeinsam und konnten nicht damit aufhören. Sie lachten und lachten und lachten und lachten.

Als sich die Tränen in ihren Augen gesammelt hatten – Lachtränen sind träge, wie Knoppke befand –, raffte er sich zu einer Nachfrage auf: »Warum, Sam, warum hast du das gemacht?«

»Weil Chelsea dich sonst gekillt hätte?« Ihre Antwort tarnte sich als Frage.

»Du hast mir also das Leben gerettet. Ist es das, was du mir sagen willst?«

»So sieht's aus, alter Mann. Du stehst auf ewig in meiner Schuld.« Sam grinste. »Und by the way: Mir wär's egal, wohin meine Asche weht, Hauptsache, meine Leute streiten sich nicht um mich.«

ZU EINEM NOCH SPÄTEREN ZEITPUNKT DER GESCHICHTE

Das Glück der anderen traf ihn mit voller Wucht, und im Unterschied zu früher färbte es auf ihn ab.

Knoppke zupfte gerade seine neue Lederjacke zurecht, die in der Hüftgegend nicht mehr spannte, als das Tor vor seiner Nase fiel. Ein Schlenzer ins Kreuzeck, wie unwiderstehlich. Ein Sonntagsschuss, wie passend. Knoppke stand ein paar Meter vor dem Spielfeldrand und blickte in freudestrahlende, brüllende Gesichter. Die Spieler waren noch keine sechzehn Jahre alt, feierten aber wie die Großen. Sieg ist Sieg, dachte Knoppke, dieser Gefühlsrausch kennt kein Alter. Er drückte seinen Bauch gegen das Geländer und sah der Jugendmannschaft des WSV dabei zu, wie sie in der Nachspielzeit einer nicht ganz unwichtigen Partie den entscheidenden Treffer bejubelte. Es roch nach Kunstrasen und Currywurst, hinter ihm applaudierten ein paar Dutzend Zuschauer, die wie er zur Sportanlage an der Nevigeser Straße gekommen waren, und Knoppke dachte, nicht zum letzten Mal. Er steckte sich eine Fluppe an und wartete auf den Schlusspfiff, als er neben sich eine Stimme hörte: »Aus dem Zehner könnte was werden.«

Knoppke drehte sich nach rechts. Der Mann, den er dort sah, hatte weiße Haare und eine gütige Aura, die alles überstrahlte, was nicht die Sonne war. Die Lichtgestalt, man muss sie so nennen, war etwas kleiner als er, ihre Statur war die eines gut gealterten Athleten. Knoppke schätzte den Mann auf siebzig, und noch während er ihn musterte, wurde ihm klar, dass *er* es war. Dass *er* es sein musste.

»Der Sechser war aber auch stark«, erwiderte Knoppke. »Wie er von hinten heraus das Spiel eröffnet und mit Übersicht die Bälle verteilt hat, ganz große Klasse!«

Die zwei Männer sahen sich an. Günter Pröpper reagierte als Erster. »Sie haben selbst gespielt, richtig?«

Knoppke nickte.

»Sie kommen alle wieder«, sagte Pröpper, »früher oder später kommen sie alle wieder.«

Knoppke lächelte. Er konnte es nicht glauben, dass ihm sein Idol erschien. Er wusste zwar, dass Pröpper eng mit Wuppertal verbunden war, auch über seine aktive Laufbahn hinaus hielt er der Stadt die Treue. Er erinnerte sich, gelesen zu haben, dass Pröpper zuletzt Torwarttrainer war, dann aber seine Ämter beim WSV niedergelegt hat. Knoppke zog an seiner Zigarette, bevor er etwas mehr von sich preisgab: »Ich war Jugend und zweite Mannschaft in den Achtzigern.«

»Wie heißen Sie, mein Freund?«

»Knoppke, Egor Knoppke.«

Pröpper sah ihn lange an, seine Augen blitzten wie ein polierter Pokal. »Sie kamen mir gleich bekannt vor. Die Mauer im Mittelfeld, ich erinnere mich. Sie hatten wirklich was auf dem Kasten. Ihre Körperneigung, wenn Sie links antäuschten, um rechts vorbeizulaufen, hat noch Jahre später keiner so hingekriegt.«

Knoppke ging in die Knie. Nicht, weil er Meister Pröpper die Schuhe küssen wollte, was auch eine angemessene Reaktion gewesen wäre, sondern vorerst, um die Zigarette aufzuheben, die ihm aus dem Mundwinkel gefallen war, als er hörte, was der Champion sagte.

»Sind Sie drüber weg?«

»Was meinen Sie, Herr Pröpper?«

»Sie waren der mit der Kniegeschichte, kurz vorm Sprung ins Profilager.«

Der Mann wusste Bescheid, keine Frage, und Knoppkes Bewunderung für den Torjäger stieg ins Unermessliche. Heldenstatus wäre untertrieben. »Ja«, sagte Knoppke und holte Luft, »genau der.«

»Muss hart für Sie gewesen sein, ich kann das nur erahnen.«

»Es war nicht einfach. Ein langer Weg, aber allmählich wird es besser. Ich orientiere mich gerade neu, wenn Sie verstehen, Herr Pröpper.«

»Sagen Sie ruhig Günter zu mir«, sagte Pröpper.

»Aber nur, wenn Sie bei Knoppke bleiben«, sagte Egor und zwinkerte.

Und dann unterhielten sich die beiden Männer über das, was ihnen am wichtigsten war. Sie sprachen über den ewigen Zickzackkurs ihres Lieblingsvereins, über gemeinsame Bekannte und die Veränderungen in der Jugendarbeit, sie erzählten sich von schwierigen Spielen und großen Momenten, von gelben Karten und Gerd Müller und den Macken ihrer Trainer, und am Ende analysierten sie noch den Champions-League-Sieg von Chelsea in der Arena bei den Bayern.

»Der Knackpunkt war Olic«, sagte Knoppke, nachdem er Pröpper von seinem Einsatz als Security Steward berichtet hatte. »Er kam in der Nachspielzeit für Ribéry, vergab eine Großchance und verschoss später auch seinen Elfmeter. Schlechter Tag, ganz schlechter Tag.«

»Das haben Sie mitbekommen? Ich dachte, Sie hätten mit dem Rücken zum Spielfeld gestanden.« Pröpper sah ihn respektvoll an.

»Ich habe gelernt, ein Spiel auf verschiedene Arten zu lesen.«

»Alle Achtung!« Pröpper hielt den Blickkontakt, obwohl er über sich hinauswuchs. Der Mann schien nun regelrecht über dem Rasen zu schweben. »So einen wie Sie könnten wir hier gut gebrauchen. Ich bin zwar schon eine Weile raus aus dem Geschäft, aber ich kenne Leute, die kennen Leute, die suchen immer Leute.«

»Ist das so?« Knoppke spürte ein Kribbeln im Bauch.

»Sie haben ein Auge für Talente, kennen sich mit Taktik aus, außerdem sind Sie einer von uns. Am besten, Sie rufen da mal an.« Pröpper drückte Knoppke eine Karte in die Hand, die augenblicklich zu brizzeln begann, als wäre sie elektrisch geladen. »Ich muss dann mal los. Hat mich sehr gefreut.«

»Und mich erst, Günter. Danke. Und alles Gute!«

»Bleib am Ball, Knoppke!«

Als Tiffi von den Toiletten zurückkehrte, blickte ein verträumter Knoppke auf den leeren Mittelkreis und dachte an den schrägen Fußballplatz in den Highlands. Aber nur kurz. Dann sah er sich hektisch um, drehte sich ein paarmal um sich selbst und überprüfte seine Handflächen.

»Entschuldige bitte«, sagte Tiffi, »ich habe mich mit Silke verquasselt. Was ist denn mit dir los, suchst du wen? Ich bin doch hier.«

Knoppke sah sie an, seine Augenlider zuckten. »Günter Pröpper, hast du hier eben Günter Pröpper gesehen?«

»*Den* Günter Pröpper? *Deinen* Günter Pröpper?« Tiffi sah sich ebenfalls um.

Knoppke nickte mehrmals, mit brüchiger Stimme antwortete er: »Du wirst es nicht glauben, aber er war hier. Er hat mit mir geredet und wollte mir einen Job anbieten.«

»Beim WSV? Als was denn bitte?«

»So genau weiß ich das auch nicht, vielleicht als Scout? Er hielt sich da bedeckt. Ich werde auf jeden Fall mal anrufen, wenn ich nur wüsste, wo ich die Karte hingesteckt habe. Sie hatte einen goldenen Rand und fühlte sich irgendwie komisch an.« Knoppke suchte den Rasen ab, die Taschen seiner Jacke und Hose, alles. Nichts.

»Kann es sein, dass der Wunsch Vater des Gedanken war, Knoppke?«

»Wovon sprichst du?«

Tiffi blinzelte. Die Sonne meinte es gut mit Wuppertal im Allgemeinen und mit der Frau am Spielfeldrand im Besonderen, jedenfalls legte sich der Himmelskörper mächtig ins Zeug, dieses makellose Menschengesicht ganz besonders auszuleuchten. Strahlend, wie sie war, sah Tiffi in Knoppkes Augen, und dieser dachte, du hübsches Ding. »Ich spreche davon, dass du vielleicht ein bisschen zu sehr in den Tag hinein träumst, seit du wieder hier bist. Mal ehrlich, denkst du wirklich darüber nach?«

Knoppke wusste sofort, dass sie nicht den vermeintlichen Job meinte. »Aber ja doch, Tiffi! Mal ehrlich, was soll ich noch in München?«

»Ich kann es noch immer nicht fassen, dass du einfach so bei der Sicherheitsfirma gekündigt hast.«

»Wenn du wüsstest, wie satt ich es habe, den Zuschauern beim Zuschauen zuzuschauen.«

Tiffi hielt sich die flache Hand an die Stirn, so stark blendete die Sonne. »Und was ist mit Silvi?«

»Sam würde sagen: Es ist kompliziert.« Knoppke grinste und musste an die SMS von gestern denken. Darin hatte ihm seine Fast-Tochter mitgeteilt, dass sie gerade in Essen sei, um sich mit ihrem Exfreund Moritz auszusprechen. »Hashtag neverendinglovestory«, hatte sie getextet, und Knoppke dachte, ach herrje! Außerdem wolle sie sich im Tierschutz engagieren, irgendwas mit Wildkatzen. Da hatte Knoppke grinsen müssen, und ein wohliges Gefühl lullte ihn ein.

»Bei wem ist es eigentlich nicht kompliziert?«, fragte Tiffi und setzte sich in Richtung Schatten in Bewegung. »Ich meine, hört das denn nie auf?«

Knoppke sah sich ein letztes Mal um und überprüfte erneut den Rasen, dann ging er neben ihr her und sah sie an. »Silvi hat sich aus Maspalomas gemeldet, wo sie sich mit ihrer Freundin Ivanca ein verlängertes Wellness-Wochenende gönnt. Sie klang, als käme sie ganz gut ohne mich zurecht. Sie meinte, dass auch Ivanca meinte, dass uns eine Auszeit ganz guttun würde.«

»Genau so bin ich auch mit Gregor verblieben.« Sie stockte. »Übersetzt heißt das: ein Abschied auf Raten.«

»Tiffi?«, fragte Knoppke und blieb abrupt stehen. Sie waren bei den Bäumen neben dem Clubhaus angekommen, als Knoppke sich erinnerte. »Das kommt mir gerade so bekannt vor.« Er ließ seinen Blick von den Steinstufen über das Gebäude bis ins Grün der Natur und dann zurück in Tiffis Augen schweifen. Dann sagte er: »Die Postkarten waren von dir, stimmt's?«

Tiffi lächelte, und ihr Grübchen präsentierte sich in Höchstform. »Ich hatte ja keine Gelegenheit, dir die Fotos damals zu zeigen. Erinnerst du dich nicht mehr an unsere Streifzüge durch die Stadt?«

»Dein Protest gegen ein Leben in Schwarz-Weiß, dein Protest gegen ein Leben in Wuppertal. Natürlich, wie konnte ich das vergessen?« Knoppke musste an die Motive der vier Karten denken, das geschah ganz automatisch. Er holte sich jedes Foto im Detail zurück, und in Gedanken kam plötzlich Farbe ins Spiel.

Und so verlor sich der Mann ohne Gegenwart in der Bilderflut seiner Vergangenheit, während seine Hand nach ihrer griff, im Hier und Jetzt.

ENDE (diesmal wirklich).

DANKSAGUNG

Massiver Dank gebührt Wolfram Hämmerling und Andrea Wildgruber, die nie den Glauben an Knoppke verloren und ihn in stürmischen Verlagszeiten zurück in die Spur navigiert haben. Wolfram danke ich für die wirkungsvollen Plotverfeinerungen, das couragierte Lektorat und die ungebremste Begeisterung für das Buch, unser Buch; Andrea für den steilen Titel und den beherzten Einsatz als Agentin. Wertvolle Anregungen kamen von Katrin Sorko, bedanken möchte ich mich auch bei Kerstin von Dobschütz und ihrem Team bei Piper.

Am innigsten herze ich piz, die mir nicht nur den Zauber der Highlands sowie den Charakter von Wuppertal vor Augen geführt hat (auch wenn sie Letzteres nicht wollte), sondern die mir vor allem eines ist: mein Lieblingsmensch, kritisch, stützend, voller Liebe.